Zu diesem Buch

«Vladimir Nabokov – in der Prosa dichtender Intelligenzen hat es nach Tolstoi und Proust Schöneres nicht mehr gegeben.» (K. H. Kramberg, «Süddeutsche Zeitung»)

Vladimir Nabokov wird am 23. April 1899 in St. Petersburg geboren. Nach der Oktoberrevolution flieht die Familie 1919 nach England. 1919–1922 in Cambridge Studium der russischen und französischen Literatur. 1922–1937 in Berlin, erste Veröffentlichungen, meist unter dem Pseudonym W. Sirin. 1937–1940 nach der Flucht aus Nazideutschland in Südfrankreich und in Paris, seit 1940 in den USA. Lehrtätigkeit, von 1948–1959 an der Cornell-Universität in Ithaca, New York. 1961–1977 wohnt Nabokov in einer Suite im Palace Hotel in Montreux. Er stirbt am 2. Juli 1977.

Von Vladimir Nabokov erschienen in der Reihe der rororo-Taschenbücher bzw. im Rowohlt Verlag außerdem: «König Dame Bube» (Nr. 12387), «Maschenka» (Nr. 13309), «Lushins Verteidigung» (Nr. 13502), «Die Mutprobe» (Nr. 5107), «Die Gabe» (Nr. 13902), «Pnin» (Nr. 13752), «Das Bastardzeichen» (Nr. 5858), «Lolita» (Nr. 12077), «Fahles Feuer», «Ada oder Das Verlangen» (Nr. 4032), «Durchsichtige Dinge» (Nr. 5756), «Sieh doch die Harlekins!», «Der Späher» (Nr. 13568); die Erzählung «Der Zauberer» (Nr. 12696; liegt auch in zwei Toncassetten, gelesen von Armin Mueller-Stahl, in der Reihe «Literatur für KopfHörer» vor), ferner die Memoiren «Erinnerung, sprich» (Nr. 13639) und «Der schwere Rauch. Gesammelte Erzählungen».
Innerhalb der Gesamtausgabe erschienen bisher: «Frühe Romane» (2 Bände); «Die Gabe», «Sämtliche Erzählungen» (2 Bände), «Einladung zur Enthauptung», «Das Bastardzeichen», eine kommentierte Ausgabe von «Lolita», «Pnin», «Das wahre Leben des Sebastian Knight», «Nikolaj Gogol», «Deutliche Worte. Interviews – Leserbriefe – Aufsätze», «Erinnerung, sprich» und «Briefwechsel mit Edmund Wilson».
In der Reihe «rowohlts monographien» erschien als Band 328 eine Darstellung Nabokovs mit Selbstzeugnissen und Bilddokumenten von D. E. Morton.

Vladimir Nabokov

*Einladung
zur Enthauptung*

Roman

Deutsch von
Dieter E. Zimmer

Rowohlt

Von Vladimir Nabokow autorisierte
Übersetzung aus dem Amerikanischen;
Invitation to a Beheading
erschien 1959
bei G. P. Putnam's Sons, New York

Veröffentlicht im
Rowohlt Taschenbuch Verlag GmbH,
Reinbek bei Hamburg, März 1997
Copyright © 1970, 1990 by
Rowohlt Verlag GmbH, Reinbek bei Hamburg
Invitation to a Beheading
Copyright © 1959 by Vladimir Nabokov
Veröffentlicht im Einverständnis mit
The Estate of Vladimir Nabokov
Alle deutschen Rechte vorbehalten
Umschlaggestaltung Büro Hamburg
(Illustration «Zum Unbewußten unterwegs»,
Heinz Edelmann)
Gesamtherstellung Clausen & Bosse, Leck
Printed in Germany
1490-ISBN 3 499 13353 9

Vorwort zur englischsprachigen Ausgabe

Das russische Original dieses Romans trägt den Titel *Priglaschenije na kasn*. Trotz der unangenehmen Suffixverdoppelung hätte ich, statt *Invitation to a Beheading*, die englische Version *Invitation to an Execution* vorgeschlagen; doch andererseits war *Priglaschenije na otsetschenije golowy* (Einladung zur Enthauptung), was ich in meiner Muttersprache eigentlich gesagt hätte, hätte mich ein ähnliches Stottern nicht davon abgehalten.

Ich schrieb das russische Original vor genau einem Vierteljahrhundert in Berlin, rund fünfzehn Jahre nach meiner Flucht vor dem bolschewistischen Regime und kurz bevor die Akklamation des Naziregimes ihre volle Lautstärke erreichte. Ob der Umstand, daß ich beide als eine einzige öde, bestialische Farce begreife, auf dieses Buch Einfluß hatte oder nicht, sollte den guten Leser so wenig beschäftigen wie mich.

Priglaschenije na kasn wurde in Fortsetzungen von einer russischen Emigrantenzeitschrift, den in Paris erscheinenden *Sowremennyje Sapiski*, und später, im Jahre 1938, in derselben Stadt von dem Dom Knigi veröffentlicht. Exilrezensenten, die verblüfft waren, denen das Buch jedoch gefiel, meinten darin einen «kafkaesken» Zug zu erkennen – sie wußten nicht, daß ich kein

Deutsch konnte, nichts von moderner deutscher Literatur wußte und die Werke Kafkas noch nicht in französischen oder englischen Übersetzungen gelesen hatte. Zweifellos existieren gewisse stilistische Verbindungen zwischen diesem Buch und etwa meinen früheren Kurzgeschichten (oder meinem späteren Roman *Das Bastardzeichen*); doch zu *Le château* oder *The Trial* gibt es keine. Geistige Verwandtschaften haben in meiner Vorstellung von Literaturkritik nichts zu suchen, aber wenn ich eine verwandte Seele benennen müßte, wäre es gewiß jener große Künstler eher als G. H. Orwell oder andere populäre Lieferanten illustrierter Ideen und publizistischer Romane. Übrigens konnte ich niemals einsehen, warum jedes meiner Bücher die Rezensenten unweigerlich ausschwärmen läßt, um zum Zwecke passionierten Vergleichens mehr oder minder gefeierte Namen aufzustöbern. Während der vergangenen drei Jahrzehnte haben sie mir (um nur ein paar dieser harmlosen Wurfgeschosse aufzuzählen) Gogol, Tolstojewskij, Joyce, Voltaire, Sade, Stendhal, Balzac, Byron, Bierbohm, Proust, Kleist, Makar Marinski, Mary McCarthy, Meredith (!), Cervantes, Charlie Chaplin, die Baronin Murasaki, Puschkin, Ruskin und sogar Sebastian Knight entgegengeschleudert. Ein Autor indessen ist in diesem Zusammenhang nie erwähnt worden – der einzige, der zu der Zeit, als ich dieses Buch schrieb, Einfluß auf mich ausübte, wie ich dankbar anerkennen muß; nämlich der melancholische, extravagante, weise, witzige, magierhafte und ganz und gar einnehmende Pierre Delalande, der meine Erfindung ist.

Wenn ich eines Tages ein Lexikon der Definitionen

mache, für die es keine Lemmata gibt, wird eine mir teure Eintragung die sein: «Die eigenen Schriften um einer verspäteten Verbesserung willen in der Übersetzung kürzen, erweitern oder sonstwie ändern oder ändern lassen.» Der Drang dazu wächst im allgemeinen mit der Zeitspanne, die den Imitator vom Modell trennt; doch als mein Sohn mir die Übersetzung dieses Buches zur Durchsicht gab und ich nach vielen Jahren das russische Original wiederlesen mußte, stellte ich erleichtert fest, daß ich keinen Teufel schöpferischer Emendation zu bekämpfen brauchte. Mein Russisch hatte 1935 eine bestimmte Vision in genau den Worten verkörpert, die ihr gemäß waren, und die einzigen Korrekturen, von denen ihre Umsetzung ins Englische profitieren konnte, waren Routinekorrekturen, vorgenommen um jener Klarheit willen, die im Englischen weniger komplizierte elektrische Armaturen zu benötigen scheint als im Russischen. Mein Sohn erwies sich als ein wunderbar kongenialer Übersetzer, und es war zwischen uns ausgemacht, daß die Treue zu seinem Autor allem vorangeht, egal wie bizarr das Ergebnis. *Vive le pédant*, und nieder mit den Einfaltspinseln, die glauben, alles sei in Ordnung, wenn nur der «Geist» wiedergegeben wird (während die Wörter, sich selber überlassen, auf einen naiven und vulgären Bummel gehen – zum Beispiel in den Vororten Moskaus – und Shakespeare abermals dazu degradiert ist, den Geist des Königs zu spielen).

Mein Lieblingsautor (1768–1849) sagte einmal von einem heute völlig vergessenen Roman: *«Il a tout pour tous. Il fait rire l'enfant et frissonner la femme. Il donne à l'homme du monde un vertige salutaire et fait rêver ceux qui ne rêvent jamais.»* *Einladung zur Enthauptung* kann nichts dergleichen für sich in Anspruch nehmen. Es ist eine Violine im Leeren. Der weltkluge Mann wird das Buch für einen Trick halten. Greise werden sich schleunigst von ihm abkehren und Heimatromanen oder den Lebensläufen von Männern der Öffentlichkeit zuwenden. Keine *«clubwoman»* wird beglückt erschauern. Die mit schmutziger Phantasie werden in der kleinen Emmi eine Schwester der kleinen Lolita erkennen, und die Jünger des Wiener Schamanen werden in ihrer grotesken Welt kollektiver Schuld und *progressiwnaja* Pädagogik darüber kichern. Doch (wie der Autor des *Discours sur les ombres* im Hinblick auf ein anderes Lampenlicht sagte): ich kenne (*je connais*) ein paar (*quelques*) Leser, die aufspringen und sich die Haare raufen werden.

25. Juni 1959
Oak Creek Canyon, Arizona

Comme un fou se croit Dieu, nous nous croyons mortels.
Delalande: *Discours sur les ombres*

Erstes Kapitel

Wie das Gesetz es vorschrieb, wurde Cincinnatus C.
das Todesurteil im Flüsterton mitgeteilt. Alle erhoben
sich und lächelten einander zu. Der weißhaarige Richter hielt den Mund dicht an sein Ohr, schnaufte einen
Augenblick lang, verkündete das Urteil und machte
sich langsam los, als wäre er festgeklebt gewesen. Dann
wurde Cincinnatus in die Festung zurückgebracht. Die
Straße ringelte sich um ihren Felsensockel und verschwand unter dem Tor wie eine Schlange in einem
Spalt. Er war ruhig; während der Wanderung durch die
langen Gänge jedoch mußte er gestützt werden, da er
die Füße unsicher setzte wie ein Kind, das gerade laufen
gelernt hat, oder als würde er gleich versinken wie jemand, der geträumt hat, er wandele über das Wasser,
und dem plötzlich Zweifel kommen: Ist das denn überhaupt möglich? Rodion, der Wärter, brauchte lange, die
Tür zu Cincinnatus' Zelle aufzuschließen – es war der
falsche Schlüssel –, und es fand das übliche Hin und
Her statt. Schließlich gab die Tür nach. Drinnen wartete schon der Anwalt. Bis zur Schulter in Gedanken
und ohne sein Frackjackett (das er auf einem Stuhl im
Gerichtssaal vergessen hatte – es war ein heißer Tag, ein
durch und durch blauer Tag) saß er auf der Pritsche; als

der Häftling hereingeführt wurde, sprang er ungeduldig auf. Doch Cincinnatus war es nicht nach Gesprächen zumute. Selbst wenn die Alternative die Einsamkeit dieser Zelle mit ihrem Guckloch wie ein Bootsleck war – ihm war es gleich, und er bat darum, allein gelassen zu werden; alle verneigten sie sich zu ihm hin und gingen.

So nähern wir uns also dem Ende. Der rechte, noch ungekostete Teil des Romans, den wir während unserer delektierlichen Lektüre leicht betasteten, um mechanisch festzustellen, ob noch genug da war (und immer freuten sich die Finger an der gleichmütigen treuen Dicke), ist plötzlich ohne Grund mager geworden: ein paar Minuten schnellen Lesens, bergab bereits, und – o gräßlich! Der Haufen Kirschen, eben für uns noch eine Masse von rötlichem und glänzendem Schwarz, ist plötzlich zu ein paar vereinzelten Steinfrüchten geschrumpft: Die Narbige dort ist ein wenig faulig, und jene ist verschrumpelt und um ihren Kern herum vertrocknet (und die allerletzte ist unweigerlich hart und unreif) – o gräßlich! Cincinnatus legte sein Seidenwams ab, zog den Schlafrock über, begann fest auftretend in der Zelle herumzulaufen, um dem Zittern ein Ende zu machen. Auf dem Tisch leuchtete ein sauberes Blatt Papier, und von dieser Weiße hob sich deutlich ein wundervoll spitzer Bleistift ab, lang wie das Leben jedes Menschen mit Ausnahme von Cincinnatus und mit einem ebenholzschwarzen Schimmer auf jeder seiner sechs Facetten. Ein aufgeklärter Nachkomme des Zeigefingers. Cincinnatus schrieb: «Trotz allem bin ich verhältnismäßig. Schließlich habe ich es geahnt, habe ich dieses Finale geahnt.» Rodion stand auf der anderen Seite der Tür und spähte mit der unnachgiebigen Aufmerksamkeit eines Kapitäns durch das Guckloch. Cincinnatus spürte eine Kälte auf seinem Hinterkopf. Er strich aus, was er geschrieben hatte, und begann, behutsam zu schattieren; ein embryonaler Schnörkel erschien langsam und bog sich zu einem Widderhorn. O gräßlich! Rodion starrte durch das blaue Bullauge auf den Horizont, der sich bald hob, bald senkte. Wer wurde seekrank? Cincinnatus. Der Schweiß brach ihm aus, alles wurde dunkel, und er konnte die Wurzel jedes Haares fühlen. Eine Uhr schlug – vier oder fünf Mal – mit dem einem Gefängnis eigentümlichen Hall und Widerhall und Nachhall. Mit strampelnden Beinen ließ sich eine Spinne – offizieller Freund des Gefangenen – an einem Faden von der Decke herab. Niemand indessen klopfte an die Wand, da Cincinnatus bisher der einzige Häftling (in einer so riesigen Festung!) war.

Etwas später kam Rodion der Wärter herein und erbot sich, einen Walzer mit ihm zu tanzen. Cincinnatus willigte ein. Sie begannen, sich zu drehen. Die Schlüssel an Rodions Ledergürtel klirrten; er roch nach Schweiß, Tabak und Knoblauch; summte schnaufend in seinen roten Bart; und seine rostigen Gelenke knackten (er war nicht mehr so in Form wie früher, leider – jetzt, da er fett war und kurzatmig). Der Tanz trug sie auf den Gang. Cincinnatus war viel kleiner als sein Partner. Cincinnatus war leicht wie ein Blatt. Der Walzerwind ließ die Spitzen seines langen, aber schütteren Schnurrbarts flattern, und seine großen, klaren Augen blickten schräg zur Seite, wie es die Augen ängstlicher

Tänzer immer tun. Er war in der Tat sehr klein für einen erwachsenen Mann. Marthe hatte immer gesagt, daß ihr seine Schuhe zu eng seien. An der Biegung des Ganges stand ein anderer – namenloser – Wärter mit einem Gewehr, der eine hundeartige Maske mit einem Stück Gaze über dem Mund trug. Sie beschrieben in seiner Nähe einen Kreis und glitten in die Zelle zurück, und jetzt bedauerte Cincinnatus, daß die freundliche Umarmung der Ohnmacht nur so kurz gewährt hatte.

Mit banaler Trostlosigkeit schlug die Uhr von neuem. Die Zeit rückte in arithmetischer Progression vor: Jetzt war es acht. Das häßliche kleine Fenster erwies sich als dem Sonnenuntergang zugänglich; ein feuriges Parallelogramm erschien auf der Seitenwand. Die Zelle war bis an die Decke mit den Ölfarben des Zwielichts gefüllt, die ungewöhnliche Pigmente enthielten. So fragte man sich, ob das da rechts von der Tür das Gemälde eines verwegenen Malers war oder ein zweites Fenster, ein verziertes, wie es sie nicht mehr gibt. (In Wirklichkeit war das, was da an der Wand hing, ein Pergamentblatt mit zwei Spalten detaillierter «Haftinsassenregeln»; die geknickte Ecke, die roten Lettern der Überschrift, die Vignetten, das alte Stadtsiegel – nämlich ein Hochofen mit Flügeln – lieferten der Abendbeleuchtung das notwendige Material.) Das Möbelkontingent der Zelle bestand aus einem Tisch, einem Stuhl und der Pritsche. Das Abendessen (die zum Tode Verurteilten hatten Anrecht auf die gleichen Mahlzeiten wie die Wärter) stand schon lange da und wurde auf seinem Zinktablett kalt. Es wurde völlig dunkel. Plötzlich war der Raum voll von goldenem, hochkonzentriertem elektrischem Licht. Cincinnatus ließ die Füße von der Pritsche herab. Eine Kegelkugel rollte diagonal vom Nacken zur Schläfe durch seinen Kopf; sie kam zum Stillstand und rollte dann zurück. Inzwischen war die Tür aufgegangen, und der Gefängnisdirektor trat ein.

Wie immer trug er einen Gehrock und hielt sich tadellos gerade, die Brust heraus, die eine Hand in seinem Busen, die andere hinter dem Rücken. Ein hervorragendes Toupet, pechschwarz und mit einem wächsernen Scheitel, bedeckte glatt seinen Kopf. Seinem lieblos gewählten Gesicht mit den dicken, fahlen Wangen und einem leicht veralteten Faltensystem liehen in gewisser Weise zwei, und nur zwei, hervortretende Augen Leben. In seinen Hosenschäften ging er gleichmäßigen Schritts von der Wand zum Tisch, fast bis zur Pritsche – doch trotz seiner majestätischen Festigkeit verschwand er lautlos, löste er sich auf in Luft. Eine Minute später jedoch ging die Tür noch einmal auf, diesmal mit dem vertrauten Knarren, und wie immer in einem Gehrock trat, die Brust heraus, die gleiche Person ein.

«Aus vertrauenswürdiger Quelle dahingehend unterrichtet, daß Ihr Schicksal sozusagen besiegelt ist», begann er in salbungsvollem Baß, «erachte ich es als meine Pflicht, werter Herr...»

Cincinnatus sagte: «Liebenswürdig. Sie. Sehr.» (Dies mußte noch geordnet werden.)

«Sie sind sehr liebenswürdig», sagte ein zusätzlicher Cincinnatus, nachdem er sich geräuspert hatte.

«Vergebung!» rief der Direktor, ohne der Taktlosigkeit dieses Wortes zu achten. «Vergebung! Machen Sie sich nichts draus. Die Pflicht. Ich immer. Aber warum, wenn ich mich erkühnen darf, das zu fragen, warum haben Sie Ihr Essen nicht angerührt?»

Der Direktor nahm den Deckel ab und hob eine Schüssel geronnenen Eintopfs an seine sensible Nase. Mit zwei Fingern griff er sich eine Kartoffel und begann sie kraftvoll zu zerkauen, während er mit seiner Augenbraue schon auf einem anderen Teller etwas aussuchte.

«Ein besseres Essen können Sie sich doch wohl kaum wünschen», sagte er mit Mißfallen, ließ seine Manschetten herausschießen und setzte sich an den Tisch, um es beim Essen des Reispuddings bequemer zu haben.

Cincinnatus sagte: «Ich wüßte gern, ob es noch lange sein wird bis dahin!»

«Ein vorzüglicher Zabaione! Wüßte doch gern, ob es noch lange sein wird bis dahin. Unglücklicherweise weiß ich das selber nicht. Ich werde immer erst im letzten Augenblick unterrichtet; ich habe mich viele Male beschwert und kann Ihnen die ganze Korrespondenz über dieses Thema zeigen, wenn es Sie interessiert.»

«Es kann also morgen früh sein?» fragte Cincinnatus.

«Wenn es Sie interessiert», sagte der Direktor. «...Ja, einfach köstlich und sehr sättigend, sage ich Ihnen. Und jetzt erlauben Sie mir, Ihnen *pour la digestion* eine Zigarette anzubieten. Keine Angst, das ist höchstens die vorletzte», fügte er witzig hinzu.

«Ich frage nicht aus Neugier», sagte Cincinnatus.

«Es stimmt, Feiglinge sind immer wißbegierig. Aber ich versichere Ihnen... Selbst wenn ich mein Zittern nicht beherrschen kann und so weiter – das hat nichts zu sagen. Ein Reiter ist nicht verantwortlich für das Zittern seines Pferdes. Ich möchte aus folgendem Grund erfahren, wann: Die Kompensation für ein Todesurteil ist, daß man genau weiß, wann man sterben muß. Ein großer Luxus, aber ein wohlverdienter. Mich dagegen läßt man in dieser Unwissenheit, welche nur für die erträglich ist, die in Freiheit leben. Und außerdem trage ich mich mit vielen Projekten, die verschiedene Male angefangen und unterbrochen wurden... Ich verfolge sie einfach nicht weiter, wenn die Zeit, die bis zu meiner Hinrichtung bleibt, nicht reicht, sie ordentlich zu erledigen. Darum...»

«Ach würden Sie bitte mit diesem Gebrummel aufhören», sagte der Direktor gereizt. «Erstens ist es gegen die Regeln, und zweitens – ich sage es Ihnen in klarem Russisch und schon das zweite Mal – weiß ich es selber nicht. Alles, was ich Ihnen sagen kann, ist, daß die Ankunft Ihres Schicksalsgenossen jetzt jeden Tag erwartet wird; und wenn er tatsächlich eintrifft und sich ausgeruht und an seine neue Umgebung gewöhnt hat, muß er immer noch erst das Gerät ausprobieren, natürlich nur, sofern er nicht sein eigenes mitbringt, was sehr wahrscheinlich ist. Wie ist der Tabak? Nicht zu stark?»

«Nein», antwortete Cincinnatus, nachdem er einen geistesabwesenden Blick auf seine Zigarette geworfen hatte. «Es scheint mir nur, daß nach dem Gesetz... Nicht Sie vielleicht, aber der Stadtverwalter... ist verpflichtet...»

«Unser Plauderstündchen ist um, und das reicht», sagte der Direktor. «Eigentlich bin ich nicht hergekommen, um mir Beschwerden anzuhören, sondern um..." Blinzelnd wühlte er erst in einer, dann in einer anderen Tasche; schließlich zog er aus einer Innentasche ein Blatt liniiertes Papier, das offenbar aus einem Schulheft gerissen war.

«Hier ist kein Aschenbecher», bemerkte er und gestikulierte mit seiner Zigarette. «Na ja, ersäufen wir sie im Saucenrest... So. Ich würde sagen, das Licht ist ein bißchen grell. Vielleicht wenn wir... Ach egal; es muß auch so gehen.»

Er faltete das Papier auseinander, hielt die Brille mit dem Hornrand vor die Augen, ohne sie jedoch aufzusetzen, und begann klar vernehmlich zu lesen:

«‹Gefangener! In dieser feierlichen Stunde, da aller Augen...› Ich glaube, wir stehen besser auf», unterbrach er sich besorgt und erhob sich von seinem Stuhl. Cincinnatus erhob sich ebenfalls.

«‹Gefangener, in dieser feierlichen Stunde, da aller Augen auf Euch ruhen, Eure Richter frohlocken und Ihr Euch für jene unwillkürlichen Zuckungen bereitet, die dem Abtrennen des Kopfes unmittelbar folgen, richte ich an Euch ein Abschiedswort. Es fällt mir zu – und niemals werde ich es aus dem Sinn verlieren –, Euren Aufenthalt im Kerker mit jener Fülle von Annehmlichkeiten zu versehen, die das Gesetz gestattet. Ich werde mich folglich glücklich schätzen, jeglichem Ausdruck Eurer Dankbarkeit jede mögliche Aufmerksamkeit zu widmen; vorzugsweise sollte sie jedoch schriftlich und nur auf einseitig beschriebenen Bogen geäußert werden.›

So», sagte der Direktor und klappte seine Brille zusammen, «das ist alles. Ich will Sie nicht länger aufhalten. Geben Sie mir Bescheid, wenn Sie was brauchen.»

Er setzte sich an den Tisch und begann schnell zu schreiben, um anzuzeigen, daß die Audienz zu Ende sei. Cincinnatus ging hinaus.

An der Wand im Gang döste Rodions Schatten, über den Schatten eines Hockers gekrümmt, nur den Saum des Bartes fuchsrot umrissen. Weiter weg, wo die Wand eine Biegung machte, hatte der andere Wärter seine Uniformmaske abgenommen und wischte sich das Gesicht mit dem Ärmel. Cincinnatus ging die Treppe hinab. Die Steinstufen waren schmal und schlüpfrig, die Spirale ihres geisterhaften Geländers war ungreifbar. Unten angekommen, lief er wieder durch Gänge. Eine Tür mit der Aufschrift «Büro» in Spiegelschrift stand weit offen; Mondschein schimmerte auf einem Tintenfaß, und unter dem Tisch raschelte und rüttelte wütend ein Papierkorb: Eine Maus mußte hineingefallen sein. Nachdem Cincinnatus an vielen anderen Tischen vorbeigegangen war, stolperte er, machte einen Satz und fand sich auf einem kleinen Hof, der voll war von den verschiedenen Teilen des demontierten Mondes. Die Losung an diesem Abend lautete Schweigen, und der Soldat am Tor antwortete mit Schweigen auf Cincinnatus' Schweigen und ließ ihn passieren; genauso an allen anderen Toren. Das nebelige Massiv der Festung hinter sich lassend, begann er eine steile, taufeuchte Rasenböschung hinabzugleiten, erreichte einen bleichen Pfad zwischen den Felsen, überquerte zwei- oder dreimal die Windungen der Hauptstraße – die endlich den letzten Schatten der Festung abschüttelte und gerader und freier verlief –, und eine Filigranbrücke über einen ausgetrockneten kleinen Flußlauf brachte Cincinnatus in die Stadt. Er erklomm einen steilen Hang, wandte sich in der Gartenstraße nach links und eilte an einem in grauer Blüte stehenden Gesträuch vorbei. Irgendwo blitzte ein erleuchtetes Fenster auf; hinter einem Zaun schüttelte ein Hund seine Kette, bellte jedoch nicht. Die Brise tat ihr mögliches, den bloßen Hals des Flüchtlings zu kühlen. Hin und wieder kam eine Woge von Duft aus den Tamara-Gärten. Wie gut er diesen Park kannte! Dort, wo Marthe als Braut sich vor Fröschen und Maikäfern gefürchtet hatte... Dort, wo man immer, wenn das Leben unerträglich schien, umherstreifen konnte, im Mund einen Brei aus zerkauten Fliederblüten und Leuchtkäfertränen in den Augen... Dieser grüne, grasige Park mit amerikanischen Lärchen, die Stille seiner Teiche, das Tam-tam-tam einer fernen Kapelle... Er bog in die Faktstraße, kam an den Ruinen einer alten Fabrik vorbei, dem Stolz der Stadt, vorbei an wispernden Linden, vorbei an den festlich aussehenden weißen Bungalows der Telegraphenangestellten, die unablässig jemandes Geburtstag feierten, und gelangte auf die Telegraphstraße. Von dort ging eine enge Gasse bergauf, und wieder setzte das diskrete Gemurmel der Linden ein. In der Dunkelheit einer Parkanlage unterhielten sich leise zwei Männer, vermutlich auf einer Bank. «Ich sage, er irrt sich», sagte einer. Die Antwort des anderen war unverständlich, und beide seufzten auf eine Art, die sich auf natürliche Weise mit dem Stöhnen des Laubes vermischte. Cincinnatus lief auf einen runden Platz, wo der Mond über der

wohlvertrauten Statue eines Dichters Wache stand, der
wie ein Schneemann aussah – ein Würfel als Kopf, die
Beine zusammen –, und nach ein paar hallenden Schritten war er in seiner Straße. Rechterhand warf der Mond
ungleiche Zweigmuster auf die Mauern gleicher Häuser, so daß Cincinnatus sein eigenes Haus nur dank dem
Ausdruck der Schatten, dank dem glabellaren Streifen
zwischen zwei Fenstern wiedererkannte. Marthes Fenster im Obergeschoß war dunkel, aber offen. Die Kinder mußten auf dem hakennasigen Balkon schlafen –
etwas Weißes schimmerte dort. Cincinnatus lief die
Treppe zur Tür hinauf, stieß diese auf und trat in seine
erleuchtete Zelle. Er wandte sich um, aber schon war er
eingeschlossen. O gräßlich! Der Bleistift glänzte auf
dem Tisch. Die Spinne saß auf der gelben Wand.

«Macht das Licht aus!» rief Cincinnatus.

Sein Beobachter hinter dem Guckloch machte es aus.
Dunkelheit und Stille begannen miteinander zu verschmelzen, doch störend griff die Uhr ein; sie schlug elf
Mal, bedachte sich einen Augenblick und schlug noch
einmal, und Cincinnatus lag rücklings und starrte in die
Dunkelheit, wo sich helle Flecken zerstreuten und allmählich verschwanden. Dunkelheit und Stille ver-
schmolzen vollständig. Dann und erst dann (das heißt,
als er nach Mitternacht am Ende eines gräßlichen, gräßlichen, ich kann einfach nicht sagen wie gräßlichen Tages rücklings auf einer Gefängnispritsche lag) schätzte
Cincinnatus C. seine Situation klar ab.

Zunächst erschien auf dem Hintergrund jenes
schwarzen Samtes, mit dem nachts die Innenseite der
Augenlider gefüttert ist, Marthes Gesicht wie auf

einem Medaillon; ihre puppenhafte Rosigkeit; ihre glänzende Stirn, mit der kindlichen Auswölbung; ihre dünnen Augenbrauen, die schräg nach oben verliefen, hoch über ihre runden haselnußbraunen Augen. Sie begann zu blinzeln, wandte den Kopf, an ihrem sanften, sahneweißen Hals befand sich ein schwarzes Samtband, und die samtene Ruhe ihres Kleides bauschte sich unten aus und verschmolz mit der Dunkelheit. So sah er sie im Publikum, als sie ihn zu der frisch gestrichenen Anklagebank führten, auf die er sich nicht zu setzen wagte, so daß er daneben stehen blieb (und dennoch beschmierte er seine Hände ganz mit smaragdgrüner Farbe, und gierig photographierten die Zeitungsleute die Fingerabdrücke, die er auf der Rückenlehne zurückgelassen hatte). Er konnte ihre angespannten Stirnen sehen, die protzigen Pantalons der Stutzer und die Handspiegel und schillernden Schals der eleganten Damen; doch die Gesichter waren undeutlich – von allen Zuschauern war ihm nur die rundäugige Marthe erinnerlich. Verteidiger und Ankläger – beide waren geschminkt und sahen sich sehr ähnlich (das Gesetz schrieb vor, daß sie Halbbrüder mütterlicherseits sein mußten, aber solche waren nicht immer verfügbar, und so wurde mit Schminke nachgeholfen) – sprachen die jedem zugebilligten fünftausend Wörter mit virtuoser Geschwindigkeit. Sie sprachen abwechselnd, und der Richter folgte dem schnellen Wortwechsel mit dem Kopf, bewegte ihn nach links und nach rechts, und all die anderen Köpfe taten es ihm nach; nur Marthe saß halb ihm zugewandt reglos wie ein erstauntes Kind, den Blick auf Cincinnatus geheftet, der neben der leuchtend grünen Parkbank stand. Der Verteidiger, ein Anwalt klassischer Enthauptung, siegte mit Leichtigkeit über den erfindungsreichen Ankläger, und der Richter faßte den Fall zusammen.

Bruchstücke dieser Reden, in denen die Wörter «Transparenz» und «Opazität» wie Blasen aufstiegen und platzten, klangen Cincinnatus jetzt in den Ohren, das Sausen des Blutes wurde zu Beifall, und Marthes Medaillongesicht blieb in seinem Blickfeld und schwand erst, als der Richter – der so nahe gekommen war, daß er auf seiner großen, dunklen Nase die vergrößerten Poren erkennen konnte, aus deren einer ganz auf der Spitze ein einsames, aber langes Haar sproß – mit feuchtem Unterton sagte: «Mit freundlichem Einverständnis des Publikums werden Sie den roten Zylinder aufzusetzen haben» – eine Floskel, die die Gerichte entwickelt hatten und deren wahren Sinn jeder Schuljunge kannte.

«Und doch bin ich so sorgsam geformt», dachte Cincinnatus und weinte in der Dunkelheit. «Die Biegung meines Rückgrats ist so genau, so geheimnisvoll berechnet. In meinen Waden spüre ich eng aufgerollt noch so viele Meilen, die meine Füße in meinem Leben zurücklegen könnten. Mein Kopf sitzt so bequem...»

Die Uhr schlug halb einer unbekannten Stunde.

Zweites Kapitel

Die Morgenzeitungen, die Rodion ihm zusammen mit einer Tasse lauwarmer Schokolade brachte, das Lokalblatt *Guten Morgen Leute* und die ernstere *Stimme der Öffentlichkeit*, waren wie immer voll von Farbphotographien. In der ersten fand er die Fassade seines Hauses: Die Kinder blickten vom Balkon, sein Schwiegervater blickte aus dem Küchenfenster, ein Photograph blickte aus Marthes Zimmer; auf dem zweiten war die ihm vertraute Aussicht von diesem Fenster in den Garten mitsamt dem Apfelbaum, dem offenen Tor und der Gestalt des Photographen, der die Fassade aufnahm. Darüber hinaus fand er zwei Bilder von sich selbst, die ihn in seiner demütigen Jugend zeigten.

Cincinnatus war der Sohn eines unbekannten Vaganten und verbrachte seine Kindheit in einem großen Heim jenseits der Strop (erst in seinen Zwanzigern lernte er beiläufig die zwitschernde, winzige, immer noch so jung wirkende Cecilia C. kennen, die ihn, als sie noch ein Schulmädchen war, eines Nachts an den Teichen empfangen hatte). Von seiner frühesten Jugend an gelang es Cincinnatus, der durch einen seltsamen und glücklichen Umstand seine Gefährdung begriff, eine gewisse Eigenheit zu verbergen. Er war undurchdringlich für die Strahlen der anderen und wirkte darum, wenn er nicht aufpaßte, bizarr, wie ein einsames dunkles Hindernis in dieser Welt der für einander durchsichtigen Seelen; jedoch lernte er, Transparenz vorzugaukeln, sozusagen mit Hilfe eines komplexen Systems optischer Täuschungen – aber er brauchte sich nur einmal zu vergessen, einen Augenblick lang die Herrschaft über sich zu verlieren und über die kläglich beleuchteten Facetten und Winkel, die er seine Seele einnehmen ließ, und sofort gab es Alarm. Mitten in der Aufregung eines Spiels ließen ihn seine Altersgenossen plötzlich im Stich, als hätten sie gespürt, daß sein klarer Blick und das Himmelblau seiner Schläfen nur eine listige Täuschung darstellten und daß Cincinnatus in Wahrheit opak war. Manchmal raffte der Lehrer inmitten einer plötzlichen Stille in bekümmerter Bestürzung alle seine Hautreserven um den Augen zusammen, blickte ihn lange an und sagte schließlich: «Was ist nur mit dir los, Cincinnatus?» Dann nahm sich Cincinnatus zusammen, preßte sein eigenes Ich an die Brust und brachte es an einen sicheren Ort.

Im Laufe der Zeit wurden die sicheren Orte immer weniger: Der besorgte Sonnenschein öffentlichen Interesses drang überallhin, und das Guckloch in der Tür war so angebracht, daß es keine einzige Stelle in der Zelle gab, die der Beobachter auf der anderen Seite nicht mit seinem Blick durchbohren konnte. Darum zerknüllte Cincinnatus die buntscheckigen Zeitungen nicht, schleuderte sie nicht von sich wie sein Doppelgänger (der Doppelgänger, der Vagant, der jeden von uns – dich und mich und ihn dort drüben – begleitet und tut, was wir in diesem Augenblick gerne täten, aber nicht tun können...). Cincinnatus legte sehr ruhig die Zeitungen beiseite und trank seine Schokolade aus. Die braune Haut, die die Schokolade überzogen hatte, wurde auf seinen Lippen zu verrunzeltem Schaum. Dann zog Cincinnatus den schwarzen Schlafrock (der ihm zu lang war) an, die schwarzen Pantoffeln mit den Pompons, setzte sein schwarzes Käppchen auf und begann in der Zelle umherzugehen, wie er es seit dem ersten Tage seiner Haft jeden Morgen getan hatte.

Die Kindheit auf suburbanem Rasen. Sie spielten Ball, Schweinchen, Schnake, Bockspringen, Knuffen, Pieken. Er war leicht und flink, aber sie spielten nicht gerne mit ihm. Im Winter lag eine glatte Schneedecke auf den Hängen der Stadt, und welchen Spaß machte es, auf den sogenannten «glasigen» Saburow-Schlitten hinabzusausen. Wie schnell wurde es Nacht, wenn man nach dem Schlittenfahren nach Hause ging... Was für Sterne, welche Verständigkeit und Trauer oben und welche Unwissenheit unten. In dem frostigen, metallischen Dunkel glühte in den eßbar wirkenden Fenstern bernsteingelbes und karminrotes Licht; Frauen in Fuchspelzen über Seidenkleidern liefen von Haus zu Haus über die Straße; die elektrische «Wagonnette» wirbelte einen kurzen, lumineszenten Blizzard auf, als sie auf ihrem schneebepuderten Gleis vorüberbrauste.

Eine Kinderstimme: «Arkadij Iljitsch, sehen Sie sich einmal Cincinnatus an...»

Er nahm es den Denunzianten nicht übel, aber diese vermehrten sich und wurden ein Schrecken, als sie heranwuchsen. Cincinnatus, der ihnen pechschwarz vorkam, als wäre er aus einem klaftergroßen Nachtblock geschnitzt, der opake Cincinnatus drehte sich so und so, um die Strahlen aufzufangen, versuchte mit verzweifelter Eile in einer Weise zu stehen, die ihn transparent wirken ließe. Die um ihn herum verstanden sich bereits nach dem ersten Wort, denn sie besaßen keine Worte, die unerwartet endeten, vielleicht mit einem archaischen Buchstaben, einem Ypsilamba, das mit erstaunlichen Folgen zu einem Vogel oder einem Katapult wurde. Im staubigen kleinen Museum auf dem Zweiten Boulevard, wo sie ihn als Kind hinführten und wo er selber später die ihm anvertrauten Kinder hinbrachte, gab es eine Sammlung seltener, wunderbarer Dinge, aber bis auf Cincinnatus fanden die Einwohner der Stadt sie alle so beschränkt und transparent wie einander. *Was unbenannt ist, existiert nicht.* Leider war alles benannt.

«Namenlose Existenz, ungreifbare Substanz», las Cincinnatus auf der Wand, dort, wo die Tür, wenn sie offen war, die Aufschrift verdeckte.

«Ständige Namenstagfeierer, ihr könnt einfach...», stand an einer anderen Stelle.

Weiter links, in einer kräftigen und säuberlichen Handschrift ohne einen einzigen überflüssigen Strich: «Wenn sie dich anreden, paß auf...» Die Fortsetzung war weggewischt worden.

Daneben, in unbeholfenen Kinderlettern: «Schreiber haben mir Geldbußen zu entrichten», unterschrieben «Gefängnisdirektor».

Man konnte noch eine weitere Zeile entziffern, eine alte und rätselhafte: «Miß mich während ich lebe – danach ist es zu spät.»

«Jedenfalls bin ich gemessen», sagte Cincinnatus, nahm seine Wanderung von neuem auf und schlug mit den Fingergelenken leicht an die Wände. «Doch wie ich das Sterben fürchte! Meine Seele hat sich unter dem Kissen vergraben. Nein, ich will nicht! Es wird kalt sein, meinen warmen Körper zu verlassen. Ich will nicht... wartet eine Weile... laßt mich noch ein wenig im Wachen träumen.»

Zwölf, dreizehn, vierzehn. Mit fünfzehn begann er in der Spielzeugwerkstatt zu arbeiten, der man ihn auf Grund seines kleinen Wuchses zugewiesen hatte. Abends, zum trägen, bezaubernden Platschen der kleinen Wellen, weidete er sich an alten Büchern in der Schwimmenden Bibliothek, *in memoriam* Dr. Sineokow, der an eben jener Stelle im Fluß ertrunken war. Das Scharren der Ketten, die kleine Galerie mit ihren orangefarbenen Lampenschirmen, das Plätschern, die vom Mond geölte glatte Wasserfläche und in der Ferne, im schwarzen Spinngewebe einer aufragenden Brücke, vorüberflackernde Lichter. Später jedoch begannen die kostbaren Bände unter der Feuchtigkeit zu leiden, so daß es schließlich notwendig wurde, den Fluß trockenzulegen und das Wasser mittels eines eigens dafür gegrabenen Kanals zur Strop hinüberzuleiten.

In der Werkstatt quälte er sich lange mit komplizierten Lappalien und arbeitete an Stoffpuppen für Schulmädchen; hier war der kleine, behaarte Puschkin im Kamtschatkaotterpelz, der rattenhafte Gogol mit einer protzig bunten Weste, der alte kleine Tolstoj mit seiner dicken Nase im Bauernkittel sowie viele andere, zum Beispiel Dobroljubow mit einer Brille ohne Gläser und bis oben zugeknöpft. Bei seiner künstlich entwickelten Vorliebe für dieses mystische neunzehnte Jahrhundert war Cincinnatus bereit, sich völlig in die Nebel jenes Altertums zu versenken und darin eine trügerische Zuflucht zu suchen, doch etwas anderes lenkte ihn ab.

In jener kleinen Fabrik arbeitete Marthe; die Lippen angefeuchtet, den Mund halb geöffnet, mit einem Faden auf ein Nadelöhr zielend. «Tag, Cincinnatlein.» Und so begannen jene verzückten Wanderungen in den sehr, sehr weitläufigen Tamara-Gärten (so weitläufig, daß selbst die weiten Hügel dunstig waren von dem Taumel ihrer Ferne), wo die Weiden grundlos in drei Bäche weinen und die Bäche in drei Kaskaden, von denen jede ihren eigenen Regenbogen besitzt, in den See stürzen, wo ein Schwan Arm in Arm mit seinem Spiegelbild schwimmt. Die ebenen Rasenflächen, die Rhododendren, die Eichenhaine, die fröhlichen Gärtner in ihren grünen Stiefeln, die den ganzen Tag über Versteck spielen; eine Grotte, eine idyllische Bank, auf der drei Spaßvögel drei kleine Haufen hinterlassen hatten (ein Trick – es handelt sich um Nachahmungen aus braun bemaltem Blech), ein Rehkitz, das in die Allee springt und sich vor den Augen in zitternde Flecken von Sonnenschein verwandelt – so waren jene Gärten beschaffen! Dort, dort ist Marthes lispelndes Geplapper, sind ihre weißen Strümpfe und Samtpantoffeln, ihre kühle Brust und ihre rosigen Küsse, die nach wilden Erdbeeren schmecken. Wenn man nur von hieraus etwas sehen könnte – wenigstens die Baumkronen, wenigstens die ferne Hügelkette... Cincinnatus band den Schlafrock etwas fester. Cincinnatus rückte den

den vor Zorn aufquietschenden Tisch und begann ihn zurückzuzerren: Wie widerwillig, mit welchen Schaudern bewegte er sich über den Steinfußboden! Die Schauder übertrugen sich auf Cincinnatus' Finger und Gaumen, während er sich zum Fenster zurückzog (das heißt zu der Wand, wo sich hoch, hoch oben die schräge Höhlung des Fensters befand). Ein lauter Löffel fiel, die Tasse begann zu tanzen, der Bleistift zu rollen, ein Buch auf das andere zu rutschen. Cincinnatus hob den bockenden Stuhl auf den Tisch. Dann kletterte er selber hinauf. Doch natürlich konnte er nichts sehen, nur den weißen Himmel mit ein paar dünn zurückgekämmten weißen Haaren – die Überreste von Wolken, welche die Bläue nicht dulden konnten. Cincinnatus konnte sich kaum zu den Gitterstäben emporrecken, hinter denen der Fenstertunnel mit noch einem Gitter am Ende und seiner Schattenwiederholung auf den abbröckelnden Wänden des Steinschachts aufstieg. An der Seite dort stand in der gleichen säuberlichen, verachtungsvollen Handschrift wie bei einem der halb ausgelöschten Sätze, die er vorher gelesen hatte, die Aufschrift: «Man kann nichts sehen. Ich habe es auch versucht.»

Cincinnatus stand auf Zehenspitzen und hielt die Eisenstäbe mit seinen kleinen Händen, die von der Anspannung ganz weiß waren, seine eine Gesichtshälfte war von sonnigem Gitterwerk bedeckt, links leuchtete das Gold seines Schnurrbarts, und in jeder seiner spiegelhaften Pupillen war ein winziger goldener Käfig, während unten seine Fersen aus den zu großen Pantoffeln ragten.

«Ein bißchen weiter, und Sie fallen», sagte Rodion.

der nicht weniger als eine halbe Minute in der Nähe gestanden hatte und nun das Bein des zitternden Stuhls fest gepackt hielt. «Schon gut, schon gut. Sie können jetzt herunterklettern.»

Rodion hatte kornblumenblaue Augen und wie immer seinen prachtvollen roten Bart. Dieses einnehmende russische Gesicht war nach oben und Cincinnatus zu gewandt, der mit der nackten Fußsohle hineintrat – das heißt, sein Doppelgänger trat hinein, als Cincinnatus selber schon von dem Stuhl auf den Tisch herabgestiegen war. Rodion umfaßte ihn wie ein kleines Kind und hob ihn behutsam herunter; dann schob er den Tisch mit einem Geigenton an seine frühere Stelle und setzte sich auf die Kante, einen Fuß baumelnd in der Luft, den anderen auf den Fußboden gestemmt, in der pseudo-forschen Pose von Opernwüstlingen in der Gasthausszene, während Cincinnatus an der Schärpe seines Schlafrocks zupfte und sein Bestes tat, nicht zu weinen.

Rodion sang in seinem Baß-Bariton, rollte die Augen und schwang den leeren Krug. Einst sang Marthe das gleiche kecke Lied. Tränen strömten Cincinnatus aus den Augen. Beim kulminierenden Ton schmetterte Rodion den Krug auf den Boden und glitt vom Tisch. Ein Chor setzte seinen Gesang fort, obwohl er alleine war. Plötzlich hob er beide Arme und trat ab.

Auf dem Boden sitzend, blickte Cincinnatus durch seine Tränen nach oben; der Schatten der Stäbe hatte sich bereits weiterbewegt. Er versuchte – zum hundertsten Male – den Tisch zu bewegen, aber ach, die Beine waren seit Ewigkeiten mit Bolzen am Boden befe-

stigt. Er aß eine getrocknete Feige und begann von
neuem in der Zelle umherzugehen.

Neunzehn, zwanzig, einundzwanzig. Mit zweiund-
zwanzig wurde er als Lehrer in die Abteilung F eines
Kindergartens versetzt, und zu dieser Zeit heiratete er
Marthe. Fast unmittelbar, nachdem er seine neuen
Pflichten übernommen hatte (sie bestanden darin,
lahme, bucklige oder schielende Kinder zu beschäftigen), reichte eine hochstehende Persönlichkeit eine Beschwerde zweiter Klasse gegen ihn ein. Vorsichtig
wurde in Form einer Vermutung Cincinnatus' funda-
mentale Gesetzwidrigkeit angedeutet. Zusammen mit
diesem Memorandum prüften die Stadtväter auch die
alten Beschwerden, die die scharfsichtigeren seiner
Kollegen in der Werkstatt von Zeit zu Zeit erhoben hatten. Der Vorsitzende des Erziehungsausschusses und
andere Amtspersonen schlossen sich abwechselnd mit
ihm ein und unterzogen ihn den gesetzlich vorgeschrie-
benen Tests. Mehrere Tage hintereinander durfte er
nicht schlafen und wurde gezwungen, schnell und sinnlos Belanglosigkeiten herunterzuplappern, bis er nahezu delirierte, Briefe an verschiedene Gegenstände
und Naturphänomene zu schreiben, Alltagsszenen zu
spielen und verschiedene Tiere, Handwerke und
Krankheiten nachzuahmen. All dies tat er, all dies
schaffte er, denn er war jung, erfinderisch, frisch und
sehnte sich zu leben, eine Zeitlang mit Marthe zu leben.
Zögernd ließen sie ihn frei, erlaubten ihm, weiter mit
den Kindern der untersten Kategorie zu arbeiten, die
entbehrlich waren, um zu sehen, was daraus würde. Er
ging mit ihnen jeweils paarweise spazieren, während er

32

die Kurbel einer kleinen Spieluhr drehte, die wie eine Kaffeemühle aussah; an Feiertagen schaukelte er mit ihnen auf dem Spielplatz – der ganze Haufen war still und atemlos, wenn er aufwärts sauste, und kreischte beim Abwärtssturz. Einigen brachte er das Lesen bei.

Inzwischen begann Marthe, ihn schon in ihrem ersten Ehejahr zu betrügen; überall und mit jedem. Wenn Cincinnatus nach Hause kam, hatte sie gewöhnlich ein gewisses übersättigtes halbes Lächeln auf dem Gesicht, während sie das rundliche Kinn an den Hals drückte, als mache sie sich Vorwürfe, und mit ihren haselnußbraunen Augen ohne Falsch aufblickend, sagte sie mit sanfter, girrender Stimme: «Die kleine Marthe hat es heute wieder gemacht.» Er sah sie ein paar Sekunden lang an, drückte wie eine Frau die Handfläche an die Wange, ging lautlos jammernd durch alle Zimmer, die voll waren von ihren Verwandten, und schloß sich im Badezimmer ein, wo er mit den Füßen aufstampfte, das Wasser laufen ließ und hustete, um das Geräusch seines Weinens zu übertönen. Um sich zu rechtfertigen, erklärte sie ihm manchmal: «Du weißt doch, was für ein mitleidiges Wesen ich bin; es ist etwas so Winziges, und für einen Mann ist es solch eine Erleichterung.»

Bald wurde sie schwanger, aber nicht von ihm. Sie brachte einen Sohn zur Welt, wurde gleich darauf wieder schwanger – und wieder nicht von ihm – und gebar ein Mädchen. Der Junge war lahm und bösartig, das Mädchen schwer von Begriff, fett und fast blind. Ihrer Gebrechen wegen landeten beide in seinem Kindergarten, und es war seltsam mitanzusehen, wie die flinke, geschmeidige, rosige Marthe den Krüppel und das pummelige Gör nach Hause brachte. Allmählich hörte Cincinnatus ganz auf, sich zusammenzunehmen, und eines Tages entstand bei einer öffentlichen Versammlung im Stadtpark eine jähe Unruhewoge, und jemand sagte laut: «Bürger, unter uns ist ein...» Es folgte ein seltsames, fast vergessenes Wort, der Wind rauschte durch die Karobbäume, und Cincinnatus wußte nichts Besseres, als aufzustehen und fortzugehen und geistesabwesend Blätter von den Büschen am Wegrand zu pflücken. Und zehn Tage später wurde er verhaftet.

«Wahrscheinlich morgen», sagte Cincinnatus, während er langsam in der Zelle umherging. «Wahrscheinlich morgen», sagte Cincinnatus, setzte sich auf die Pritsche und massierte die Stirn mit der Handfläche. Ein Sonnenuntergangsstrahl wiederholte bereits bekannte Lichteffekte. «Wahrscheinlich morgen», sagte Cincinnatus seufzend. «Es war zu ruhig heute, also morgen, hell und früh...»

Eine Zeitlang waren sie alle still – der irdene Krug mit einem Wasserrest, der allen Gefangenen der Welt zu trinken angeboten hatte; die Wände, die Arme um die Schultern gelegt wie ein Quartett, das unhörbar flüsternd ein quadratisches Geheimnis bespricht; die samtene Spinne, die irgendwie Marthe ähnelte; die großen schwarzen Bücher auf dem Tisch...

«Was für ein Mißverständnis», sagte Cincinnatus und brach plötzlich in Lachen aus. Er stand auf und legte den Schlafrock, das Käppchen, die Pantoffeln ab. Er legte Leinenhose und Hemd ab. Er legte den Kopf ab wie ein Toupet, die Schlüsselbeine wie Hosenträger, den Brustkasten wie eine Halsberge. Er legte Hüften

und Beine ab, die Arme legte er ab wie Stulpenhand-
schuhe und warf sie in eine Ecke. Was von ihm übrig-
blieb, löste sich langsam auf und färbte kaum die Luft.
Zuerst genoß Cincinnatus einfach die Kühle; dann,
vollständig in sein geheimes Element getaucht, begann
er frei und glücklich zu...

Der eiserne Donnerschlag des Türbolzens hallte,
und augenblicks wuchs Cincinnatus alles, was er von
sich geworfen hatte, wieder zu, das Käppchen eingeschlossen. Rodion der Wärter brachte ein Dutzend
gelbe Pflaumen in einem runden, mit Weinblättern aus-
gelegten Korb, ein Geschenk der Frau Direktor.

Cincinnatus, deine kriminelle Übung hat dich er-
frischt.

Drittes Kapitel

Cincinnatus wurde von dem verhängnisdrohenden Stimmenlärm geweckt, der auf dem Gang anschwoll.

Obwohl er sich am Vortage auf ein solches Erwachen vorbereitet hatte, war er seinem Atmen und seinem Herzklopfen jetzt dennoch nicht gewachsen. Er faltete den Schlafrock über seinem Herzen, damit es nichts sähe – sei ruhig, es ist nichts (wie man einem Kind im Augenblick eines unfaßlichen Unglücks zuspricht) –, bedeckte sein Herz, richtete sich ein wenig auf und lauschte. Er vernahm die schlurfenden Geräusche vieler Füße in verschiedenen Graden der Hörbarkeit; er vernahm Stimmen, auch sie in verschiedenen Tiefen; eine erhob sich fragend über die anderen; eine andere, nähere, antwortete. Von weit her herbeieilend, sauste jemand vorbei und begann über die Steine zu schlittern wie über eine Eisfläche. Inmitten des Durcheinanders sprach der Baß des Direktors ein paar Worte, die undeutlich, aber entschieden gebieterisch klangen. Das Beängstigendste war, daß auch eine Kinderstimme durch den Aufruhr drang – der Direktor hatte eine kleine Tochter. Cincinnatus erkannte sowohl den wimmernden Tenor seines Anwalts als auch Rodions Gemurmel... Und wieder stellte jemand rennend eine

36

dröhnende Frage, und ein anderer antwortete ebenso dröhnend. Ein Keuchen, ein Scharren, ein Klirren, als stochere jemand mit einem Stock unter einer Bank. «Nicht gefunden?» erkundigte sich der Direktor deutlich. Schritte liefen vorüber. Schritte liefen vorüber. Liefen vorüber und kehrten zurück. Cincinnatus konnte es nicht länger ertragen; er ließ die Füße auf den Boden hinunter: Sie hatten ihn Marthe also doch nicht mehr sehen lassen... Soll ich anfangen, mich auszuziehen, oder werden sie kommen und mich kostümieren? Nun macht schon, kommt herein...

Indessen folterten sie ihn noch ein paar Minuten lang. Plötzlich ging die Tür auf, und schlitternd kam sein Anwalt hereingestürzt.

Er war zerzaust und verschwitzt. Er fummelte an seiner linken Manschette, und seine Augen streunten umher.

«Ich habe einen Manschettenknopf verloren», rief er und hechelte wie ein Hund. «Muß mit jemand... zusammengestoßen sein... als ich bei der kleinen Emmi war... der Süßen... Sie hat immer so viele Dummheiten im Kopf... An den Frackschößen... Jedesmal, wenn ich hereinsehe... Und der springende Punkt ist, daß ich was gehört habe... Aber ich habe nicht aufge... Gucken Sie, die Kette muß... Der hat mir so gefallen... Na, jetzt ist's zu spät... Vielleicht kann ich noch... Ich habe allen Wärtern versprochen... Aber es ist ein Jammer...»

«Ein törichter, schläfriger Irrtum», sagte Cincinnatus ruhig. «Ich habe die Aufregung mißverstanden. So etwas ist nicht gut fürs Herz.»

«Ach danke, machen Sie sich keine Sorgen, es ist unwichtig», murmelte der Anwalt geistesabwesend. Und mit den Augen durchforschte er die Ecken der Zelle. Es war klar, daß ihn der Verlust jenes kostbaren Gegenstandes verstimmte. Es war klar. Der Verlust des Gegenstandes verstimmte ihn. Der Gegenstand war kostbar. Er war von dem Verlust des Gegenstandes verstimmt.

Mit leisem Stöhnen ging Cincinnatus wieder ins Bett. Der andere setzte sich am Fuß der Pritsche.

«Als ich kam, Sie zu besuchen», sagte der Anwalt, «da war ich so munter und froh... Aber dieses kleine Mißgeschick hat mich bekümmert – denn schließlich ist es eine Kleinigkeit, das werden Sie zugeben; es gibt Wichtigeres. Und wie fühlen Sie sich so?»

«Aufgelegt zu einem vertraulichen Gespräch», erwiderte Cincinnatus mit geschlossenen Augen. «Ich möchte einige Schlüsse mit Ihnen teilen, zu denen ich gekommen bin. Ich bin umgeben von einer Art elender Gespenster und nicht von Menschen. Sie foltern mich, wie einen nur sinnlose Visionen, schlimme Träume, der Bodensatz von Delirien, das Gefasel eines Nachtmahrs und all das foltern können, was hier unten für das wahre Leben gehalten wird. Theoretisch möchte man hoffen aufzuwachen. Aber aufwachen kann ich nicht ohne fremde Hilfe, und dennoch habe ich furchtbare Angst vor dieser Hilfe, und selbst meine Seele ist träge geworden und hat sich an ihre engen Windeln gewöhnt. Von all den Gespenstern, die um mich sind, sind Sie wahrscheinlich das elendeste, Roman Wissarjonowitsch, doch andererseits – in Anbetracht Ihrer logischen Stellung in unserem erfundenen Habitus – sind Sie sozusagen ein Ratgeber, ein Verteidiger...»

«Zu Diensten», sagte der Anwalt, froh darüber, daß Cincinnatus endlich gesprächig geworden war.

«Ich möchte Sie also folgendes fragen: Aus welchem Grund weigert man sich, mir den genauen Hinrichtungstermin mitzuteilen? Einen Augenblick, ich bin noch nicht fertig. Der sogenannte Direktor vermeidet eine klare Antwort und verweist auf den Umstand, daß – einen Augenblick! Ich will erstens wissen, wer befugt ist, den Tag festzusetzen. Zweitens will ich wissen, wie man aus dieser Institution oder Person oder diesem Gremium eine sinnvolle Auskunft herausbekommt...»

Der Anwalt, der eben noch unbedingt reden wollte, schwieg jetzt aus irgendeinem Grund. Sein geschminktes Gesicht mit den dunkelblauen Augenbrauen und der langen Hasenscharte drückte keine besondere geistige Tätigkeit aus.

«Lassen Sie Ihre Manschette in Ruhe», sagte Cincinnatus, «und versuchen Sie sich zu konzentrieren.»

Roman Wissarjonowitsch veränderte ruckartig die Körperhaltung und verschränkte die ruhelosen Finger. Mit wehleidiger Stimme sagte er: «Genau wegen dieses Tons...»

«...werde ich hingerichtet», sagte Cincinnatus. «Das weiß ich. Sprechen Sie weiter!»

«Wechseln wir das Thema, ich flehe Sie an», rief Roman Wissarjonowitsch. «Können Sie denn selbst jetzt nicht in den erlaubten Grenzen bleiben? Das ist wirklich schrecklich. Ich halte es nicht aus. Ich bin vorbeigekommen, nur um zu fragen, ob Sie nicht irgendwelche legitimen Wünsche haben... zum Beispiel [hier hellte sich sein Gesicht auf] möchten Sie vielleicht gedruckte Exemplare der Reden haben, die während der Verhandlung gehalten wurden? Im Falle eines derartigen Begehrens müssen Sie unverzüglich die notwendige Eingabe machen, die Sie und ich gleich jetzt vorbereiten könnten, und zwar mit detaillierten Angaben über Anzahl und Verwendungszweck der gewünschten Exemplare. Ich habe zufällig gerade eine Stunde frei – ach bitte, bitte, machen wir das doch! Ich habe sogar einen Spezialumschlag mitgebracht.»

«Nur aus Neugier...» sagte Cincinnatus, «doch zuerst... Gibt es also wirklich keine Chance, eine Antwort zu erhalten?»

«Einen Spezialumschlag», wiederholte der Anwalt verführerisch.

«Nun gut, geben Sie ihn her», sagte Cincinnatus und zerriß den dicken, prallen Umschlag in krumme Fetzen.

«Das hätten Sie nicht tun dürfen», rief der Anwalt am Rand der Tränen. «Das hätten Sie auf keinen Fall tun dürfen. Sie haben gar keine Ahnung, was Sie angerichtet haben. Vielleicht war eine Begnadigung drin. Noch eine wird bestimmt nicht zu bekommen sein!»

Cincinnatus hob eine Handvoll Fetzen auf und versuchte, wenigstens einen zusammenhängenden Satz zu rekonstruieren, aber alles war durcheinander, verzerrt, verrenkt.

«So machen Sie das immer», wimmerte der Anwalt, preßte die Hände an die Schläfen und schritt in der Zelle auf und ab. «Vielleicht hielten Sie Ihre Rettung in den Händen, und Sie... Es ist schrecklich! Was soll ich

bloß mit Ihnen machen? Jetzt ist sie ein für allemal verloren... Und ich war so froh! Ich war dabei, Sie so behutsam vorzubereiten!»

«Darf ich?» sagte der Direktor gedehnt, während er
die Tür ein wenig öffnete. «Störe ich auch nicht?»

«Bitte kommen Sie herein, Rodrig Iwanowitsch,
bitte kommen Sie herein», sagte der Anwalt. «Bitte
kommen Sie herein, teurer Rodrig Iwanowitsch. Nur
geht es hier drinnen nicht eben lustig zu...»

«Na und wie fühlt sich unser Todeskandidat heute?»
witzelte der elegante, würdige Direktor und drückte
Cincinnatus' kalte kleine Hand in seinen fleischigen
Purpurpranken. «Alles in Ordnung? Kein Schmerz
und Weh? Immer noch dabei, mit unserem unermüd-
lichen Roman Wissarjonowitsch zu plaudern? Übrigens, teurer Roman Wissarjonowitsch, ich habe eine
angenehme Nachricht für Sie – meine kleine Range hat
eben auf der Treppe Ihren Manschettenknopf gefunden. *La voici.* Das ist französisches Gold, oder? Sehr,
sehr elegant. Gewöhnlich mache ich keine Kompli-
mente, aber ich muß sagen...»

Sie gingen beide in eine Ecke und taten so, als unter-
suchten sie das entzückende Schmuckstück, als erörterten sie seine Geschichte und seinen Wert, als bestaunten
sie es. Cincinnatus benutzte die Gelegenheit, unter die
Pritsche zu fassen und mit einem hohen, rieselnden
Ton, der am Ende zögernd wurde...

«Ja, wirklich, ungemein geschmackvoll, ungemein»,
wiederholte der Direktor, während er mit dem Anwalt
aus der Ecke zurückkam. «Ihnen geht's also gut, junger
Mann», wandte er sich gedankenlos an Cincinnatus,

der zurück ins Bett kroch. «Aber Sie dürfen sich nicht kindisch benehmen. Die Öffentlichkeit und wir alle als Vertreter der Öffentlichkeit sind lediglich an Ihrem Wohlergehen interessiert – das muß Ihnen doch inzwischen klar geworden sein. Wir sind bereit, Ihnen alles leichter zu machen, indem wir Sie Ihrer Einsamkeit entheben. In einigen Tagen bezieht ein neuer Gefangener eine unserer Luxuszellen. Sie schließen Bekanntschaft, und das wird für Zerstreuung sorgen.»

«In ein paar Tagen?» fragte Cincinnatus. «Dann *habe* ich also noch ein paar Tage?»

«Nun hören Sie sich das an», kicherte der Direktor. «Alles will er wissen. Wie gefällt Ihnen das, Roman Wissarjonowitsch?»

«Ach mein Freund, wie recht Sie haben», seufzte der Anwalt.

«Jawohl», fuhr jener fort und rasselte einmal mit seinem Schlüsselbund. «Sie sollten etwas bereitwilliger sein, mein Herr. Die ganze Zeit über ist er hochmütig, ärgerlich, verschlagen. Gestern abend habe ich ihm ein paar von den Pflaumen gebracht, nicht, und was glauben Sie? Seine Durchlaucht geruhte nicht, sie zu verspeisen, Seine Durchlaucht war zu stolz. Jawohl! Ich wollte Ihnen gerade von diesem neuen Gefangenen da erzählen. Sie werden mit ihm zur Genüge tratschen und klatschen können. Kein Grund, Trübsal zu blasen so wie jetzt. Stimmt's, Roman Wissarjonowitsch?»

«Das stimmt, Rodion, das stimmt», pflichtete der Anwalt mit einem unwillkürlichen Lächeln bei.

Rodion strich sich seinen Bart und fuhr fort: «Der arme Herr tut mir schon richtig leid – ich komme rein, ich sehe hin, er ist oben drauf auf dem Tisch und Stuhl und versucht, mit seinen Händchen und Füßchen die Gitterstäbe zu erreichen, wie ein krankes Äffchen. Und der Himmel richtig blau, und die Schwalben sie fliegen, und Wölkchen hoch droben – was für eine Wonne, was für ein Segen! Ich nehme den Herrn wie ein kleines Kind vom Tisch herunter, und ich selber, ich heule – ja, ich stehe hier – ich heule und heule... Ich war wirklich ganz geknickt, so leid hat er mir getan.»

«Sollen wir ihn nach oben mitnehmen, was meinen Sie?» schlug der Anwalt zögernd vor.

«Aber gewiß doch geht das», sagte Rodion gedehnt und mit gesetztem Wohlwollen. «Das geht immer.»

«Hüllen Sie sich in Ihren Schlafrock», sprach Roman Wissarjonowitsch.

Cincinnatus sagte: «Ich gehorche, Gespenster, Werwölfe, Parodien. Ich gehorche. Jedoch verlange ich – ja, ich verlange [und der andere Cincinnatus begann hysterisch mit den Füßen aufzustampfen und verlor seine Pantoffeln] zu erfahren, wie lange ich noch zu leben habe... und ob ich meine Frau sehen darf.»

«Wahrscheinlich ja», erwiderte Roman Wissarjonowitsch, nachdem er mit Rodion einen Blick gewechselt hatte. «Reden Sie bloß nicht so viel. Also gehen wir.»

«Darf ich bitten», sagte Rodion und gab der unverriegelten Tür einen Stoß mit der Schulter.

Alle drei gingen hinaus: als erster Rodion, krummbeinig, in alten, ausgeblichenen, hintenherum ausgebeulten Breeches; hinter ihm der Anwalt im Gehrock, einen Schmutzfleck auf dem Zelluloidkragen und einen Streifen rosa Musselins am Hinterkopf, wo die schwarze Perücke endete; und schließlich hinter ihm Cincinnatus, der fast seine Pantoffeln verlor und sich fester in seinen Schlafrock wickelte.

Wo der Gang die Biegung machte, salutierte der andere, namenlose Wärter. Das fahle, steinige Licht wechselte mit Bereichen der Dunkelheit. Sie gingen und gingen. Eine Biegung folgte der anderen. Mehrere Male kamen sie an genau dem gleichen Feuchtigkeitsmuster an der Wand vorbei, das aussah wie ein grauenhaftes Pferdegerippe. Hier und da mußte Licht angemacht werden; eine staubige Glühbirne an der Decke oder an der Seite brach in bitteres gelbes Licht aus. Manchmal auch war sie durchgebrannt, und dann trotteten sie durch dichte Dunkelheit. An einer Stelle, wo ein unverhoffter und unerklärlicher Sonnenstrahl von oben einfiel und dunstig glühte, ehe er sich auf den ausgewaschenen Fliesen brach, warf Emmi, des Direktors Töchterlein, angetan mit einem hellen karierten Kittel und karierten Socken – ein Kind noch, aber eins mit den Marmorwaden einer Ballerina – rhythmisch einen Ball gegen die Wand. Sie wandte sich um, strich mit Ring- und kleinem Finger eine blonde Locke von der Wange und folgte der kurzen kleinen Prozession mit dem Blick. Rodion klirrte munter mit seinen Schlüsseln, als er vorbeiging; der Anwalt streichelte leicht ihr leuchtendes Haar; doch sie starrte Cincinnatus an, der verängstigt zurücklächelte. Als sie die nächste Biegung des Ganges erreicht hatten, sahen sich alle drei nach ihr um. Emmi blickte ihnen nach, während ihre Hände leicht auf den glänzenden rotblauen Ball tappten.

Wieder gingen sie eine lange Zeit im Dunkeln, bis sie

an eine Stelle kamen, wo der Gang vor ihnen gesperrt war und eine rubinrote Glühbirne über einem zusammengerollten Feuerwehrschlauch brannte. Rodion schloß eine niedrige Eisentür auf; dahinter wand sich steil eine Steintreppe aufwärts. Hier wechselte die Reihenfolge: Rodion trat auf der Stelle und ließ erst den Anwalt und dann Cincinnatus vorbei, worauf er sich der Prozession lautlos anschloß.

Es fiel nicht leicht, die steile Treppe zu steigen, die aus der Finsternis allmählich in hellere Bereiche emporwuchs, und sie stiegen so lange, daß Cincinnatus aus Langeweile die Stufen zu zählen begann, eine dreistellige Zahl erreichte, dann jedoch stolperte und es aufgab. Nach und nach nahm die Helligkeit zu. Vor Erschöpfung stieg Cincinnatus wie ein Kind, auf jeder Stufe begann er mit demselben Fuß. Eine Windung mehr, und plötzlich erhob sich ein starker Wind, blendend dehnte sich der Sommerhimmel, und Schwalbenschreie durchbohrten die Luft.

Unsere Wanderer fanden sich auf einer breiten Terrasse oben auf einem Turm, von dem aus sich ein atemraubender Anblick bot, denn nicht nur war der Turm gewaltig, sondern die ganze Festung ragte gewaltig auf der Spitze eines gewaltigen Felsens, dessen ungeheuerlicher Auswuchs sie zu sein schien. Tief unten konnte man die fast vertikalen Weingärten und die cremefarbene Straße erkennen, die sich zu dem ausgetrockneten Flußbett hinabwand; eine winzige Gestalt in Rot überquerte die konvexe Brücke; der ihr vorauslaufende Fleck war höchstwahrscheinlich ein Hund.

Weiter entfernt beschrieb die von Sonnenlicht überflutete Stadt einen geräumigen Halbkreis: Manche der bunten Häuser setzten sich in Begleitung runder Bäume in geraden Zeilen fort, während anderswo krumme Häuserreihen Hänge hinabkletterten und dabei auf die eigenen Schatten traten; man konnte den Verkehr auf dem Ersten Boulevard erkennen und an seinem Ende, dort, wo der berühmte Brunnen war, einen amethystfarbenen Schimmer; und noch weiter weg, in Richtung der dunstigen Hügelfalten, die den Horizont bildeten, sah man die dunklen Tüpfel von Eichenwaldungen mit hier und da einem wie ein Handspiegel glänzenden Teich, während sich helle Wasserovale, die durch den zarten Dunst leuchteten, weiter drüben im Westen sammelten, wo die Quelle der sich durchs Land schlängelnden Strop war. Die Hand an die Wange gepreßt, starrte Cincinnatus in regloser, unsagbar vager und vielleicht sogar glückseliger Verzweiflung hinüber zu dem Glanz und Dunst der Tamara-Gärten und zu den taubenblauen, zerfließenden Hügeln dahinter – es dauerte lange, bis er es über sich brachte, die Augen abzuwenden...

Ein paar Schritte von ihm stützte der Anwalt seine Ellbogen auf die breite Steinbrüstung, die oben von einem unternehmenden Gewächs bedeckt war. Sein Rücken war mit Kalk beschmiert. Nachdenklich blickte er in die Ferne; den linken Lackschuh hatte er auf den rechten gestellt, und die Wangen zog er mit den Fingern so stark nach unten, daß die unteren Augenlider nach außen gewendet waren. Rodion hatte irgendwo einen Besen gefunden und fegte still die Fliesen der Terrasse.

«Wie bezaubernd dies alles ist», sagte Cincinnatus

und redete dabei die Gärten, die Hügel an (und aus irgendeinem Grund war es besonders angenehm, das Wort «bezaubernd» im Wind zu wiederholen, so wie Kinder, belustigt von der Wiederherstellung der hörbaren Welt, sich abwechselnd die Ohren zuhalten und freimachen). «Bezaubernd! So habe ich diese Hügel noch nie gesehen, so geheimnisvoll. Irgendwo in ihren Mulden, in ihren geheimnisvollen Tälern könnte ich doch... Nein, besser nicht daran denken.»

Er ging ganz um die Terrasse herum. Flachland erstreckte sich nach Norden hin, Wolkenschatten trieben darüber hinweg; Wiesen wechselten mit Kornfeldern. Hinter einer Krümmung der Strop konnte man die vom Unkraut verwischten Umrisse des alten Flugplatzes und das Gebäude erkennen, wo das ehrwürdige, gebrechliche Flugzeug mit seinen scheckigen Flicken an den rostigen Flügeln aufbewahrt wurde, das an Feiertagen, hauptsächlich zum Vergnügen von Krüppeln, noch zuweilen in Betrieb genommen wurde. Die Materie war müde. Die Zeit döste sanft. In der Stadt lebte ein gewisser Mann, ein Apotheker, dessen Urgroßvater, wie es hieß, einen Bericht hinterlassen hatte, in dem beschrieben war, wie Kaufleute einst auf dem Luftweg nach China gelangten.

Cincinnatus vollendete seinen Gang um die Terrasse und kehrte zu ihrer südlichen Brüstung zurück. Seine Augen machten überaus ungesetzliche Ausflüge. Jetzt glaubte er, eben jenen blühenden Strauch zu erkennen, jenen Vogel, jenen Pfad, der unter einem Efeubaldachin verschwand...

«Das reicht wohl», sagte der Direktor gutmütig,

schleuderte den Besen in eine Ecke und zog sich wieder seinen Gehrock an. «Kommen Sie nach Hause.»

«Ja, es ist Zeit», erwiderte der Anwalt und blickte auf seine Uhr.

Und die gleiche kleine Prozession nahm ihren Weg zurück. Vorne ging Direktor Rodrig Iwanowitsch, hinter ihm Rechtsanwalt Roman Wissarjonowitsch und hinter diesem Häftling Cincinnatus, dem jetzt, nach soviel frischer Luft, Gähnkrämpfe kamen. Der Gehrock des Direktors war hinten mit Kalk beschmiert.

Viertes Kapitel

Sie nutzte Rodions Morgenvisite aus und kam herein, indem sie ihm unter den Händen hindurchschlüpfte, die das Tablett hielten.

«T-t-t», schnalzte er, um einen Schokoladenschauer zu bannen. Mit seinem behutsamen Fuß schloß er die Tür hinter sich und brummelte in den Schnurrbart: «So ein ungezogenes Kind...»

Inzwischen hatte sich Emmi vor ihm versteckt und kauerte hinter dem Tisch.

«Sie lesen ein Buch, was?» bemerkte Rodion und strahlte vor Freundlichkeit. «Ein lohnender Zeitvertreib.»

Ohne von der Lektüre aufzublicken, ließ Cincinnatus eine jambische Zustimmung hören, aber seine Augen erfaßten den Text nicht mehr.

Rodion beendete seine schlichten Pflichten, verjagte mit einem Lappen den Staub, der in einem Sonnenstrahl tanzte, fütterte die Spinne und ging.

Emmi kauerte immer noch, aber jetzt etwas weniger gezwungen, und schwankte ein wenig, als ruhe sie auf Federn; die flaumigen Arme hielt sie verschränkt, ihr rosa Mund war leicht geöffnet, und ihre langen, bleichen, fast weißen Augenlider blinzelten, als sie über die

Tischplatte hinweg zur Tür sah. Eine bereits bekannte Geste: schnell und die Finger aufs Geratewohl wählend, strich sie eine flachsblonde Haarsträhne von der Schläfe und warf Cincinnatus einen schrägen Blick zu; er hatte sein Buch weggelegt und wartete ab, was als nächstes geschehen würde.

«Er ist weg», sagte Cincinnatus.

Sie erhob sich aus der Kauerstellung, stand aber immer noch gebückt und blickte zur Tür. Sie war verlegen und wußte nicht, was sie unternehmen sollte. Plötzlich ließ sie ihre Zähne sehen und flog mit aufblitzenden Ballerinawaden zur Tür – die sich natürlich als verriegelt erwies. Ihre moirierte Schärpe frischte die Luft in der Zelle auf.

Cincinnatus stellte ihr die üblichen beiden Fragen. Geziert nannte sie ihren Namen und antwortete, daß sie zwölf sei.

«Und tue ich dir leid?» fragte Cincinnatus.

Sie beantwortete es ihm nicht. Statt dessen hob sie den Tonkrug, der in einer Ecke stand, an ihr Gesicht. Er war leer und klang hohl. Sie tutete ein paarmal in seine Tiefen und stob einen Augenblick später davon; jetzt lehnte sie an der Wand, stützte sich nur mit ihren Schulterblättern und Ellbogen, glitt auf ihren angespannten Füßen in den flachen Schuhen nach vorn und richtete sich wieder auf. Sie lächelte vor sich hin und sah dann, während sie weiter schlitterte, mit leicht gerunzelter Stirn zu Cincinnatus hinüber, wie man zur niedrig stehenden Sonne blickt. Alles deutete darauf hin, daß sie ein wildes, ein unruhiges Kind war.

«Tue ich dir denn kein bißchen leid?» fragte Cincinnatus. «Es ist ausgeschlossen. Ich kann es mir nicht vorstellen. Komm her zu mir, du dummes kleines Reh, und sag mir, an welchem Tag ich sterben werde.»

Emmi jedoch gab keine Antwort, sondern glitt hinab auf den Boden. Dort setzte sie sich ruhig hin und drückte ihr Kinn auf die angezogenen Knie, über die sie den Saum ihres Kleides zog.

«Sag mir, Emmi, bitte... Sicher weißt du alles – ich sehe dir an, daß du Bescheid weißt... Dein Vater hat am Tisch darüber gesprochen, deine Mutter in der Küche... Alle reden sie darüber. Gestern war aus der Zeitung säuberlich ein kleines Fenster ausgeschnitten – das heißt, daß die Leute davon sprechen, und ich bin der einzige...»

Wie von einem Wirbelsturm gepackt, sprang sie auf, rannte wieder zur Tür und begann dagegen zu hämmern, nicht mit ihren Handflächen, sondern mit den Handballen. Ihr lockeres, seidig blondes Haar endete in hängenden Locken.

«Wenn du nur erwachsen wärst», sann Cincinnatus, «wenn deine Seele nur einen leichten Anflug von meiner Patina hätte, du würdest wie im poetischen Altertum dem Türhüter in einer düsteren Nacht einen Schlaftrunk verabreichen. Emmi!» rief er. «Ich flehe dich an – und ich werde nicht ablassen –, sag mir, wann werde ich sterben?»

An einem Finger knabbernd, ging sie zum Tisch hinüber, wo ein Stapel Bücher aufgetürmt war. Sie schlug eins auf, durchblätterte es, ließ die Seiten zurückspringen und riß sie fast aus, knallte es zu, nahm sich ein anderes. Eine wellenartige Bewegung lief wiederholt

51

über ihr Gesicht: Erst krauste sich die sommersprossige Nase, dann wölbte die Zunge eine Wange.

Die Tür klirrte. Rodion, der wahrscheinlich durch das Guckloch gesehen hatte, kam ziemlich ungehalten herein.

«Schsch, junge Dame! Ich muß es ausbaden.»

Sie brach in schrilles Gelächter aus, duckte sich unter seiner Krabbenhand und schoß zu der offenen Tür. Dort blieb sie mit der magischen Präzision einer Tänzerin abrupt stehen und blickte – vielleicht eine Kußhand werfend, vielleicht einen Schweigepakt schließend – über die Achsel zu Cincinnatus zurück; worauf sie mit der gleichen rhythmischen Plötzlichkeit und mit langen, hohen, federnden Schritten und schon zum Flug bereit davonsauste.

Grummelnd und rasselnd schleppte sich Rodion hinter ihr her.

«Einen Augenblick!» rief Cincinnatus. «Ich habe die Bücher alle ausgelesen. Bringen Sie mir den Katalog noch einmal.»

«Bücher...», höhnte Rodion gereizt und schloß mit lautem Nachdruck die Tür hinter sich.

Welche Qual! Cincinnatus, welche Qual! Welche bleierne Qual, Cincinnatus – der unbarmherzige Schlag der Uhr und die feiste Spinne und die gelben Wände und die Rauheit der schwarzen Wolldecke. Die Haut auf der Schokolade. Fasse sie in der Mitte mit zwei Fingern und hebe sie ganz von der Oberfläche ab, nun keine flache Deckschicht mehr, sondern ein zerknitterter kleiner brauner Rock. Die Flüssigkeit darunter ist lauwarm, süßlich und abgestanden. Drei Scheiben

Toast mit eingebranntem Schildpattmuster. Eine kleine runde Portion Butter mit dem aufgeprägtem Monogramm des Direktors. Welche Qual, Cincinnatus, wie viele Krümel im Bett!

Er jammerte eine Weile, stöhnte, knackte mit all seinen Gelenken, stand dann von der Pritsche auf, zog sich den verabscheuten Schlafrock an und begann, in der Zelle umherzugehen. Noch einmal untersuchte er alle Aufschriften an den Wänden, in der Hoffnung, irgendwo eine neue zu entdecken. Wie eine junge Krähe auf einem Baumstumpf stand er lange auf einem Stuhl und starrte zu der armseligen Ration Himmel hinauf. Dann ging er noch etwas umher. Noch einmal las er die acht Regeln für die Insassen, die er schon auswendig wußte:

1. Es ist strengstens verboten, das Gefängnisgebäude zu verlassen.

2. Des Häftlings Demut ist des Gefängnisses Stolz.

3. Sie werden dringend ersucht, zwischen 13 und 15 Uhr Ruhe zu bewahren.

4. Es ist untersagt, Besuch von weiblichen Personen zu empfangen.

5. Singen, Tanzen und Scherzen mit den Wärtern ist nur bei gegenseitigem Einverständnis und an bestimmten Tagen gestattet.

6. Es ist wünschenswert, daß der Insasse keine nächtlichen Träume hat – beziehungsweise diese sofort unterdrückt –, deren Inhalt mit der Situation und dem Status eines Häftlings unvereinbar ist, wie zum Beispiel: leuchtende Landschaften, Ausflüge mit Freunden, Familienmahlzeiten sowie Geschlechtsverkehr mit

Personen, die im wirklichen Leben und im wachen Zustand besagtes Individuum nicht an sich herankommen ließen, welches Individuum vor dem Gesetz folglich der Notzucht schuldig wird.

7. Insofern als er die Gastfreundschaft des Gefängnisses genießt, sollte der Häftling seinerseits die Mitwirkung an der Reinigung und anderen Arbeiten des Gefängnispersonals in dem Maße, in dem ihm besagte Mitwirkung geboten wird, nicht zu umgehen suchen.

8. Die Direktion haftet unter keinen Umständen für den Verlust von Wertsachen oder des Häftlings selbst.

Qual, Qual, Cincinnatus. Geh noch etwas auf und ab, Cincinnatus, streife mit dem Mantel erst die Wände, dann den Stuhl. Qual! Die auf dem Tisch gestapelten Bücher sind alle ausgelesen. Und obwohl er wußte, daß alle gelesen waren, suchte Cincinnatus, wühlte er, blickte er in einen dicken Band ... Ohne sich zu setzen, durchblätterte er die schon bekannten Seiten.

Es war ein gebundenes Magazin aus einer langvergangenen, kaum noch erinnerten Zeit. Die Gefängnisbibliothek, die ihrer Größe und der Seltenheit ihrer Bände wegen als die zweitbeste der Stadt galt, enthielt mehrere solcher Kuriositäten. Das war eine ferne Welt, wo noch Jugend und eine angeborene Anmaßung aus den einfachsten Dingen funkelten, herrührend von der Ehrerbietung, die man ihrer Herstellung gewidmet hatte. Es waren Jahre allgemeiner Flüssigkeit; gutgeölte Metalle vollführten geräuschlose Akrobatenakte; die harmonischen Linien der Männerkleidung waren von der unerhörten Geschmeidigkeit muskulöser Körper

diktiert; das fließende Glas ungeheurer Fenster bog sich um Gebäudeecken; ein Mädchen im Badeanzug flog wie eine Schwalbe über einem Schwimmbecken, so hoch, daß sie nicht größer als eine Untertasse schien; ein Hochspringer lag, Gesicht nach oben, ausgestreckt in der Luft – so groß war die Anstrengung, die er hinter sich hatte, daß es ausgesehen hätte, als ruhte er träge, wären da nicht die fahnenartigen Falten seiner kurzen Hosen gewesen; und Wasser rann, glitt ohne Ende dahin; die Anmut fallenden Wassers, die verwirrenden Einzelheiten der Badezimmer; die atlasartigen Kräuselungen des Ozeans, auf den ein zweiflügeliger Schatten fiel. Alles leuchtete und schimmerte; alles strebte auf eine Art der Vollkommenheit zu, die sich als das Fehlen von Reibung definieren ließ. In all den Versuchungen des Kreises schwelgend, wirbelte sich das Leben in einen solchen Schwindelzustand, daß der Erdboden nach unten wegsackte, und stolpernd, fallend, von Übelkeit und Mattigkeit geschwächt, fand es sich – soll ich es sagen? – in einer neuen Dimension sozusagen...
Ja, die Materie ist alt und müde geworden, und wenig ist von jenen legendären Tagen geblieben – ein paar Maschinen, zwei oder drei Springbrunnen –, und niemand trauert der Vergangenheit nach, und selbst der Begriff der Vergangenheit hat sich gewandelt.

«Doch vielleicht», dachte Cincinnatus, «deute ich ja diese Bilder falsch. Vielleicht schreibe ich der Epoche die Eigenschaften ihrer Photographien zu. Die üppigen Schatten, die Sturzbäche von Licht, der Glanz einer gebräunten Schulter, die seltene Spiegelung, die fließenden Übergänge von einem Element zum andern – vielleicht gehört das nur der Aufnahme an, einer bestimmten Art des Lichtdrucks, bestimmten Formen jener Kunst, und in Wahrheit war die Welt nie so gewunden, so feucht und schnell – genau wie unsere naiven Kameras heute unsere rasch zusammengebaute und bemalte Welt auf ihre eigene Weise festhalten.»

«Doch vielleicht [begann Cincinnatus schnell auf einem Blatt liniierten Papiers zu schreiben] deute ich sie falsch... Schreibe ich der Epoche... Diese üppigen... Sturzbäche... Fließende Übergänge... Und in Wahrheit war die Welt... Genau wie... Aber wie können solche Grübeleien meine Qual lindern? Meine Qual – was soll ich mit dir, mit mir anfangen? Wie können sie es wagen, mir vorzuenthalten, wann... Ich, der ich durch diesen äußersten Schmerz hindurchmuß, ich, der ich, um einen Anschein von Würde zu wahren (jedenfalls werde ich mir nicht mehr als stille Blässe leisten – jedenfalls bin ich kein Held...), während jener Prüfung die Herrschaft über alle meine Sinne behalten muß, ich, ich... werde allmählich schwach... die Ungewißheit ist furchtbar – warum sagt ihr es mir nicht, sagt es mir – aber nein, Morgen für Morgen laßt ihr mich aufs neue sterben... Sonst, wenn ich Bescheid wüßte, könnte ich... eine kurze Arbeit verrichten... überprüfte Gedanken aufzeichnen... Eines Tages läse jemand die Aufzeichnungen und hätte plötzlich das Gefühl, zum ersten Mal in einem fremden Land aufgewacht zu sein. Was ich sagen will, ist: Ich ließe ihn plötzlich in Freudentränen ausbrechen, seine Augen gingen ihm über, und nach einer solchen Erfahrung käme ihm die Welt sauberer, frischer vor. Aber wie kann ich zu schreiben anfangen, wenn ich nicht weiß, ob mir genug Zeit bleibt, und die Folter setzt ein, wenn man sich sagt: ‹Gestern wäre Zeit genug gewesen› – und wieder denkt man: ‹Hätte ich nur gestern angefangen…› Und statt der klaren und genauen Arbeit, die not tut, statt der langsamen Vorbereitung der Seele auf jenen Morgen, an dem sie aufstehen muß… an dem dir, Seele, zur Morgenwäsche der Eimer des Scharfrichters geboten wird… Statt dessen erlaubst du dir banale, unsinnige Fluchtträume… Ach, Flucht… Als sie heute lachend und aufstampfend hereingelaufen kam – das heißt, ich meine… Nein, ich sollte doch etwas aufzeichnen, etwas hinterlassen. Ich bin kein gewöhnlicher… Ich bin der unter euch, der lebt… Nicht nur sind meine Augen anders und mein Gehör und mein Geschmack… Nicht nur ist mein Geruchssinn wie der eines Rehs, mein Tastsinn wie der einer Fledermaus – sondern vor allem habe ich die Fähigkeit, alles dies in einem Punkt zusammenzufügen… Nein, das Geheimnis ist noch nicht gelüftet… Selbst das ist nur der Zündstein… Und ich habe noch nicht einmal begonnen, von den Funken, vom Feuer selbst zu sprechen. Mein Leben. Als ich klein war, auf einem fernen Schulausflug, als ich von den anderen getrennt wurde, fand ich mich einmal – aber vielleicht habe ich es geträumt – unter der stechenden Mittagssonne in einer verschlafenen kleinen Stadt, so verschlafen, daß der Schatten eines Mannes, der auf einer Bank unter einer leuchtenden weißgetünchten Mauer gedöst hatte und sich schließlich erhob, um mir den Weg zu weisen… daß sein blauer Schatten auf der Mauer ihm nicht sogleich folgte. Ich weiß, ich weiß, ich muß etwas übersehen haben, und der Schatten verharrte gar nicht, sondern blieb, sagen wir, an der Unebenheit der Mauer hängen... Aber ausdrücken will ich dies: Zwischen seiner Bewegung und der Bewegung des zaubernden Schattens – jene Sekunde, jene Synkope – liegt die seltene Art von Zeit, in der ich lebe – die Pause, der Hiatus, wenn das Herz wie eine Feder ist... Und auch von jenem unablässigen Beben möchte ich schreiben – und davon, wie sich ein Teil meiner Gedanken immer um die unsichtbare Nabelschnur drängt, die diese Welt mit... ich werde noch nicht sagen, womit verbindet... Doch wie kann ich darüber schreiben, wenn ich befürchte, daß die Zeit nicht reicht und ich alle diese Gedanken vergebens aufrühre? Als sie heute hereingerannt kam... Nur ein Kind... Was ich sagen will, ist dies... Nur ein Kind, mit gewissen Schlupflöchern für meine Gedanken... da fragte ich mich zu dem Rhythmus eines alten Gedichts – könnte sie den Wächtern nicht einen Schlaftrunk verabreichen, könnte sie mich nicht retten? Wenn sie nur das Kind bliebe, das sie ist, aber gleichzeitig reif würde und verstünde – und dann wäre es durchführbar: ihre brennenden Wangen, eine schwarze, windige Nacht, Rettung, Rettung... Und ich habe unrecht, wenn ich mir immer sage, daß es keinen Ort in der Welt gibt, an dem ich sicher wäre. Es gibt ihn! Ich werde ihn finden! Eine saftig grüne Schlucht in der Wüste! Ein Schneefleck im Schatten einer Hochgebirgszacke! Aber das ist ungesund – was ich hier tue: Wie die Dinge stehen, bin ich schwach, und ich rege mich auf und vergeude meine letzte Kraft. Welche Qual, welche Qual...

Und es ist mir klar, daß ich den letzten Schleier von meiner Angst noch nicht entfernt habe.»

Er versank in Gedanken. Dann ließ er den Bleistift fallen, stand auf, begann umherzugehen. Die Schläge der Uhr erreichten seine Ohren. Ihren Klang als Boden nutzend, stiegen Schritte an die Oberfläche; der Boden entschwebte, aber die Schritte blieben, und jetzt betraten zwei Männer die Zelle: Rodion mit der Suppe und der Bibliothekar mit dem Katalog.

Dieser war ein zwar riesiger, aber kränklich aussehender, bleicher Mann mit Schatten unter den Augen, einer kahlen, von einer dunklen Haarkrone umgebenen Stelle und einem langen Rumpf in einem blauen Pullover, der stellenweise ausgeblichen und an den Ellbogen indigoblau geflickt war. Seine Hände steckten in den Taschen seiner Hose, die eng wie der Tod war, und unter dem Arm trug er ein großes, in schwarzes Leder gebundenes Buch. Cincinnatus hatte bereits einmal das Vergnügen gehabt, ihn zu sehen.

«Der Katalog», sagte der Bibliothekar, dessen Rede sich durch eine Art trotziger Wortkargheit auszeichnete.

«Gut, lassen Sie ihn hier», sagte Cincinnatus. «Ich suche mir etwas aus. Wenn Sie warten möchten, wenn Sie einen Moment Platz nehmen möchten, bitte sehr. Aber wenn Sie lieber gehen wollen...»

«Gehen», sagte der Bibliothekar.

«Gut. Dann lasse ich Rodion den Katalog zurückbringen. Hier, die können Sie mitnehmen... Diese antiken Illustrierten sind eigentümlich bewegend... Mit diesem gewichtigen Band, wissen Sie, sank ich wie mit

Ballast beschwert hinab zum Grund der Zeit. Ein wunderbares Gefühl.»

«Nein», sagte der Bibliothekar.

«Bringen Sie mir noch ein paar – ich schreibe Ihnen heraus, welche Jahrgänge ich wünsche. Und irgendeinen Roman, einen neuen. Sie gehen schon? Haben Sie alles?»

Allein gelassen, machte sich Cincinnatus an die Suppe und blätterte gleichzeitig im Katalog. Sein Kern war sorgfältig und gefällig gedruckt; in den gedruckten Texten waren mit roter Tinte und einer kleinen, aber genauen Handschrift zahlreiche Titel eingefügt. Für einen Nichtfachmann war es schwierig, aus dem Katalog klug zu werden, da die Titel nicht in alphabetischer Folge, sondern nach ihrer jeweiligen Seitenzahl angeordnet waren und Vermerke darüber trugen, wie viele Extrablätter (um Doppelungen zu vermeiden) in dieses oder jenes Buch eingeklebt waren. Daher suchte Cincinnatus ohne ein bestimmtes Ziel und wählte, was ihm zufällig gerade verheißungsvoll schien. Der Katalog wurde im Zustand vorbildlicher Sauberkeit gehalten; um so überraschender war es darum, daß auf der weißen Rückseite eines der ersten Blätter eine Kinderhand eine Reihe von Bleistiftzeichnungen gemacht hatte, deren Bedeutung Cincinnatus zunächst entging.

Fünftes Kapitel

«Meine aufrichtigsten Glückwünsche», sagte der Direktor in seinem öligen Baß, als er am nächsten Morgen Cincinnatus' Zelle betrat. Rodrig Iwanowitsch hatte sich noch mehr herausgeputzt als üblich: Die Rückenpartie seines besten Gehrocks war wie ein russischer Kutschermantel mit Watte ausgestopft, so daß sein Rücken breit, glatt und fett aussah; seine Perücke glänzte wie neu; der fettige Teig seines Kinns sah aus wie mit Mehl bestreut, während in seinem Knopfloch eine rosa Wachsblume mit einer gesprenkelten Krone steckte. Hinter seiner gravitätischen Gestalt – er war auf der Schwelle stehengeblieben – sahen die Gefängnisangestellten neugierig hervor, auch sie in ihrem Sonntagsstaat, auch sie mit pomadig gelecktem Haar; Rodion hatte sogar einen kleinen Orden angelegt.

«Ich bin bereit. Ich ziehe mich sofort an. Ich wußte, es würde heute sein.»

«Glückwünsche», wiederholte der Direktor, ohne Cincinnatus' zuckende Erregung zu beachten. «Ich habe die Ehre, Ihnen mitzuteilen, daß Sie nunmehr einen Nachbarn haben – jaja, soeben ist er eingezogen. Sie haben die Warterei satt, möchte ich wetten. Machen Sie sich keine Sorgen – jetzt, mit einem Vertrauten, mit einem Intimus, mit dem Sie spielen und arbeiten können, werden Sie es nicht mehr so langweilig finden. Und, was mehr ist – aber das muß natürlich ganz unter uns bleiben –, ich kann Ihnen mitteilen, daß Ihrer Gattin für *demain matin* ein Besuch bewilligt wurde.»

Cincinnatus legte sich auf die Pritsche zurück und sagte: «Ja, das freut mich. Ich danke Ihnen, Lumpenpuppe, Kutscher, bemaltes Schwein... Verzeihung, ich bin ein wenig...»

Hier begannen die Zellenwände sich wie Spiegelungen in bewegtem Wasser zu wölben und zu wellen; der Direktor begann sich zu kräuseln, die Pritsche wurde ein Boot. Cincinnatus klammerte sich an der Seite fest, um das Gleichgewicht zu halten, doch die Dolle löste sich unter seinem Griff, und bis zum Hals im Wasser begann er unter tausend gesprenkelten Blumen zu schwimmen, verhedderte sich, begann unterzugehen. Die Ärmel aufgerollt, machten sie sich daran, mit Stoßstangen und Enterhaken nach ihm zu stochern, um ihn zu fangen und an die Küste zu ziehen. Sie fischten ihn heraus.

«Die Nerven, die Nerven, ein regelrechtes Frauchen», sagte der Gefängnisarzt – alias Rodrig Iwanowitsch – lächelnd. «Frei atmen. Sie können alles essen. Schwitzen Sie nachts manchmal? Machen Sie nur weiter so, und wenn Sie sehr brav sind, dann dürfen Sie vielleicht einen raschen Blick auf den neuen Jungen werfen... aber wohlgemerkt, nur einen raschen Blick...»

«Wie lange... dieser Besuch... wieviel Zeit wird man uns lassen?...», brachte Cincinnatus mühsam heraus.

«Gleich, gleich. Was haben Sie es denn so eilig, regen Sie sich doch nicht so auf. Wir haben versprochen, daß

Sie ihn sehen sollen, und wir halten das auch. Ziehen Sie sich Ihre Pantoffeln an, bringen Sie Ihr Haar in Ordnung. Ich glaube, daß...» Fragend sah der Direktor Rodion an, der nickte. «Aber bitte beobachten Sie völliges Stillschweigen», sagte er, wieder zu Cincinnatus gewandt, «und grabschen Sie sich nichts. Kommen Sie, stehen Sie auf, stehen Sie auf. Sie haben es nicht verdient – Sie benehmen sich schlecht, mein Freund, aber trotzdem haben Sie die Erlaubnis... Jetzt... Kein Wort mehr, mäuschenstill...»

Auf Zehenspitzen, mit seinen Armen das Gleichgewicht wahrend, verließ Rodrig Iwanowitsch die Zelle, und mit ihm ging Cincinnatus in den zu großen, schlurfenden Pantoffeln. In den Tiefen des Ganges stand Rodion schon gebückt vor einer Tür mit imposanten Riegeln: Er hatte die Klappe des Gucklochs zur Seite geschoben und spähte hinein. Ohne sich umzuwenden, machte er eine noch mehr Ruhe heischende Handbewegung und wandelte die Geste unmerklich zu einem Winken ab. Der Direktor reckte sich noch höher auf Zehenspitzen und sah sich mit einer drohenden Grimasse um, doch Cincinnatus konnte nicht vermeiden, ein wenig mit den Füßen zu scharren. Hier und da in dem Halbdunkel der Korridore versammelten sich die schattenhaften Gestalten der Gefängnisangestellten, bückten sich und legten die Hände über die Augen, als wollten sie etwas in der Ferne erkennen. Der Laboratoriumsassistent Rodion ließ den Chef durch das scharf eingestellte Okular sehen. Rodrig Iwanowitschs Rücken gab ein kräftiges Knarren von sich, als er sich vornüber beugte und hineinspähte... Inzwischen wechselten im grauen Schatten undeutliche Gestalten lautlos die Stellung, riefen sich lautlos herbei, bildeten Reihen, und schon gingen ihre vielen unhörbaren Füße wie Kolben auf der Stelle auf und nieder, bereit, sich in Marsch zu setzen. Endlich trat der Direktor langsam zur Seite und zupfte Cincinnatus einladend am Ärmel, so wie ein Professor einen fachfremden Zufallsgast bitten würde, sich ein Diapositiv anzusehen. Gehorsam drückte Cincinnatus sein Auge gegen den leuchtenden Kreis. Erst sah er nur Sonnenscheinblasen und Farbstreifen, doch dann erkannte er eine Pritsche, wie er sie auch in seiner Zelle hatte; in der Nähe waren zwei feine Reisekoffer mit glänzenden Schlössern und ein großer, länglicher Kasten wie der einer Posaune abgestellt.

«Na sehen Sie was?» flüsterte der Direktor, beugte sich zu ihm hinunter und duftete wie Lilien in einem offenen Grab. Cincinnatus nickte, obwohl er die Hauptsehenswürdigkeit noch gar nicht sah; er blickte nach links hinüber, und dann sah er wirklich etwas.

Auf einem Stuhl schräg neben dem Tisch saß so still, als wäre er aus Zuckerzeug, ein etwa dreißigjähriger bartloser kleiner fetter Mann in einem altmodischen, aber sauberen und frisch gebügelten Gefängnispyjama; alles an ihm war gestreift – er trug gestreifte Socken und nagelneue Maroquinpantoffeln –, und wie er so mit übereinandergeschlagenen kurzen dicken Beinen dasaß und das Schienbein mit seinen dicklichen Händen umklammert hielt, präsentierte er dem Blick eine jungfräuliche Sohle; ein heller Aquamarin funkelte an seinem kleinen Finger, sein honigblondes Haar war in der Mitte seines ungewöhnlich runden Kopfes gescheitelt, seine langen Wimpern warfen Schatten auf seine engelhaften Wangen, und das Weiß seiner prächtigen, gleichmäßigen Zähne leuchtete zwischen seinen karmesinroten Lippen hervor. Er schien ganz und gar von einem glänzenden Guß überzogen, der in dem von oben einfallenden Sonnenstrahl ein wenig schmolz. Der Tisch war leer, ausgenommen einen eleganten Reisewecker in einem Lederetui.

«Das reicht jetzt», wisperte der Direktor lächelnd, «ich auch guckguck machen», und wieder heftete er sich an das helle Loch. Rodion deutete Cincinnatus durch Zeichen an, daß es Zeit war, nach Hause zu gehen. Die schattenhaften Gestalten der Angestellten näherten sich respektvoll im Gänsemarsch: Hinter dem Direktor wartete schon eine ganze Schlange von Menschen darauf, auch einen Blick hineinzuwerfen; einige hatten ihre erstgeborenen Söhne mitgebracht.

«Wir verwöhnen Sie aber wirklich», murmelte Rodion zusammenfassend und bekam lange die Tür zu Cincinnatus' Zelle nicht auf, bis er sie mit ein paar kräftigen russischen Flüchen bedachte, die ihre Wirkung taten.

Alles wurde still. Alles war genau wie immer.

«Nein, nicht alles – morgen kommst du», sagte Cincinnatus laut und zitterte noch von seinem Ohnmachtsanfall. «Was soll ich dir sagen?» dachte, murmelte, schauderte er weiter. «Was wirst du mir sagen? Trotz allem habe ich dich geliebt und werde ich dich weiterlieben – auf den Knien, die Schultern zurückgezogen, dem Scharfrichter meine Fersen zeigend und meinen Gänsehals reckend – selbst dann. Und danach – viel-

65

leicht vor allem *danach* – werde ich dich lieben, und eines Tages haben wir eine richtige, allumfassende Aussprache, und dann passen wir vielleicht zusammen, du und ich, und wenden uns so, daß wir ein Muster bilden und das Rätsel lösen: Eine Linie von A nach B ziehen... ohne hinzusehen oder ohne den Bleistift zu heben... oder irgendwie anders... verbinden wir die Punkte, ziehen die Linie, und du und ich bilden jenes einzigartige Dessin, nach dem ich mich sehne. Wenn sie das jeden Morgen mit mir machen, werden sie es schaffen, mich zu trainieren, und ich werde ganz aus Holz sein.»

Cincinnatus hatte einen Gähnkrampf – Tränen strömten ihm über die Wange, und immer noch schwoll ihm Höcker auf Höcker unter dem Gaumen. Es waren die Nerven – müde war er nicht. Er mußte etwas finden, das ihn bis morgen beschäftigen würde – neue Bücher waren noch nicht eingetroffen. Er hatte den Katalog noch nicht zurückgegeben... Ach ja, die Zeichnungen! Doch jetzt, im Lichte des morgigen Besuchs...

Eine Kinderhand, unzweifelhaft die von Emmi, hatte eine Folge von Bildern gezeichnet, die (wie Cincinnatus schon am Tag davor gemeint hatte) eine zusammenhängende Geschichte ergaben, ein Versprechen, eine Phantasieprobe. Zunächst sah man eine waagerechte Linie – also dieser Steinfußboden; auf ihm stand, etwas insektenhaft, ein rudimentärer Stuhl, und oben befand sich ein Gitterwerk aus sechs Vierecken. Dann kam das gleiche Bild unter Hinzufügung eines Vollmonds, dessen Mundwinkel hinter dem Gitter bitter herabgezogen waren. Als nächstes ein Hocker aus drei Strichen mit einem augenlosen (also schlafenden) Kerkermeister darauf und auf dem Boden ein Ring mit sechs Schlüsseln. Dann der gleiche Ring, nur etwas größer, mit einer danach ausgestreckten, ungemein fünffingrigen und aus einem kurzen Ärmel ragenden Hand. Hier fängt es an, interessant zu werden. Auf der nächsten Zeichnung ist die Tür leicht geöffnet und hinter ihr etwas, das wie ein Vogelsporn aussieht – mehr ist von dem flüchtigen Gefangenen nicht sichtbar. Dann er selber mit Kommas an Stelle von Haaren auf dem Kopf, in einem dunklen kleinen Gewand, das der Künstler nach seinem besten Vermögen durch ein gleichschenkliges Dreieck dargestellt hatte; ein kleines Mädchen führt ihn: forkenartige Beine, welliges Kleid, parallele Haarstriche. Dann das gleiche noch einmal, nur jetzt in der Form eines Plans: ein Quadrat für die Zelle, eine winklige Linie für den Gang und eine punktierte, um den Weg zu weisen, und am Ende eine akkordeonartige Treppe. Und schließlich der Epilog: der dunkle Turm, darüber ein zufriedener Mond mit nach oben gebogenen Mundwinkeln.

Nein – das war nur Selbstbetrug, Unsinn. Das Kind hatte gedankenlos gekritzelt... Schreiben wir die Titel heraus und legen den Katalog dann beiseite. Ja, das Kind... Wie sie, die Zungenspitze im rechten Mundwinkel, den Bleistiftstummel festhält, mit einem vor Anstrengung weißen Finger aufdrückt... Und wie sie sich, als sie einen besonders erfolgreichen Strich gezogen hat, zurücklehnt, den Kopf wiegt, die Schultern hin und her bewegt, sich dann wieder an die Arbeit auf dem Papier macht und dabei die Zunge auf die linke Seite schiebt... so sorgfältig... Unsinn, denken wir nicht länger daran...

Auf der Suche nach einer Art, die trägen Stunden etwas zu beleben, verfiel er darauf, für die Marthe von morgen aufzuräumen. Rodion fand sich bereit, einen Trog ähnlich dem, in dem Cincinnatus am Vorabend der Gerichtsverhandlung geplanscht hatte, in die Zelle zu schleppen. Während er auf das Wasser wartete, setzte sich Cincinnatus an den Tisch; der Tisch wackelte heute ein wenig.

«Der Besuch», schrieb Cincinnatus, «bedeutet in aller Wahrscheinlichkeit, daß mein schrecklicher Morgen schon nahe ist. Übermorgen zur gleichen Stunde wird meine Zelle leer sein. Doch ich bin glücklich, daß ich dich sehen werde. Zu den Werkstätten sind wir immer über zwei verschiedene Treppen hinaufgestiegen, die Männer über die eine, die Frauen über die andere, doch auf dem vorletzten Absatz begegneten wir uns. Wie Marthe war, als wir uns kennenlernten, kann ich mir nicht mehr vorstellen, aber ich kann mich daran erinnern, wie ich sogleich bemerkte, daß sie den Mund ein wenig öffnet, kurz bevor sie lacht, und an die runden, haselnußbraunen Augen und die Korallenohrringe – wie gerne möchte ich sie reproduzieren, wie sie war, ganz neu und noch fest – und dann das allmähliche Auftauen – die Falte zwischen Wange und Hals, wenn sie mir den Kopf zuwandte, schon warm geworden und nahezu lebendig. Ihre Welt. Ihre Welt besteht aus einfachen, einfach zusammengefügten Bestandteilen; ich glaube, das einfachste Kochbuchrezept ist komplizierter als die Welt, die sie backt, während sie summt: Jeder Tag für sie, für mich, für jeden. Doch woher – sogar damals, in den ersten Tagen – woher die Bosheit und

Hartnäckigkeit, die plötzlich... So sanft, so gewinnend und warm, und dann plötzlich... Zuerst meinte ich, sie tue es absichtlich, vielleicht um zu zeigen, wie eine andere an ihrer Stelle gemein und halsstarrig geworden wäre. Kann man sich mein Erstaunen vorstellen, als mir klar wurde, daß dies ihr wirkliches Ich war! Wegen welcher Kleinigkeiten – meine Törichte, wie klein war dein Kopf, wenn man durch diese ganze kastanienbraune dichte Fülle hindurchfühlt, der sie eine unschuldige Glätte mit einem mädchenhaften Glanz obendrauf mitzuteilen weiß. ‹Ihre kleine Frau sieht so still und sanft aus, doch sie beißt, sage ich Ihnen›, sagte mir ihr erster, unvergeßlicher Liebhaber, und das Niederträchtige ist, daß das Verb nicht im übertragenen Sinne gebraucht wurde... weil es zutraf, daß sie in einem bestimmten Augenblick... eine dieser Erinnerungen, die man verjagen sollte, sonst überwältigen und erdrücken sie einen. Die kleine Marthe hat es wieder getan... Und einmal sah ich, sah ich, sah ich – sah ich vom Balkon aus – und seitdem betrat ich kein Zimmer mehr, ohne mein Kommen schon von weitem anzukündigen – durch ein Hüsteln oder einen Ausruf ohne Sinn. Wie schrecklich war es, diese Verrenkung zu sehen, diese atemlose Hast – alles, was in der schattigen Abgeschiedenheit der Tamara-Gärten mir gehört hatte und was ich danach verlor. Nachzählen, wie viele sie hatte... endlose Folter: beim Essen mit dem oder jenem ihrer Liebhaber zu reden, fröhlich auszusehen, Nüsse zu knacken, klug zu schnacken, und die ganze Zeit über eine Sterbensangst davor zu haben, sich hinunterzubeugen und zufällig die untere Hälfte jenes Ungetüms zu sehen, dessen obere

Hälfte ganz manierlich war und aussah wie eine junge Frau und ein junger Mann, die bis zur Taille sichtbar am Tisch sitzen und friedlich futtern und reden; und dessen untere Hälfte ein sich windender, wütiger Vierfüßler war. Ich stieg hinab in die Hölle, um eine hinuntergefallene Serviette heraufzuholen. Später sagte dann Marthe (in jener gleichen ersten Person Pluralis) von sich selber: ‹Wir schämen uns sehr, daß wir gesehen worden sind› – und machte einen Schmollmund. Und doch liebe ich dich. Unentrinnbar, unvermeidbar, unheilbar... Solange in jenem Park die Eichen stehen, werde ich... Als sie dir amtlich nachwiesen, daß ich unerwünscht war und gemieden werden sollte... Du warst überrascht, selber gar nichts bemerkt zu haben... und es war so leicht, es vor dir zu verbergen! Ich weiß noch, wie du mich anflehtest, mich zu bessern, ohne wirklich zu begreifen, was in mir gebessert werden sollte und wie es zu bewerkstelligen wäre, und selbst heute begreifst du gar nichts, überlegst du dir keinen Augenblick lang, ob du begreifst oder nicht, und wenn du verwundert bist, ist deine Verwunderung fast gemütlich. Dennoch, als der Gerichtsdiener im Gerichtssaal mit dem Hut umherzugehen begann, warfst auch du deinen Fetzen Papier hinein.»

Während der Pott am Pier schaukelte, stieg über ihm ein unschuldiger, fröhlicher, einladender Dampf auf. Impulsiv, mit zwei raschen Bewegungen stieß Cincinnatus einen Seufzer aus und legte die vollgeschriebenen Blätter beiseite. Aus seiner bescheidenen Feldkiste holte er ein sauberes Handtuch. So klein und schlank war Cincinnatus, daß er ganz in den Zuber hineinpaßte.

Er saß in ihm wie in einem Kanu und ließ sich friedlich treiben. Ein rötlicher Abendstrahl vermengte sich mit dem Dampf und rief in der kleinen Welt der Steinzelle ein buntes Vibrieren hervor. Als er das Ufer erreichte, stand Cincinnatus auf und trat an Land. Beim Abtrocknen kämpfte er mit Schwindel und Herzklopfen. Er war sehr dünn, und jetzt, da das Licht der untergehenden Sonne die Schatten seiner Rippen übertrieb, schien die Struktur seines Brustkastens ein Triumph kryptischer Kolorierung, denn sie drückte die vergitterte Natur seiner Umgebung, seines Kerkers aus. Mein armer kleiner Cincinnatus. Beim Abtrocknen versuchte er, Ablenkung in seinem Körper zu finden, untersuchte immer wieder seine Adern und konnte nicht umhin, daran zu denken, wie er bald entkorkt würde und der ganze Inhalt ausliefe. Seine Knochen waren leicht und dünn; seine demütigen Zehennägel (ihr Lieben, ihr Unschuldigen) blickten mit kindlicher Aufmerksamkeit zu ihm hoch; und als er so auf der Pritsche saß – nackt, den ganzen mageren Rücken vom Steißbein bis zu den Halswirbeln den Beobachtern auf der anderen Seite der Tür darbietend (er konnte Flüstern hören, raschelnde Bewegungen, ein Gespräch über dies oder jenes – doch egal, sollen sie zusehen) –, hätte Cincinnatus als ein kränklicher Junge gelten können – sogar sein Hinterkopf mit dem hohlen Nacken und dem nassen Haarschopf war jungenhaft – und ungemein handlich. Aus dem gleichen Koffer nahm Cincinnatus einen kleinen Spiegel und ein Fläschchen Enthaarungswasser, das ihn immer an das wunderbar borstige Muttermal erinnerte, welches Marthe an der Seite hatte. Er rieb es in seine stach-

71

ligen Wangen, entfernte den Juckreiz und vermied sorgsam den Schnurrbart.

Angenehm und sauber jetzt. Er seufzte und zog das
kühle Nachthemd an, das immer noch nach Haus-
wäsche roch.

Es wurde dunkel. Er lag im Bett und trieb immer
noch. Zur üblichen Stunde machte Rodion das Licht an
und entfernte Eimer und Wanne. Die Spinne ließ sich
an einem Faden zu ihm herab und setzte sich auf den
Finger, den Rodion dem flaumbedeckten kleinen Tier
anbot, mit dem er redete wie mit einem Kanarienvogel.
Währenddessen stand die Tür zum Gang leicht offen,
und plötzlich rührte sich dort etwas... Einen Augenblick lang hingen die verflochtenen Spitzen fahler
Locken herab und verschwanden, als Rodion sich bewegte, um dem winzigen schwarzen Luftakrobaten
nachzusehen, der sich unter die Zirkuskuppel zurückzog. Die Tür stand immer noch ein Viertel offen. Mit
seiner Lederschürze und seinem kräuseligen roten Bart
schlurrte Rodion schwer in der Zelle umher, und als die
(der direkten Verbindung wegen jetzt nähere) Uhr ihr
heiseres Gerassel vor dem Schlagen begann, holte er eine
dicke Taschenuhr aus einem Versteck in seinem Gürtel
und verglich die Zeit. Ziemlich lange beobachtete er
dann Cincinnatus, den er schlafend glaubte, und lehnte
sich an seinen Besen wie an eine Hellebarde. Zu wer
weiß welchem Schluß gekommen, bewegte er sich wieder... Eben dann rollte lautlos und nicht sehr schnell ein
rotblauer Ball durch die Tür herein, folgte dem einen
Schenkel eines rechtwinkligen Dreiecks bis genau unter
die Pritsche, verschwand für einen Moment, polterte

gegen den Nachttopf und rollte entlang der anderen Kathete wieder hervor – das heißt, auf Rodion zu, der ihm zufällig und ohne ihn zu bemerken einen Tritt gab, als er einen Schritt machte; dann folgte der Ball der Hypotenuse und entschwand durch den gleichen Spalt, durch den er hereingekommen war. Rodion schulterte den Besen und verließ die Zelle. Das Licht ging aus.

Cincinnatus schlief nicht, schlief nicht, schlief nicht – nein, er schlief, aber kletterte stöhnend wieder heraus – und wieder schlief er nicht, schlief, schlief nicht, und alles war ein Wirrwarr . . .

Marthe, der Richtblock, ihr Samt – wie wird es werden . . . was wird es sein? Eine Enthauptung oder ein Stelldichein? Alles vermengte sich vollends, aber er blinzelte noch einmal kurz, als das Licht anging und Rodion auf Zehenspitzen eintrat, den Katalog in seinem schwarzen Einband vom Tisch nahm, hinausging und es dunkel wurde.

Sechstes Kapitel

Was war es – durch all das Schreckliche, Nächtliche, Ungefüge hindurch – was war das? Als letztes hatte es den Weg geräumt, widerwillig war es den riesigen, schweren Wagen des Schlafes gewichen, und jetzt eilte es als erstes zurück – so angenehm, so sehr angenehm –, schwoll an, wurde deutlicher, durchflutete sein Herz mit Wärme: Marthe kommt heute!

Gerade in diesem Augenblick brachte Rodion auf einem Tablett wie in einem Theaterstück einen flieder-farbenen Brief. Cincinnatus setzte sich auf sein Bett und las das Folgende: «Ich bitte tausendmal um Ent-schuldigung! Ein unverzeihlicher Fehler! Bei einer Überprüfung des Gesetzestextes wurde festgestellt, daß ein Besuch frühestens eine Woche nach der Ge-richtsverhandlung gewährt werden kann. Folglich ver-schieben wir ihn auf morgen. Seien Sie wohlauf, alter Knabe, viele Grüße. Hier ist alles beim alten, man hat eine Sorge nach der andern, die für die Schilderhäuser geschickte Farbe hat wieder nichts getaugt, ich hatte schon mal deswegen geschrieben, aber ohne Ergebnis.»

Rodion versuchte, Cincinnatus nicht anzusehen, und räumte das gestrige Geschirr vom Tisch. Es mußte ein trüber Tag sein: Das von oben einfallende Licht war grau, und die dunkle Lederkleidung des mitleidsvollen Rodion schien feucht und steif.

«Nun gut», sagte Cincinnatus, «wie ihr wollt, wie ihr wollt... Ich bin sowieso machtlos.» (Der andere, etwas kleinere Cincinnatus weinte, zu einem Ball zusammengerollt.) «Gut, soll es morgen sein. Aber, wenn ich darum bitten darf, rufen Sie...»

«Sofort», brachte Rodion mit solcher Bereitwilligkeit hervor, als hätte er genau darauf sehnlichst gewartet; er wollte sich eilig davonmachen, aber den Bruchteil einer Sekunde zu früh erschien der Direktor, der zu ungeduldig an der Tür gewartet hatte, so daß sie zusammenprallten. Rodrig Iwanowitsch hielt einen Wandkalender und wußte nicht, wo er ihn hinlegen sollte.

«Ich bitte tausendmal um Entschuldigung», rief er, «ein unverzeihlicher Irrtum! Bei einer Überprüfung des Gesetzestextes...» Nachdem er die Botschaft Wort für Wort wiederholt hatte, setzte sich Rodrig Iwanowitsch zu Cincinnatus ans Fußende und fügte hastig hinzu: «Auf jeden Fall können Sie Beschwerde einlegen, aber ich halte es für meine Pflicht, Sie darauf hinzuweisen, daß der nächste Kongreß im Herbst stattfindet, und bis dahin wird eine Menge Wasser – und nicht nur Wasser – die Flüsse hinabgeflossen sein. Mache ich mich verständlich?»

«Ich habe nicht vor, mich zu beschweren», sagte Cincinnatus, «aber ich möchte Sie fragen, ob es in der sogenannten Ordnung der sogenannten Dinge, die Ihre sogenannte Welt ausmachen, wenigstens eines gibt, welches einem dafür bürgen könnte, daß Sie ein Versprechen halten?»

«Ein Versprechen?» fragte der Direktor überrascht und hörte auf, sich mit dem Pappteil des Kalenders (auf der die Festung bei Sonnenuntergang zu sehen war, ein Aquarell) zuzufächeln. «Was für ein Versprechen?»

«Daß meine Frau morgen kommt. Sie sind also nicht bereit, es mir in diesem Fall zu garantieren – aber ich formuliere meine Frage allgemeiner: Gibt es in dieser Welt irgendeine Sicherheit, kann es sie in ihr geben, irgendeine Zusage, oder ist der Begriff der Garantie selber hierorts unbekannt?»

Schweigen.

«Aber ist das nicht zu dumm mit Roman Wissarjonowitsch», sagte der Direktor, «haben Sie gehört? Er liegt mit einer Erkältung zu Bett, und anscheinend einer ziemlich ernsten...»

«Ich habe das Gefühl, daß Sie mir um keinen Preis antworten werden; das ist logisch, denn selbst die Unzurechnungsfähigkeit entwickelt am Ende ihre eigene Logik. Dreißig Jahre lang habe ich unter Gespenstern gelebt, die sich fest anfühlen, habe vor ihnen den Umstand verborgen gehalten, daß ich lebendig und wirklich bin – aber jetzt, wo ihr mich ertappt habt, gibt es keinen Grund mehr, mir euch gegenüber Zwang anzulegen. Wenigstens werde ich mir die ganze Wesenlosigkeit dieser eurer Welt bestätigen.»

Der Direktor räusperte sich und fuhr fort, als wäre nichts geschehen: «So ernstlich sogar, daß ich als Arzt nicht gewiß bin, ob er dabei sein kann – das heißt, ob er rechtzeitig wieder gesund wird – *bref*, ob es ihm bis zu Ihrer Vorstellung gelingt...»

«Gehen Sie», sagte Cincinnatus mit zusammengebissenen Zähnen.

«Nun seien Sie mal nicht so niedergeschlagen», fuhr der Direktor fort. «Morgen, morgen wird wahr, wovon Sie träumen... Das ist doch ein hübscher Kalender, oder? Ein Kunstwerk. Nein, für Sie ist er nicht bestimmt.»

Cincinnatus schloß die Augen. Als er sie wieder aufmachte, stand der Direktor in der Mitte der Zelle und kehrte ihm den Rücken zu. Die Lederschürze und der rote Bart, offenbar von Rodion zurückgelassen, lagen noch auf dem Stuhl herum.

«Heute werden wir Ihre Behausung besonders gründlich saubermachen», sagte er, ohne sich umzusehen, «damit alles fertig ist für den Besuch morgen... Während wir den Boden hier scheuern, möchte ich Sie bitten...»

Cincinnatus schloß die Augen wieder, und leiser fuhr die Stimme fort: «...möchte ich Sie bitten, in den Gang hinauszutreten. Es dauert nicht lange. Wir wollen uns wirklich Mühe geben, so daß morgen, wie es sich gehört, alles ordentlich, schick, festlich...»

«Hinaus», rief Cincinnatus und richtete sich am ganzen Leib zitternd auf.

«Ausgeschlossen», verkündete Rodion ernst und machte sich an seinen Schürzenträgern zu schaffen. «Hier gibt es Arbeit. Sehen Sie sich nur den ganzen Staub an... Sie werden selber dankedanke sagen.»

Er betrachtete sich in einem Taschenspiegel, plusterte die Barthaare auf seinen Wangen auf, ging schließlich zur Pritsche hinüber und reichte Cincinnatus seine Sachen. Die Pantoffeln waren vorsorglich mit zusamengeknülltem Papier ausgestopft, während der Saum des Schlafrocks sorgfältig umgelegt und festgesteckt war. Ein wenig unsicher auf den Füßen, zog sich Cincinnatus an und ging, leicht auf Rodions Arm gestützt, hinaus auf den Flur. Dort setzte er sich auf einen Hocker und verschränkte die Arme wie ein Kranker in die Ärmel. Die Tür der Station weit offen lassend, begann Rodion sauberzumachen. Der Stuhl wurde auf den Tisch gestellt; das Laken von der Pritsche abgezogen; der Griff des Eimers klirrte; die Zugluft blätterte in den Papieren auf dem Tisch, und ein Blatt glitt zu Boden. «Was sitzen Sie da und blasen Trübsal?» rief Rodion und hob die Stimme über das Geräusch des Wassers, das Scheuern und Klappern, «Sie sollten etwas auf den Gängen spazierengehen... Los, haben Sie doch keine Angst – ich bin hier, falls irgendwas passiert – Sie brauchen bloß zu rufen.»

Gehorsam erhob sich Cincinnatus von dem Hocker, aber kaum war er an der kalten Wand entlanggegangen – die zweifellos dem Felsen verwandt war, aus dem die Festung hervorwuchs –, kaum hatte er sich ein paar Schritte entfernt (und was für Schritte! – schwächlich, gewichtlos, zaghaft), kaum hatte er Rodion, die offene Tür und die Eimer einer zurückweichenden Perspektive überlassen, als Cincinnatus Freiheit in sich aufwallen fühlte. Sie strömte noch reichlicher, als er um die Ecke gebogen war. Die verschwitzten Schmierflecke und die Sprünge ausgenommen waren die Wände kahl; nur an einer Stelle hatte jemand mit dem Strich eines Anstreichers in Ocker gemalt: «Probepinsel Pro-

78

bepin» – mit häßlich herablaufender Farbe. Von der ungewohnten Anstrengung des unbeaufsichtigten Laufens wurden Cincinnatus' Muskeln schlaff, und er hatte Seitenstiche.

Im gleichen Augenblick war es, daß Cincinnatus stehenblieb, sich umsah, als hätte er diese steinerne Einsamkeit soeben erst betreten, seinen ganzen Willen aufbot, das volle Ausmaß seines Lebens heraufbeschwor und sich bemühte, seine Lage mit der größtmöglichen Genauigkeit zu verstehen. Des schrecklichsten aller Verbrechen angeklagt, gnoseologischen Frevels, so selten und unaussprechlich, daß Umschreibungen wie «Undurchdringlichkeit», «Opazität», «Okklusion» benutzt werden mußten; für dieses Verbrechen zum Tode durch Enthaupten verurteilt; in der Festung gefangen, um das unbekannte, aber nahe und unerbittliche Datum zu erwarten (das er deutlich als das Rucken, Reißen und Knirschen eines ungeheuerlichen Zahnes vor sich sah, sein ganzer Körper das entzündete Zahnfleisch und sein Kopf jener Zahn); mit sinkendem Mut jetzt im Gefängniskorridor – noch am Leben, noch unversehrt, noch cincinnatisch –, fühlte Cincinnatus C. ein wildes Verlangen nach Freiheit, der gewöhnlichsten, physischen, physisch möglichen Art von Freiheit, und mit einer so sinnfälligen Klarheit, als wäre es alles eine von ihm ausstrahlende fluktuierende Korona, stellte er sich sofort die Stadt jenseits des seicht gewordenen Flusses vor, die Stadt, von deren jeder Stelle aus man – bald in dieser Perspektive, bald in jener, bald in Kreide, bald in Tinte – die hohe Festung erkennen konnte, in der er sich befand. Und so mächtig und süß war diese Flut der

Freiheit, daß alles besser schien, als es in Wahrheit war: Seine Kerkermeister, die tatsächlich jedermann waren, schienen gefügiger; in den umgrenzenden Phänomenen des Lebens suchte sich sein Verstand einen möglichen Pfad, eine Art Vision tanzte ihm vor den Augen – wie tausend schillernde Lichtnadeln, die die blendenden Sonnenreflexe in einer vernickelten Kugel umgeben... Während er im Gefängnisgang stand und den fülligen Klängen der Uhr lauschte, die gerade ihre gemächliche Aufzählung begonnen hatte, stellte er sich das Leben in der Stadt vor, wie es sich zu dieser frischen Morgenstunde gewöhnlich abspielte: Gesenkten Blicks verläßt Marthe das Haus und geht mit einem leeren Korb den blauen Bürgersteig entlang, drei Schritte hinter sich einen jungen Burschen mit dunklem Schnurrbart; in endlosem Strom gleiten die elektrischen Wagonnetten in der Gestalt von Schwänen oder Gondeln, in denen man wie in einer Karussellwiege sitzt, den Boulevard entlang; Sofas und Sessel werden aus Möbelspeichern zum Lüften herausgetragen, und vorbeikommende Schulkinder setzen sich zum Ausruhen darauf, während der kleine Dienstmann, den Schubkarren vollgepackt mit allen ihren Büchern, sich wie ein erwachsener Arbeiter die Stirn wischt; von Federn angetriebene zweisitzige «Ührchen», wie sie hier in der Provinz heißen, ticken über das frisch gesprengte Pflaster (und daran zu denken, daß dies die degenerierten Nachkömmlinge der Maschinen von damals sind, jener prächtigen, lackierten, stromlinienförmigen Automobile... Was hat mich auf diesen Gedanken gebracht? ach ja, die Photos in den Magazinen); Marthe sucht sich

80

Obst aus; hinfällige, schreckliche Gäule, die die Schrecken der Hölle schon längst nicht mehr in Verwunderung setzen, transportieren Waren von den Fabriken zu den Stadtverteilern; Brotverkäufer mit weißen Hemden und vergoldeten Gesichtern rufen auf den Straßen, während sie mit ihren Brotstangen jonglieren, sie hoch in die Luft werfen, wieder fangen und noch einmal kreiseln lassen; an einem von Glyzinien überwachsenen Fenster läßt ein fröhliches Quartett von Telegraphenarbeitern die Gläser klingen und trinkt auf die Gesundheit der Passanten; ein berühmter Kalauerer, ein gefräßiger alter Mann mit einer Narrenkappe und roten Seidenhosen, stopft sich an einem Kiosk an den Kleineren Teichen mit Kükerlein voll; die Wolken zerstreuen sich, und zur Begleitung einer Blechkapelle läuft scheckiges Sonnenlicht die steigenden und fallenden Straßen entlang und visitiert die Seitengassen; Fußgänger schreiten lebhaft aus; es riecht nach Linden, nach Karburin und feuchtem Kies; ausgiebig bewässert der immerwährende Brunnen am Mausoleum des Hauptmanns Somnus mit seinem Gesprüh den steinernen Hauptmann, das Basrelief an seinen elefantenhaften Füßen und die bebenden Rosen; Marthe geht gesenkten Blicks mit einem vollen Korb nach Hause, drei Schritte hinter sich einen Geck mit hellem Haar... Das war es, was Cincinnatus durch die Mauern hindurch sah und hörte, während die Uhr schlug, und obwohl in dieser Stadt alles in Wahrheit tot war und entsetzlich im Vergleich zu Cincinnatus' geheimem Leben und seinem schuldhaften Feuer, obwohl er das sehr wohl wußte und ebenso, daß es Hoffnung nicht gab, sehnte er sich in diesem Augenblick doch danach, auf jenen hellen, vertrauten Straßen zu sein... Doch dann hörte die Uhr zu schlagen auf, der imaginäre Himmel bedeckte sich, und das Gefängnis war wieder in Kraft.

Cincinnatus hielt den Atem an, bewegte sich, blieb wieder stehen, lauschte: Irgendwo vorne, in unbestimmbarer Entfernung, hörte er ein Klopfen.

Es war ein rhythmisches, schnelles, stumpfes Geräusch, und Cincinnatus, dessen sämtliche Neven jetzt vibrierten, hörte eine Einladung heraus. Er ging sehr aufmerksam, sehr ätherisch, sehr wach weiter; er bog um er wußte nicht wie viele Ecken. Das Geräusch hörte auf, schien jedoch dann wie ein unsichtbarer Specht näher herangeflogen zu sein. Poch, poch. Cincinnatus beschleunigte den Schritt, und noch einmal beschrieb der dunkle Gang einen Knick. Plötzlich wurde es heller – obwohl immer noch nicht Tag –, und jetzt wurde das Geräusch endgültig und beinahe selbstgefällig. Vorne warf in einer Flut blassen Lichts Emmi einen Ball gegen die Wand.

An dieser Stelle war der Gang breit, und zuerst erschien es Cincinnatus, als enthielte die linke Wand ein großes, tiefes Fenster durch welches all dieses seltsame zusätzliche Licht hereindrang. Als Emmi sich bückte, um den Ball aufzuheben und gleichzeitig eine Socke hochzuziehen, sah sie ihn schlau und scheu an. Die kleinen blonden Haare standen aufrecht auf ihren bloßen Armen und Schienbeinen. Ihre Augen leuchteten zwischen den weißlichen Wimpern. Jetzt richtete sie sich auf und strich sich die flachsenen Locken mit der gleichen Hand, in der sie den Ball hielt, aus dem Gesicht.

«Sie sollen hier nicht spazierengehen», sagte sie – sie hatte etwas im Mund; es rollte hinter ihrer Wange und schlug gegen ihre Zähne.

«Was lutschst du da?» fragte Cincinnatus.

Emmi steckte die Zunge heraus; auf ihrer ein unabhängiges Leben führenden Spitze lag ein glänzender, sauerdornroter, harter Bonbon.

«Ich habe noch mehr», sagte sie. «Wollen Sie einen?» .

Cincinnatus schüttelte den Kopf.

«Sie sollen hier nicht spazierengehen», wiederholte Emmi.

«Warum?» fragte Cincinnatus.

Sie zuckte eine Achsel, machte eine Grimasse, wölbte die Hand, in der sie den Ball hielt, spannte die Waden und ging hinüber zu der Stelle, an der er eine Nische, ein Fenster vermutet hatte, und zappelnd, als bestünde sie plötzlich ganz aus Beinen, ließ sie sich auf einem fensterbankartigen Steinvorsprung nieder.

Nein, es sah nur aus wie ein Fenster; in Wahrheit war es eine verglaste Vertiefung, ein Schaukasten, und in seiner falschen Tiefe sah man – ja, natürlich, wie konnte man es nicht erkennen! – eine Ansicht der Tamara-Gärten. Diese Landschaft, in verschiedenen Tiefenschichten hingesudelt, in schmierigen grünen Farben ausgeführt und von versteckten Glühbirnen erleuchtet, erinnerte nicht so sehr an ein Terrarium oder ein Bühnenmodell als vielmehr an einen Prospekt, vor dem eine Blaskapelle schuftet und schnauft. Was Anordnung und Perspektive anging, war alles ziemlich genau dargestellt, und wären die faden Farben nicht

83

gewesen, die reglosen Wipfel und das träge Licht, hätte man die Augen zukneifen und meinen können, durch eine Scharte in eben dieser Festungsmauer in eben jenen Park zu blicken. Der nachsichtige Blick erkannte jene Alleen, jenes wellige Grün der Baumgruppen, den Säulengang rechterhand, die freistehenden Pappeln und mitten in dem unüberzeugenden Blau des Sees den bleichen Klecks, der wahrscheinlich ein Schwan war. Im stilisierten Dunst der Ferne buckelten die Berge ihre runden Rücken, und über ihnen standen an jenem schieferblauen Firmament, unter dem die Thespianer leben und sterben, bewegungslos Kumuluswolken. Und alles dies war irgendwie nicht frisch, war antiquiert, war bedeckt mit Staub, und auf dem Glas, durch das Cincinnatus blickte, waren Schmutzflecke, aus denen sich in einigen Fällen eine Kinderhand rekonstruieren ließ.

«Bitte, willst du mich nicht dort hinausbringen?» flüsterte Cincinnatus. «Ich flehe dich an.»

Er saß neben Emmi auf dem Steinvorsprung, und beide spähten in die künstliche Ferne jenseits des Glases; rätselhaft folgte sie mit dem Finger gewundenen Pfaden, und ihr Haar roch nach Vanille.

«Papa kommt», sagte sie plötzlich mit heiserer, eiliger Stimme; dann hüpfte sie auf den Boden und verschwand.

Es war richtig: Rodion kam mit klirrenden Schlüsseln, aber nicht aus der Richtung, aus der Cincinnatus gekommen war (der ihn einen Augenblick lang für ein Spiegelbild hielt), sondern aus der entgegengesetzten.

«Jetzt geht's nach Hause», sagte er scherzend.

Das Licht hinter dem Glas ging aus, und Cincinnatus machte einen Schritt, in der Absicht, so zurückzukehren, wie er gekommen war.

«Hehe, wohin soll's denn gehen?» rief Rodion. «Geradeaus, hierlang ist es näher.»

Und erst dann wurde es Cincinnatus klar, daß die Biegungen des Ganges ihn nirgendwohin geführt hatten, sondern vielmehr ein großes Polyeder bildeten – denn als er jetzt um eine Ecke kam, sah er in der Ferne schon seine Tür, und ehe er sie erreichte, kam er an der Zelle vorbei, wo der neue Gefangene saß. Die Tür dieser Zelle war weit offen, und drinnen stand der liebenswerte Pummel, den er damals gesehen hatte, in seinem gestreiften Pyjama auf einem Stuhl und pinnte den Kalender an die Wand: poch, poch, wie ein Specht.

«Nicht hinsehen, meine blonde Jungfrau», sagte Rodion gutmütig zu Cincinnatus. «Nach Hause, nach Hause. Und wie haben wir hier bei Ihnen saubergemacht, was? Jetzt brauchen wir uns nicht mehr zu schämen, wenn Besuch kommt.»

Er schien besonders stolz auf den Umstand, daß die Spinne in einem sauberen, makellos korrekten Netz thronte, welches, soviel war klar, soeben geschaffen worden war.

Siebtes Kapitel

Ein herrlicher Morgen. Frei, ohne den früheren Reibungswiderstand drang er durch das vergitterte Glas, das Rodion am Tag zuvor geputzt hatte. Nichts konnte festlicher aussehen als die gelbe Farbe der Wände. Auf dem Tisch lag eine saubere Tischdecke, die wegen der Luft darunter noch nicht festklebte. Der reichlich gewässerte Steinfußboden atmete ursprüngliche Frische.

Cincinnatus zog die besten Sachen an, die er mithatte – und während er die weißen Seidenstrümpfe hochzog, die er als Lehrer bei Galavorstellungen tragen durfte, brachte Rodion eine nasse Vase aus geschliffenem Glas mit wammigen Päonien aus dem Garten des Direktors und stellte sie auf den Tisch, in die Mitte... nein, nicht genau in die Mitte; er ging rückwärts hinaus und kehrte eine Minute später mit einem Hocker und einem zusätzlichen Stuhl zurück, die er nicht aufs Geratewohl, sondern mit Urteilsvermögen und Geschmack placierte. Mehrmals noch kam er wieder, und Cincinnatus wagte nicht zu fragen: «Wird es bald sein?» – und wie immer in jener besonders untätigen Stunde, wenn man fertig angezogen Gäste erwartet, schlenderte er umher, saß bald in ungewohnten Ecken, bald richtete er die Blumen in der Vase, so daß Rodion sich endlich seiner erbarmte und sagte, daß es nicht mehr lange dauern würde.

Pünktlich um zehn erschien Rodrig Iwanowitsch in seinem besten, monumentalsten Gehrock, großspurig, reserviert, aufgeregt, aber gefaßt; er stellte einen massiven Aschbecher hin und inspizierte alles (nur Cincinnatus ausgenommen) wie ein in seine Arbeit versunkener Majordomus, der seine Aufmerksamkeit lediglich der Sauberkeit des unbelebten Inventars zuwendet und das belebte sich selbst überläßt. Er kehrte mit einem grünen, mit einem Gummiball versehenen Flakon zurück und begann Fichtennadelduft zu zerstäuben – als Cincinnatus ihm dabei versehentlich in den Weg kam, wurde er einigermaßen schroff zur Seite gestoßen. Die Stühle ordnete Rodrig Iwanowitsch anders als Rodion an, und lange starrte er glotzäugig auf die Rückenlehnen, die nicht zueinander paßten – die eine war leierförmig, die andere quadratisch. Er blies die Backen auf, ließ die Luft pfeifend entweichen und wandte sich schließlich Cincinnatus zu.

«Und was ist mit Ihnen? Sind Sie fertig?» fragte er. «Haben Sie alles gefunden, was Sie brauchen? Sind Ihre Schuhschnallen in Ordnung? Warum ist das hier drüben so zerknittert? Schämen Sie sich – zeigen Sie mal die Pfoten. *Bon.* Nun versuchen Sie, sich nicht gleich schmutzig zu machen. Ich glaube, es wird jetzt nicht mehr lange dauern...»

Er ging hinaus, und sein saftiger, gebieterischer Baß hallte durch den Gang. Rodion öffnete die Zellentür, befestigte sie in dieser Stellung und entrollte auf der Schwelle einen karamelfarben gestreiften Läufer. «Sie kommen», flüsterte er zwinkernd und verschwand wieder. Irgendwo in einem Schloß rasselte dreimal ein Schlüssel, wirre Stimmen waren zu hören, und ein Windstoß bewegte die Haare auf Cincinnatus' Kopf.

Er war sehr erregt, und seine zuckenden Lippen nahmen unablässig die Gestalt eines Lächelns an. «Hierlang. Da sind wir schon», konnte er den Direktor klangvoll erklären hören, und im nächsten Augenblick erschien dieser und führte am Ellbogen galant den pummeligen, gestreiften kleinen Gefangenen herein, der vor dem Eintreten auf der Matte stehenblieb, geräuschlos seine Maroquinfüße zusammenzog und sich anmutig verneigte.

«Darf ich Ihnen M'sieur Pierre vorstellen», sagte der Direktor frohlockend zu Cincinnatus. «Treten Sie näher, treten Sie näher, M'sieur Pierre. Sie können sich nicht vorstellen, wie sehr Sie hier erwartet wurden... Machen Sie sich bekannt, meine Herren... Die langerwartete Begegnung... Ein lehrreicher Anblick... Nehmen Sie mit uns vorlieb, M'sieur Pierre, nehmen Sie keinen Anstoß...»

Er wußte nicht mehr, was er sagte – er sprudelte über, machte schwere kleine Sprünge, rieb sich die Hände, platzte vor entzückter Verlegenheit. Sehr ruhig und gefaßt schritt M'sieur Pierre herein, verneigte sich abermals, und mechanisch fand sich Cincinnatus zu einem Händedruck bereit; der andere hielt Cincinnatus' fliehende Finger eine Sekunde länger als üblich in seiner kleinen, weichen Pfote – wie ein sanftmütiger ältlicher Doktor ein Händeschütteln in die Länge zieht, ebenso sanft, ebenso sympathisch –, und dann gab er sie frei.

Mit melodischer, hoher, kehliger Stimme sagte M'sieur Pierre: «Auch ich schätze mich überaus glücklich, endlich Ihre Bekanntschaft zu machen. Ich wage zu hoffen, daß wir einander näher kennenlernen.»

«Genau, genau», brüllte der Direktor, «bitte, so nehmen Sie doch Platz... Fühlen Sie sich wie zu Hause... Ihrem Kollegen hat das Glück, Sie hier zu sehen, die Sprache verschlagen.»

M'sieur Pierre nahm Platz, und jetzt stellte es sich heraus, daß seine Beine den Fußboden nicht ganz erreichten; indessen beeinträchtigte das seine Würde oder jene Anmut, mit der die Natur ein paar auserwählte kleine dicke Männer ausstattet, nicht im geringsten. Seine kristallklaren Augen blickten Cincinnatus höflich an, während Rodrig Iwanowitsch, der sich ebenfalls an den Tisch gesetzt hatte, kichernd, drängend, von Freude berauscht vom einen zum anderen blickte und gierig den Eindruck verfolgte, den jedes Wort des Gastes auf Cincinnatus machte.

M'sieur Pierre sagte: «Sie sind Ihrer Mutter ungewöhnlich ähnlich. Ich selber hatte nie die Gelegenheit, sie zu sehen, aber Rodrig Iwanowitsch hat mir freundlicherweise versprochen, mir ihre Photographie zu zeigen.»

«Zu Diensten», sagte der Direktor, «wir werden Ihnen eine besorgen.»

M'sieur Pierre fuhr fort: «Davon ganz abgesehen, bin ich jedenfalls von Kindheit auf immer ein begeisterter Photoamateur gewesen; ich bin jetzt dreißig, und Sie?»

«Er ist genau dreißig», sagte der Direktor.

«Sehen Sie, ich habe richtig geraten. Da das also auch Ihr Steckenpferd ist, zeige ich Ihnen gern...»

Behende zog er aus der Brusttasche seiner Pyjamajacke eine pralle Brieftasche und aus dieser einen dicken Packen Amateurschnappschüsse des kleinsten Formats. Er blätterte sie wie ein Spiel winziger Karten durch, begann einen nach dem anderen auf den Tisch zu legen, und Rodrig Iwanowitsch langte mit entzückten Ausrufen nach jedem, betrachtete ihn lange und reichte sie langsam, immer noch voller Bewunderung oder schon nach dem nächsten greifend, weiter – obwohl dort alles still und ruhig war. Die Bilder zeigten M'sieur Pierre, M'sieur Pierre in verschiedenen Posen – bald mit einer prämiierten Riesentomate in der Hand in seinem Garten, bald mit einer Hinterbacke auf irgendein Geländer gestützt (Profil mit Pfeife), bald im Schaukelstuhl beim Lesen, ein Glas mit Strohhalm in der Nähe...

«Großartig, wundervoll», bemerkte Rodrig Iwanowitsch beflissen dazu, schüttelte den Kopf, labte seine Augen an jeder Aufnahme oder nahm zwei gleichzeitig und ließ den Blick von der einen zur anderen gehen. «Donnerwetter, was haben Sie auf dieser für einen Bizeps! Wer würde meinen – bei Ihrer zierlichen Statur. Überwältigend! Ach wie allerliebst – hier reden Sie mit dem Vögelchen!»

«Ein herziges Tier», sagte M'sieur Pierre.

«Richtig spannend! Nun sieh einer an... Diese hier... Sie essen ja eine Wassermelone, unglaublich!»

«Jja!» sagte M'sieur Pierre. «Die haben Sie schon angesehen. Hier sind noch ein paar.»

«Reizend, sage ich Ihnen. Zeigen Sie den anderen Haufen – er hat sie noch nicht gesehen...»

«Hier jongliere ich mit drei Äpfeln», sagte M'sieur Pierre.

«Toll!» sagte der Direktor und schnalzte mit der Zunge.

«Beim Frühstück», sagte M'sieur Pierre. «Das bin ich, und das ist mein verstorbener Vater.»

«Ja, ja, natürlich, ich erkenne ihn... Diese edle Braue!»

«Am Ufer der Strop», sagte M'sieur Pierre. «Sind Sie dort mal gewesen?» fragte er Cincinnatus.

«Ich glaube nicht», erwiderte Rodrig Iwanowitsch. «Und wo ist dies aufgenommen? Was für ein eleganter kleiner Mantel! Wissen Sie was, auf dem hier sehen Sie älter aus. Einen Augenblick, ich möchte das da noch einmal sehen, das mit der Gießkanne.»

«Also... mehr habe ich nicht bei mir», sagte M'sieur Pierre, und wieder zu Cincinnatus gewandt: «Hätte ich gewußt, daß Sie sich so dafür interessieren, dann hätte ich mehr mitgebracht – ich habe ein gutes Dutzend Alben!»

«Wunderbar, verblüffend», wiederholte Rodrig Iwanowitsch und wischte sich mit einem fliederfarbenen Taschentuch die Augen, die von all dem fröhlichen Gekicher und den Exklamationen feucht geworden waren.

M'sieur Pierre sammelte den Inhalt seiner Brieftasche wieder ein. Plötzlich war ein Spiel Karten in seinen Händen.

«Denken Sie bitte an eine Karte, irgendeine», schlug er vor und legte die Karten auf dem Tisch aus; mit dem

Ellbogen schob er den Aschbecher beiseite; dann legte er weiter.

«Wir haben an eine gedacht», sagte der Direktor munter.

M'sieur Pierre gab etwas Hokuspokus zum Besten und legte den Zeigefinger an die Stirn; dann nahm er schnell die Karten wieder auf, ließ geschickt das Spiel knistern und legte eine Pik-Drei hin.

«Das ist erstaunlich», rief der Direktor. «Einfach erstaunlich!»

Die Karten verschwanden so plötzlich, wie sie aufgetaucht waren, M'sieur Pierre machte ein unerschütterliches Gesicht und sagte: «Da kommt eine kleine alte Frau zum Doktor und sagt: ‹Ich habe eine furchtbare Krankheit›, sagte sie, ‹ich habe schreckliche Angst, daß ich daran sterbe...› – ‹Und was sind die Symptome?› – ‹Mein Kopf wackelt, Herr Doktor›», und brabbelnd und den Kopf schüttelnd machte M'sieur Pierre die kleine alte Frau nach.

Rodrig Iwanowitsch brach in unbändige Heiterkeit aus, schlug mit der Faust auf den Tisch, fiel fast vom Stuhl; dann hatte er einen Hustenanfall; stöhnte; und mit großer Anstrengung gewann er die Selbstbeherrschung wieder.

«M'sieur Pierre, Sie bringen Leben in die Bude», sagte er und vergoß immer noch Tränen. «Wirklich, Sie bringen Leben in die Bude! So einen komischen Witz habe ich mein ganzes Leben nicht gehört.»

«Wie melancholisch wir sind, wie zart», sagte M'sieur Pierre zu Cincinnatus und spitzte die Lippen, als wolle er ein schmollendes Kind zum Lachen brin-

92

gen. «Wir sind so still, und unser Schnurrbärtchen zittert so, und die Ader an unserem Hals pulst, und unsere Äuglein sind verschleiert...»

«Vor Vergnügen», fügte der Direktor schnell ein. *«N'y faites pas attention.»*

«Ja, es ist wirklich ein fröhlicher Tag, ein Festtag», sagte M'sieur Pierre. «Ich sprudele selber über vor Aufregung... Ich will mich nicht rühmen, aber in mir, mein lieber Kollege, finden Sie eine seltene Verbindung von äußerer Geselligkeit und innerem Zartgefühl, die Kunst der Causerie und die Fähigkeit zu schweigen, Verspieltheit und Ernst... Wer tröstet ein weinendes Kind und klebt sein kaputtes Spielzeug zusammen? M'sieur Pierre. Wer verwendet sich für eine arme Witwe? M'sieur Pierre. Wer gibt besonnenen Rat, wer empfiehlt eine Medizin, wer überbringt eine frohe Botschaft? Wer? Wer? M'sieur Pierre. All das tut der M'sieur Pierre.»

«Bemerkenswert! Welche Begabung!» rief der Direktor, als hätte er soeben Lyrik gehört; aber unter einer zuckenden Augenbraue suchte sein Blick die ganze Zeit über immer wieder Cincinnatus.

«Darum scheint mir», fuhr M'sieur Pierre fort, «ach ja, übrigens», unterbrach er sich, «sind Sie mit Ihrer Unterbringung zufrieden? Ist Ihnen nachts auch nicht kalt? Gibt man Ihnen genug zu essen?»

«Er kriegt das gleiche wie ich», antwortete Rodrig Iwanowitsch. «Die Verpflegung ist ausgezeichnet.»

«Eine verpflegliche Behandlung», kalauerte M'sieur Pierre.

Der Direktor schickte sich an, abermals herauszuplatzen, aber in eben diesem Augenblick ging die Tür auf, und mit einem Stapel Bücher unter dem Arm erschien der düstere, schlaksige Bibliothekar. Um den Hals hatte er einen Wollschal gewickelt. Ohne jemanden zu grüßen, lud er die Bücher auf der Pritsche ab, und einen Augenblick lang schwebten aus Staub bestehende stereometrische Erscheinungen derselben Bücher über ihnen in der Luft, schwebten dort, zitterten und lösten sich auf.

«Warten Sie einen Moment», sagte Rodrig Iwanowitsch. «Ich glaube, Sie kennen sich noch nicht.»

Der Bibliothekar nickte ohne hinzusehen, während sich M'sieur Pierre höflich von seinem Stuhl erhob.

«Bitte, M'sieur Pierre», bettelte der Direktor und legte seine Hand an die Hemdbrust, «bitte zeigen Sie ihm Ihr Kunststück!»

«Och das lohnt sich doch kaum – es ist wirklich nichts Besonderes», hob M'sieur Pierre bescheiden an, doch der Direktor ließ nicht ab:

«Es ist ein Wunder! Rote Magie! Wir bitten Sie alle! Bitte, zeigen Sie es uns... Halt, halt, einen Moment», rief er dem Bibliothekar zu, der schon unterwegs war zur Tür. «Einen Moment, M'sieur Pierre wird Ihnen was zeigen. Bitte, bitte! Bleiben Sie...»

«Denken Sie an eine dieser Karten», sprach M'sieur Pierre mit gespielter Feierlichkeit; er mischte die Karten; legte eine Pik-Fünf hin.

«Nein», sagte der Bibliothekar und ging.

M'sieur Pierre zuckte eine runde Achsel.

«Ich bin gleich zurück», murmelte der Direktor und ging ebenfalls hinaus.

Cincinnatus und sein Gast blieben allein.

Cincinnatus öffnete ein Buch und versenkte sich in die Lektüre, das heißt, er las den ersten Satz wieder und wieder. M'sieur Pierre sah ihn mit einem freundlichen Lächeln an, und seine eine kleine Pfote lag mit der Fläche nach oben auf dem Tisch, als böte er Cincinnatus an, Frieden mit ihm zu schließen. Der Direktor kam zurück. In seiner fest geschlossenen Faust hielt er einen Wollschal.

«Vielleicht haben Sie Verwendung dafür, M'sieur Pierre», sagte er; dann gab er ihm den Schal, setzte sich, atmete geräuschvoll aus wie ein Pferd und begann seinen Daumen zu untersuchen, von dessen Spitze ein halb abgebrochener Nagel wie eine Sichel abstand.

«Worüber haben wir doch gerade gesprochen?» rief M'sieur Pierre mit charmantem Taktgefühl, als wäre nichts geschehen. «Ach so, wir sprachen über Photographien. Irgendwann bringe ich meinen Apparat mit und knipse Sie. Das wird lustig. Was lesen Sie? Darf ich mal sehen?»

«Sie sollten das Buch weglegen», bemerkte der Direktor mit einem Kratzer der Verärgerung in der Stimme. «Schließlich haben Sie Besuch.»

«Ach lassen Sie ihn», lächelte M'sieur Pierre.

Schweigen.

«Es wird spät», sagte der Direktor, nachdem er auf die Uhr geschaut hatte.

«Ja, wir gehen auch gleich... Meine Güte, was für ein kleiner Miesepeter... Sehen Sie sich das an, seine Lippen sind ganz zittrig... Jeden Augenblick kann jetzt die liebe Sonne zwischen den Wolken hervorkommen ... Miesepeter, Miesepeter! ...»

«Gehen wir», sagte der Direktor und stand auf.

«Einen Augenblick noch ... Es gefällt mir hier so gut, daß ich mich kaum losreißen kann ... Auf jeden Fall werde ich Gebrauch von Ihrer Erlaubnis machen, Sie oft zu besuchen, mein lieber Nachbar, oft – das heißt, natürlich nur, wenn Sie mir die Erlaubnis gewähren, und das werden Sie doch tun, nicht wahr? ... Ade für jetzt. Ade! Ade!»

Mit einer scherzhaften Verbeugung, die irgend jemanden nachahmen sollte, zog sich M'sieur Pierre zurück; der Direktor faßte ihn wieder am Ellbogen und gab wollüstige nasale Geräusche von sich. Sie gingen, doch im letzten Moment hörte man seine Stimme sagen: «Verzeihen Sie, ich habe was vergessen, ich bin gleich wieder bei Ihnen», und der Direktor stürzte in die Zelle zurück; er trat an Cincinnatus heran, und für eine kurze Weile verließ das Lächeln sein purpurrotes Gesicht: «Ich schäme mich», zischte er durch die Zähne, «ich schäme mich für Sie. Sie haben sich benommen wie ... Ich komme, ich komme schon», schrie er und strahlte wieder; dann griff er sich die Päonienvase vom Tisch, verschüttete im Gehen Wasser und verließ die Zelle.

Cincinnatus starrte weiter in das Buch. Ein Tropfen war auf die Seite gefallen. Unter dem Tropfen waren mehrere Petitbuchstaben cicerogroß aufgeschwollen, als läge eine Leselupe über ihnen.

Achtes Kapitel

(Es gibt Leute, die einen Bleistift auf sich zu anspitzen, als schälten sie eine Kartoffel, und andere, die von sich weg spitzen, als schnitzten sie einen Stock... Rodion gehörte zu den letzteren. Er hatte ein altes Taschenmesser mit mehreren Klingen und einem Korkenzieher. Der Korkenzieher schlief an der Außenseite.)

«Heute ist der achte Tag [schrieb Cincinnatus mit dem Bleistift, der mehr als ein Drittel seiner Länge eingebüßt hatte] und nicht nur lebe ich noch, das heißt, die Sphäre meines Ichs begrenzt und verschattet immer noch mein Wesen, sondern wie jeder andere Sterbliche kenne ich meine Todesstunde nicht und kann auf mich eine Formel anwenden, die für jedermann gilt: Die Wahrscheinlichkeit einer Zukunft nimmt im umgekehrten Verhältnis zu ihrer theoretischen Ferne ab. Natürlich ist es in meinem Fall ein Gebot der Klugheit, in sehr kleinen Zahlen zu denken – aber was tut es, was tut es – ich lebe. Ich hatte letzte Nacht ein seltsames Gefühl – und es war nicht zum ersten Mal –: Ich nehme Schicht auf Schicht ab, bis schließlich... Ich weiß nicht, wie ich es beschreiben soll, aber ich weiß dies: In diesem Prozeß allmählicher Entkleidung erreiche ich den letzten, unteilbaren, festen, strahlenden Punkt, und dieser Punkt sagt: Ich bin! wie ein im blutgierigen Fett eines Hais eingeschlossener Perlenring – O meine ewige, ewige... Und dieser Punkt genügt mir – nichts anderes ist eigentlich mehr vonnöten. Vielleicht als ein Bürger des nächsten Jahrhunderts, ein Gast, der verfrüht gekommen ist (noch ist die Gastgeberin nicht auf), vielleicht einfach als ein Jahrmarktmonstrum in einer gaffenden, hoffnungslos festlichen Welt habe ich ein qualvolles Leben gelebt, und ich möchte Ihnen diese Qual beschreiben – doch ich bin besessen von der Furcht, daß die Zeit nicht reicht. So weit meine Erinnerung an mich zurückreicht – und mit gesetzwidriger Klarheit erinnere ich mich an mich selbst, ich bin mein eigener Komplize gewesen, der zuviel weiß und darum gefährlich ist. Ich stamme aus so brennender Schwärze, ich drehe mich wie ein Kreisel und mit solchem Schwung und solchen Flammenzungen, daß ich bis auf den heutigen Tag gelegentlich (manchmal im Schlaf, manchmal, wenn ich in sehr heißes Wasser tauche) jene meine uranfängliche Zuckung spüre, diese erste prägende Berührung, die Triebfeder meines Ichs. Wie ich mich hinauswand, glitschig, nackt! Ja, aus einem Reich, das anderen verboten und unzugänglich ist, ja. Ich weiß etwas, ja... Doch selbst jetzt, wo ohnehin alles zu Ende ist, selbst jetzt – habe ich Angst, ich könnte jemanden korrumpieren? Oder wird mir nicht gelingen, was ich zu berichten versuche, werden als einzige Spuren die Leichname erdrosselter Worte zurückbleiben wie Gehenkte... Abendsilhouetten von Gammas und Gerundien, Galgenkrähen – ich glaube, mir wäre der Strick lieber, da ich verbindlich und unwiderruflich weiß, daß es das Beil sein wird; etwas gewonnene Zeit, Zeit, die mir jetzt so kostbar ist, daß ich jeden Aufschub, jede Verzögerung zu schätzen weiß... Ich meine Zeit, die dem Nachdenken bewilligt wird; den Urlaub, den ich meinen Gedanken für eine freie Reise von der Wirklichkeit in die Phantasie und zurück gewähre... Ich meine noch vieles andere, aber Mangel an schriftstellerischem Talent, Eile, Aufregung, Schwäche... Ich weiß etwas. Ich weiß etwas. Doch es auszudrücken, fällt so schwer! Nein, ich kann nicht... Ich möchte aufgeben – dennoch habe ich das Gefühl, zu kochen und zu steigen, ein Kitzel, der einen wahnsinnig machen kann, wenn man ihn nicht irgendwie ausdrückt. Nein, ich starre nicht befriedigt mich selber an, ich erhitze mich nicht beim Ringkampf mit meiner Seele in einem verdunkelten Raum; ich habe keine Bedürfnisse außer dem Bedürfnis, mich auszudrücken – trotz der Stummheit der Welt. Wie groß ist meine Angst. Wie krank bin ich vor Angst. Aber niemand soll mich mir nehmen. Ich habe Angst – und jetzt verliere ich einen Faden, den ich eben noch so deutlich fühlbar hielt. Wo ist er? Er ist meinem Griff entglitten! Ich zittere über dem Papier, kaue den Stift bis aufs Blei, krümme mich nach vorn, um mich vor der Tür zu verbergen, durch die mich ein durchdringendes Auge in den Nacken sticht, und es scheint, ich bin im Begriff, alles zu zerknüllen und zu zerfetzen. Ich bin irrtümlich hier – ich meine nicht speziell dieses Gefängnis – ich meine diese ganze schreckliche, gestreifte Welt; eine Welt, die kein schlechtes Beispiel dilettantischer Bastelei zu sein scheint, aber in Wahrheit Unglück, Schrecken, Wahnsinn, Irrtum ist – und sieh, die Sehenswürdig-

keit erschlägt den Touristen, der riesige geschnitzte Bär
läßt sein Schlagholz auf mich niedersausen. Und dennoch habe ich von frühester Kindheit an Träume gehabt... In meinen Träumen war die Welt edler, geistiger; Menschen, vor denen mich im Wachzustand grau-
ste, erschienen dort in schimmernder Brechung, ganz
als wären sie von jener Lichtvibration durchtränkt und
eingehüllt, die bei heißem Wetter selbst die Umrisse der
Dinge mit Leben erfüllt; ihre Stimmen, ihr Gang, der
Ausdruck ihrer Augen und sogar ihrer Kleidung – erhielten eine erregende Bedeutung; einfacher gesagt: In
meinen Träumen wurde die Welt lebendig, wurde so
einnehmend majestätisch, frei und ätherisch, daß es
später bedrückend war, wieder den Staub dieses gemal-
ten Lebens zu atmen. Aber schließlich bin ich seit langem an den Gedanken gewöhnt, daß das, was wir
Träume nennen, Halbwirklichkeit ist, die Verheißung
der Wirklichkeit, eine Vorschau darauf und ein Hauch
von ihr; das heißt, sie enthalten in einem sehr vagen,
verdünnten Zustand mehr wahre Wirklichkeit als unser
gerühmtes waches Leben, das seinerseits Halbschlaf
ist, eine schlimme Schläfrigkeit, in die in grotesker Ver-
kleidung die Geräusche und Gesichte jener wirklichen
Welt eindringen, welche jenseits der Peripherie des
Geistes strömt – als ob man im Schlaf eine schreckliche,
heimtückische Geschichte hört, weil ein Zweig am Fen-
sterglas schabt, oder sich im Schnee versinken sieht,
weil die Bettdecke hinuntergleitet. Doch wie fürchte
ich das Erwachen! Wie fürchte ich jene Sekunde, vielmehr jenen Sekundenbruchteil, der schon um ist, wenn
mit dem Grunzen eines Holzfällers... Doch was gibt es

da zu fürchten? Wird es für mich nicht einfach der Schatten eines Beils sein, und werde ich jenen kräftigen Grunzlaut bei der Abwärtsbewegung nicht mit dem Ohr einer anderen Welt hören? Dennoch habe ich Angst! Man kann das nicht so leicht abtun. Auch ist es nicht gut, daß meine Gedanken immer wieder in den Hohlraum der Zukunft gesaugt werden – ich möchte über anderes nachdenken, anderes erklären... Aber ich schreibe dunkel und kraftlos wie Puschkins gefühlsseliger Duellant. Bald, glaube ich, wird mir ein drittes Auge auf dem Nacken wachsen, zwischen meinen zerbrechlichen Wirbeln: ein weit geöffnetes wahnsinniges Auge mit einer sich weitenden Pupille und einem rosa Geäder auf dem glänzenden Apfel. Kommt mir nicht nahe! Stärker, heiserer: Hände weg! Ich kann alles vorhersehen! Und wie oft klingen mir die Ohren von dem Wimmern, das auszustoßen mir bestimmt ist, und von dem schrecklichen gurgelnden Husten, den der geköpfte Neuling von sich geben wird. Aber alles dies ist unerheblich, und meine Überlegungen über Träumen und Wachen sind es auch... Warten Sie! Jetzt fühle ich wieder, daß ich mich wirklich ausdrücken, daß ich die Worte stellen werde. Ach, niemand hat mich eine solche Jagd gelehrt, und die alte, angeborene Kunst des Schreibens ist seit langem vergessen – vergessen sind die Tage, als sie des Lernens nicht bedurfte, sondern sich entzündete und loderte wie ein Waldbrand – heute scheint das ebenso unglaubhaft wie die Musik, die einst einem monströsen Piano entlockt wurde, eine Musik, die behende dahinplätscherte oder plötzlich die Welt in große, schimmernde Blöcke zerhackte – ich kann mir das alles so deutlich vorstellen, aber Sie sind nicht ich, und das macht das irreparable Elend aus. Nicht schreiben zu können, aber mit meiner kriminellen Intuition zu fühlen, wie Wörter kombiniert werden, was man für ein banales Wort tun muß, damit es lebendig wird und den Glanz, die Hitze und den Schatten seines Nachbarn teilt, während es sich selbst im Nachbarwort spiegelt und dieses dabei erneuert, so daß die ganze Zeile ein lebendiges Schillern ist; während ich die Natur dieser Wörternachbarschaft fühle, bin ich dennoch unfähig, sie selber herzustellen, und doch wäre eben dies unerläßlich für meine Aufgabe, die nicht von hier ist und nicht von heute. Nicht von hier! Das gräßliche ‹hier›, das dunkle Verlies, in dem ein unnachgiebig vor Schmerz brüllendes Herz eingekerkert ist, dieses ‹hier› hält mich und engt mich ein. Aber welches Licht schimmerte des Nachts durch, und welches... Sie existiert, meine Traumwelt, sie muß existieren, denn gewiß muß es ein Original der plumpen Kopie geben. Verträumt, rund und blau wendet sie sich mir langsam zu. Es ist, als läge man mit geschlossenen Augen an einem bedeckten Tag auf dem Rücken, und plötzlich bewegt sich die Dunkelheit unter den Lidern und wird erst zu einem matten Lächeln und dann zu einem warmen Gefühl der Zufriedenheit, und man weiß, daß die Sonne hinter den Wolken hervorgekommen ist. Mit eben einem solchen Gefühl beginnt meine Welt: Der Dunst schwindet allmählich, die Luft ist mit strahlender, zitternder Güte gesättigt, und meine Seele weitet sich frei in ihrem angeborenen Reich. Aber was dann, was dann? Ja, das ist die Grenze, jenseits derer ich die Herrschaft verliere...

In die Luft heraufgeholt, platzt das Wort wie jene Kugelfische, die nur in der verdichteten Finsternis der Tiefe atmen und leuchten und die platzen, wenn sie das Netz heraufholt. Aber ich mache eine letzte Anstrengung, ich glaube, ich habe meine Beute gefangen... aber es ist nur das unbeständige Gespenst meiner Beute! *There, tam, là-bas* leuchtet unnachahmbares Verständnis aus dem Blick der Menschen; *dort* behelligt man die Sonderlinge nicht, die hier gemartert werden; *dort* nimmt die Zeit die Gestalt an, die einem beliebt, gleich einem gemusterten Teppich, dessen Falten so zusammengelegt werden können, daß zwei Muster übereinstimmen – und der Teppich wird wieder geglättet, und man lebt weiter oder aber legt das nächste Bild auf das letzte, endlos, endlos, mit der gelösten Konzentration einer Frau, die einen zu ihrem Kleid passenden Gürtel aussucht – jetzt gleitet sie, die Knie rhythmisch gegen den Samt stoßend, auf mich zu, alles verstehend und mir verständlich... *Dort, dort* sind die Originale jener Gärten, wo wir in dieser Welt umherstreiften und uns verbargen; *dort* macht sich alles durch seine bestrickende Evidenz bemerkbar, durch die Einfachheit des vollkommen Guten; *dort* tut alles der Seele wohl, ist alles angefüllt mit jener Freude, auf die Kinder sich verstehen; *dort* strahlt der Spiegel, der dann und wann einen zufälligen Reflex hierher entsendet... Aber das ist es nicht, ist es nicht ganz, und ich verheddere mich, gelange nirgendwohin, rede Unsinn, und je länger ich im Wasser umhersuche und auf dem sandigen Grund nach dem Glimmer taste, den ich eben noch sah, desto schlammiger wird das Wasser und desto geringer auch die Wahrscheinlichkeit, daß ich ihn zu fassen bekomme. Nein, bisher habe ich noch nichts gesagt oder vielmehr nur geschraubte Bücherworte... Und die logische Folge wäre, aufzugeben, und ich gäbe auf, wenn ich mich für einen heute lebenden Leser mühte, aber da in dieser Welt kein einziger Mensch ist, der meine Sprache spricht; oder einfacher, kein einziger Mensch, der sprechen kann; oder, noch einfacher, kein einziger Mensch – darum darf ich nur an mich denken und an die Kraft, die mich drängt, mich auszudrücken. Ich friere, ich bin schwach und verängstigt, mein Hinterkopf blinzelt und duckt sich und starrt von neuem mit irrer Anspannung, doch trotz allem bin ich an diesen Tisch wie ein Becher an einen Brunnen gekettet und werde nicht aufstehen, bis ich gesagt habe, was ich sagen will. Ich wiederhole (und hole mir im Rhythmus der wiederholten Beschwörungen neuen Schwung), ich wiederhole: Ich weiß etwas, ich weiß etwas, ich weiß... Als ich noch ein Kind war und in einem kanariengelben, großen, kalten Haus lebte, wo man mich und Hunderte anderer Kinder auf die sichere Nichtexistenz erwachsener Attrappen vorbereitete, in die sich alle meine Altersgenossen mühe- und schmerzlos verwandeln ließen; schon in jenen verfluchten Tagen inmitten von Leinenbüchern und buntbemalten Unterrichtsmaterialien und Luftzügen, die die Seele erfrieren ließen, wußte ich es, ohne zu wissen, wußte ich es, ohne zu staunen, wußte ich, so wie man von sich selber weiß, wußte ich, was sich nicht wissen läßt – und wußte ich es, möchte ich sagen, klarer als heute. Denn das Leben hat mich verschlissen: die dauernde Unruhe, der Zwang, mein Wissen zu ver-

stecken, Heuchelei, Angst, die schmerzhafte Anspannung aller Nerven – nicht nachzulassen, mich nicht zu
verraten... und bis auf den heutigen Tag spüre ich einen
Schmerz in jenem Teil meines Gedächtnisses, wo der
Beginn dieser Anstrengung bewahrt ist, nämlich der
Anlaß, der mich zum ersten Mal lehrte, daß Dinge, die
mir natürlich schienen, in Wahrheit verboten waren, unmöglich, daß jeder Gedanke an sie verbrecherisch war.
Genau entsinne ich mich dieses Tages! Ich muß gerade
gelernt haben, Buchstaben zu schreiben, denn ich weiß
noch, daß ich am kleinen Finger den kleinen Kupferring
trug, den jene Kinder erhielten, die die Musterwörter
aus den Blumenrabatten im Schulgarten abschreiben
konnten, wo Petunien, Phlox und Ringelblumen lang-
atmige Sinnsprüche bildeten. Ich saß auf dem niedrigen
Fensterbrett, hatte meine Füße heraufgezogen und
blickte auf meine Schulkameraden hinunter, die die
gleichen langen rosa Kittel trugen wie ich, sich an den
Händen hielten und um einen bändergeschmückten
Mast tanzten. Warum hatte man mich ausgelassen? Zur
Strafe? Nein. Die Abneigung der anderen Kinder gegen meine Beteiligung an ihrem Spiel und die tödliche
Verlegenheit, Scham und Niedergeschlagenheit, die
ich selber empfand, wenn ich mich zu ihnen gesellte,
ließen mich jenen weißen Schlupfwinkel des Fenster-
bretts vorziehen, der durch den Schatten des halboffe-
nen Fensterflügels scharf abgegrenzt war. Ich konnte
die Rufe hören, die das Spiel erforderte, und die krei-
senden Anweisungen der rothaarigen ‹Pädagoguette›;
ich konnte ihre Locken und ihre Brille sehen, und mit
dem angeekelten Entsetzen, das mich niemals ver-

ließ, beobachtete ich, wie sie den kleinsten Kindern
Stöße versetzte, damit sie sich schneller im Kreise dreh-
ten. Und jene Lehrerin und der gestreifte Mast und die
weißen Wolken, die hin und wieder die gleitende Sonne
hervorkommen ließen, welche plötzlich hitziges Licht
vergoß, das nach etwas suchte, alles das wurde im flam-
menden Glas des offenen Fensters wiederholt... Kurz,
ich empfand eine solche Furcht und Trauer, daß ich in
mir selber unterzutauchen, die Geschwindigkeit zu ver-
ringern und aus dem sinnlosen Leben, das mich weiter-
trug, mich fortzustehlen versuchte. In eben diesem
Augenblick erschien am Ende der Steingalerie, wo ich
saß, der Haupterzieher – ich weiß seinen Namen nicht
mehr –, ein fetter, verschwitzter Mann mit struppig be-
haarter Brust, der auf dem Weg zur Badestelle war. Von
fern schon rief er mir zu, die Stimme von der Akustik
verstärkt, in den Garten zu gehen; er kam rasch näher
und schwang sein Handtuch. In meiner Trauer, meiner
Geistesabwesenheit, unbewußt und unschuldig, ohne
mir klarzumachen, was ich tat, sondern eigentlich gehorsam und sogar unterwürfig ging ich nicht die Treppe
in den Garten hinunter (die Galerie befand sich im dritten Stock), sondern trat vom Fensterbrett unmittelbar
auf die elastische Luft, und ohne mehr zu empfinden als
ein halbes Gefühl, barfuß zu sein (obwohl ich Schuhe
anhatte), ging ich langsam und ganz natürlich weiter
und lutschte an dem Finger, untersuchte ihn, an dem
ich mir jenen Morgen einen Splitter eingerissen hatte...
Plötzlich jedoch weckte mich eine ungewöhnliche, be-
täubende Stille aus meiner Träumerei, und unter mir sah
ich, weißen Gänseblümchen gleich, die nach oben ge-

kehrten Gesichter der verdutzten Kinder und die Pädagoguette, die rückwärts zu fallen schien; ich sah auch die Kugeln der gestutzten Büsche und das fallende Handtuch, das den Rasen noch nicht erreicht hatte; und ich sah mich selber, einen Jungen in einem rosa Kittel, erstarrt mitten in der Luft stehen; mich umblickend, sah ich nur drei Luftschritte entfernt das Fenster, das ich soeben verlassen hatte, und den in feindseligem Staunen ausgestreckten behaarten Arm des...»

(Hier ging das Licht in der Zelle leider aus – Rodion schaltete es immer pünktlich um zehn ab.)

Neuntes Kapitel

Und wieder begann der Tag mit Stimmenlärm. Finster erteilte Rodion Anweisungen, und drei andere Wärter halfen ihm. Marthes ganze Familie hatte sich eingefunden und alle ihre Möbel mitgebracht. So nicht, so nicht hatte er sich dieses langerwartete Wiedersehen vorgestellt... Wie sie hereingeklotzt kamen! Marthes greiser Vater mit seinem riesigen kahlen Schädel und mit Säcken unter den Augen und dem tappenden Gummi seines schwarzen Krückstocks; Marthes Brüder, identische Zwillinge, nur daß der eine einen goldenen und der andere einen pechschwarzen Schnurrbart hatte; Marthes Großeltern mütterlicherseits, so alt, daß sie schon durchsichtig waren; drei lebhafte Cousinen, die aus irgendeinem Grund jedoch in letzter Minute nicht eingelassen wurden; Marthes Kinder – der lahme Diomedon und die fettleibige kleine Pauline; schließlich Marthe selber in ihrem besten schwarzen Kleid mit einem Samtband um ihren kalten weißen Hals und einem Spiegel in der Hand; ein sehr korrekter junger Mann mit makellosem Profil, der nicht von ihrer Seite wich.

Auf seinen Stock gestützt, nahm der Schwiegervater in einem Ledersessel Platz, der mit ihm zusammen eingetroffen war, hievte mühsam einen fetten Wildlederfuß auf einen Schemel und richtete den Blick unter schweren Augenlidern hervor mit wütendem Kopfschütteln auf Cincinnatus, bei dem sich das vertraute dumpfe Gefühl einstellte, als er des Schnurbesatzes ansichtig wurde, der des Schwiegervaters warme Jacke zierte, der Falten um seinen Mund, die ewigen Ekel auszudrücken schienen, und des purpurroten Flecks eines Muttermals auf seiner adrigen Schläfe, auf deren Blutgefäß sich eine genau einer großen Weinbeere gleichende Schwellung befand.

Der Großvater und die Großmutter (er zittrig und verschrumpft und in geflickten Hosen, sie mit kurz geschnittenem weißem Haar und so dünn, daß sie in eine seidene Schirmhülle gepaßt hätte) ließen sich Seite an Seite auf zwei identischen Stühlen mit hohen Lehnen nieder; die kleinen haarigen Hände des Großvaters hielten ein sperriges, in Gold gerahmtes Bildnis seiner Mutter fest umklammert, einer verschwommenen jungen Frau, die ihrerseits ein Bildnis hielt.

Inzwischen trafen immer weitere Möbel, Haushaltsutensilien und sogar einzelne Wandteile ein. Es kam ein Kleiderschrank mit Spiegel, der sein eigenes privates Spiegelbild mitbrachte (nämlich eine Ecke des ehelichen Schlafzimmers mit einem Streifen Sonnenlicht quer über dem Fußboden, einem heruntergefallenen Handschuh und einer entfernteren offenen Tür). Ein freudloses kleines Dreirad mit orthopädischem Zubehör wurde hereingerollt. Ihm folgte der Mosaiktisch, der während der letzten zehn Jahre ein flaches granatrotes Flakon und eine Haarnadel getragen hatte. Marthe setzte sich auf ihre schwarze, rosenbestickte Couch.

«Weh, weh!» verkündete der Schwiegervater und stampfte mit seinem Stock auf den Boden. Ein verängstigtes schwaches Lächeln erschien auf den Gesichtern der Alten. «Nicht doch, Papa, das haben wir doch schon tausendmal gehört», sagte Marthe ruhig und zuckte eine kühle Achsel. Ihr junger Mann bot ihr einen gefransten Schal, doch sie bildete mit einem Winkel ihrer schmalen Lippen den Ansatz eines zärtlichen Lächelns und winkte seine sensible Hand beiseite. («Das erste, worauf ich bei einem Mann sehe, sind seine Hände.») Er trug die schicke schwarze Uniform eines Telegraphenangestellten und duftete nach Veilchenparfum.

«Weh!» wiederholte der Schwiegervater mit Nachdruck und begann Cincinnatus detailliert und mit Behagen zu verfluchen. Cincinnatus' Blick wurde von Paulines grünem, getüpfeltem Kleid angezogen: rothaarig, schielend, bebrillt, mit diesen Tüpfeln und ihrer Drallheit nicht Gelächter, sondern Traurigkeit weckend, ihre dicken Beine in braunen Wollstrümpfen und Knüpfschuhen schwerfällig setzend, trat sie an jeden der Anwesenden heran und studierte ihn ernst und still mit ihren kleinen dunklen Augen, die sich hinter dem Nasenbein zu treffen schienen. Das arme Kind hatte eine Serviette um den Hals gebunden – offenbar hatte man vergessen, sie ihr nach dem Frühstück abzunehmen.

Der Schwiegervater hielt inne, um Atem zu schöpfen, dann stampfte er noch einmal mit seinem Stock auf, woraufhin Cincinnatus sagte: «Ja, ich höre.»

«Ruhe, unverschämter Kerl», brüllte jener, «ich darf

von dir – wenigstens heute, wo du an der Schwelle des Todes stehst – ein bißchen Respekt verlangen. Wie hast du es fertiggebracht, dich auf den Richtblock zu bringen... Ich wünsche eine Erklärung von dir – wie konntest du... wie konntest du es wagen...»

Marthe fragte leise ihren jungen Mann etwas; er stöberte sorgfältig umher, suchte in seiner Nähe und unter sich auf der Couch. «Nein, nein, schon gut», antwortete er ebenso leise, «ich muß ihn unterwegs verloren haben... Machen Sie sich keine Sorgen, er wird sich schon wieder anfinden... Aber sagen Sie, frieren Sie wirklich nicht?» Marthe schüttelte verneinend den Kopf und legte ihre weiche Hand auf die seine; dann nahm sie sie sofort wieder weg, strich das Kleid über den Knien glatt und rief in schroffem Flüsterton ihren Sohn, der seine Onkel behelligte, die ihn ihrerseits wegschoben – er hinderte sie am Zuhören. Diomedon, in einer grauen Bluse mit einem Gummiband an den Hüften, verrenkte rhythmisch den ganzen Körper, legte die Entfernung von ihnen zu seiner Mutter aber dennoch ziemlich schnell zurück. Sein linkes Bein war gesund und rosig; das rechte sah in seinem komplizierten Harnisch wie ein Gewehr aus: Lauf, Gurte, Riemen. Seine runden braunen Augen und schütteren Augenbrauen waren die seiner Mutter, aber die untere Gesichtshälfte mit ihren Bulldoggenhängebacken – die hatte er natürlich von jemand anderem. «Setz dich hierher», flüsterte Marthe und hielt mit einem flinken Schlag den Handspiegel auf, der langsam von der Couch rutschte.

«Erklär mir», fuhr der Schwiegervater fort, «wie du es wagen konntest, du, ein glücklicher Familienvater –

schöne Möbel, prachtvolle Kinder, eine liebende Frau –
wie du es wagen konntest, alles das nicht zu bedenken,
du Schurke? Manchmal kommt es mir vor, als ob ich
nur ein alter Trottel bin und nichts begreife, sonst
müßte mir eine solche Widerlichkeit in den Kopf...
Ruhe!» brüllte er, und wieder zuckten die Alten zusammen und lächelten.

Eine schwarze Katze reckte sich, streckte eine Hinter-
pfote, rieb sich an Cincinnatus' Bein, war dann plötzlich
auf der Kredenz und sprang von dort lautlos auf die Schulter des Anwalts, der soeben auf Zehenspitzen hereinge-
schlichen war und in einer Ecke auf einem Plüschpuff saß
– er war stark erkältet und nahm über ein zum Gebrauch
bereitgehaltenes Taschentuch hinweg die versammelte
Gesellschaft und die verschiedenen Haushaltsgegen-
stände in Augenschein, die der Zelle das Aussehen eines
Auktionslokals gaben; die Katze erschreckte ihn, und mit
einer konvulsiven Bewegung schüttelte er sie ab.

Der Schwiegervater donnerte weiter, seine Flüche
häuften sich, und langsam wurde er heiser. Marthe legte
die Hand über die Augen; ihr junger Mann spannte
seine Kiefermuskulatur und beobachtete sie. Auf einem
Sofa mit gebogener Rückenlehne saßen Marthes Brüder; der dunkle trug einen lohgelben Anzug, sein
Hemdkragen stand offen, und er hielt eine Röhre zusammengerollten Notenpapiers noch ohne Noten – er
war einer der führenden Sänger der Stadt; sein Zwillingsbruder in himmelblauen Knickerbockern, ein
Dandy und Witzbold, hatte ein Geschenk für seinen
Schwager mitgebracht – eine Schale mit bunten Wachs-
früchten.

Auch hatte er eine Trauerflorbinde an seinem Ärmel befestigt und deutete ständig mit dem Finger darauf, um Cincinnatus auf sie aufmerksam zu machen.

Auf dem Gipfel seiner Beredsamkeit ging dem Schwiegervater plötzlich die Luft aus, und er gab seinem Stuhl einen solchen Ruck, daß die stille kleine Pauline, die neben ihm gestanden und seinen Mund beobachtet hatte, rückwärts hinfiel und hinter den Stuhl zu liegen kam, wo sie in der Hoffnung, niemand würde es bemerken, still liegen blieb. Knisternd machte der Schwiegervater eine Zigarettenschachtel auf. Alle schwiegen.

Die verschiedenen niedergetrampelten Geräusche begannen sich wieder aufzurichten. Marthes Bruder, der brünette, räusperte sich und hob verhalten an zu singen: «*Mali é trano t'amesti . . .*» Er hielt inne und sah zu seinem Bruder hinüber, der ihm einen fürchterlichen Blick zuwarf. Der Anwalt lächelte über irgend etwas und machte sich wieder mit seinem Taschentuch zu schaffen. Auf der Couch flüsterte Marthe mit ihrem Begleiter, der sie drängte, sich doch den Schal umzulegen – die Gefängnisluft war ein wenig feucht. Untereinander gebrauchten sie die förmliche dritte Person Pluralis, doch mit welcher Fracht von Zärtlichkeit war diese beladen, als sie den Horizont ihrer kaum hörbaren Unterhaltung entlangsegelte... Der kleine Alte stand schrecklich zitternd auf, übergab das Portrait seiner Alten, ging – die Flamme schützend, die so zitterte wie er – zu Cincinnatus' Schwiegervater und wollte ihm Feuer... Doch die Flamme ging aus, und dieser furchte ärgerlich die Stirn.

«Du machst einen wirklich nervös mit deinem blöden Feuerzeug», sagte er mürrisch, aber schon ohne Zorn; darauf breitete sich eine wirklich angeregte Atmosphäre aus, und alle begannen gleichzeitig zu reden. «*Mali é trano t'amesti!*» sang Marthes Bruder nunmehr mit voller Stimme; «Diomedon, laß sofort die Katze in Ruhe», sagte Marthe. «Du hast gestern schon eine erwürgt, eine jeden Tag ist zuviel. Nehmen Sie sie ihm bitte weg, Victor, seien Sie so gut.» Die allgemeine Aufgeräumtheit ausnutzend, kroch Pauline hinter dem Stuhl hervor und stand leise auf. Der Anwalt ging zu Cincinnatus' Schwiegervater hinüber und reichte ihm Feuer.

«Nimm das Wort ‹Bammel›», sagte Cincinnatus' Schwager, der Witzbold, zu ihm. «Nun setz für die ‹Amme› ein ‹Ei› ein. Hm? Da kommt was Komisches heraus, nicht? Tja, mein Freund, da hast du dich wirklich in die Bredouille gebracht. Wie konntest du bloß so etwas tun?»

Inzwischen war unmerklich die Tür aufgegangen. M'sieur Pierre und der Direktor standen auf der Schwelle, die Hände beide in der gleichen Weise hinter dem Rücken verschränkt, und in aller Ruhe, rücksichtsvoll nur die Augäpfel bewegend, musterten sie die Gesellschaft. Sie standen und sahen sich länger als eine Minute so um, ehe sie wieder gingen.

«Hör zu», sagte der Schwager und atmete heiß. «Ich bin dein alter Freund. Tu, was ich sage. Bereue, mein kleiner Cincinnatus. Komm schon, tu mir den Gefallen. Du kannst nicht wissen, vielleicht lassen sie dich noch laufen. Hm? Stell dir doch mal vor, wie unangenehm das ist, wenn sie dir die Rübe abhacken. Was hast du zu verlieren? Komm schon – sei nicht so querköpfig.»

«Zum Gruß, zum Gruß, zum Gruß», sagte der Anwalt und kam zu Cincinnatus herüber. «Nicht umarmen, ich bin noch stark erkältet. Worum dreht sich die Unterhaltung? Kann ich irgendwie von Nutzen sein?»

«Lassen Sie mich vorbei», murmelte Cincinnatus. «Ich muß ein paar Worte mit meiner Frau sprechen...»

«Nun, mein Teuerster, wollen wir mal die Vermögensfrage erörtern», sagte der Schwiegervater wieder frisch und streckte seinen Stock so hin, daß Cincinnatus darüber stolperte. «Einen Moment, ich spreche mit dir!»

Cincinnatus ging weiter; er mußte um einen großen, für zehn Personen gedeckten Tisch herum und sich zwischen dem Wandschirm und dem Kleiderschrank hindurchzwängen, um zu Marthe zu gelangen, die auf der Couch ruhte. Der junge Mann hatte den Schal über ihre Füße gebreitet. Cincinnatus hatte es beinahe geschafft, aber eben in diesem Augenblick stieß Diomedon einen ärgerlichen Schrei aus. Er drehte sich um und sah Emmi, die auf unbekannte Weise hereingekommen war und den Jungen jetzt hänselte: Sie ahmte sein Hinken nach und schleppte ein Bein mit komplizierten Verrenkungen hinter sich her. Cincinnatus packte sie am Arm, aber sie machte sich los und lief weg. Pauline watschelte ihr in einer stummen Ekstase der Neugier nach.

Marthe wandte sich zu ihm hin. Der junge Mann erhob sich sehr korrekt. «Marthe, nur ein paar Worte, ich bitte dich», sagte Cincinnatus hastig; er stolperte über das Kissen auf dem Fußboden, setzte sich linkisch auf den Rand der Couch und wickelte sich gleichzeitig fester in seinen aschebeschmierten Schlafrock. «Eine leichte Migräne», sagte der junge Mann. «Was kann man auch erwarten. Solche Aufregung bekommt ihr nicht.» – «Sie haben recht», sagte Cincinnatus. «Ja, Sie haben recht. Ich möchte Sie bitten... Ich muß... unter vier Augen...» – «Verzeihung, mein Herr», sagte Rodions Stimme ganz in der Nähe. Cincinnatus stand auf; Rodion und ein anderer Angestellter packten, einander ins Auge sehend, die Couch, auf der Marthe ruhte, grunzten, hoben sie hoch und trugen sie zur Tür. «Auf Wiedersehen, auf Wiedersehen», rief Marthe kindisch und schwankte im Rhythmus der Schritte ihrer Träger, aber plötzlich schloß sie die Augen und bedeckte das Gesicht. Ihr Begleiter ging besorgt hinterdrein, in den Händen den schwarzen Schal, den er vom Fußboden aufgehoben hatte, einen Blumenstrauß, seine Uniformmütze und einen einsamen Handschuh. Alles war jetzt in Bewegung. Die Brüder packten das Geschirr in einen Koffer. Ihr Vater überwältigte asthmatisch schnaufend den vielteiligen Wandschirm. Der Anwalt bot jedem ein riesiges Blatt Packpapier an, das ihm aus unbekannter Quelle zugekommen war; man sah, wie er erfolglos versuchte, damit einen Glasbehälter mit einem blaß orangeroten kleinen Fisch in wolkigem Wasser einzuwickeln. Mitten in dem Aufruhr stand der füllige Kleiderschrank samt seinem privaten Spiegelbild wie eine schwangere Frau und drehte vorsichtig den Glasbauch weg, damit niemand dagegenstieß. Er wurde nach hinten gekippt und in einer taumelnden Umarmung davongetragen. Die Leute kamen zu Cincinnatus, um sich zu verabschieden. «Nun ja, soll das Vergangene auf sich beruhen», sagte der Schwiegervater und küßte Cincinnatus mit kalter Höflichkeit die Hand, wie der Brauch es verlangte. Der blonde Bruder setzte sich den dunklen auf die Schulter, und in dieser Stellung nahmen sie Abschied von Cincinnatus und entfernten sich wie ein lebender Berg. Die Großeltern zitterten, verbeugten sich und hielten das verschwommene Portrait hoch. Die Angestellten trugen weiter Möbelstücke hinaus. Die Kinder traten heran: Die ernste Pauline hob ihr Gesicht; Diomedon hingegen blickte zu Boden. Der Anwalt führte sie an ihren entsprechenden Händen weg. Als letzte flog Emmi bleich, tränenüberströmt, mit geröteter Nase und nassem zuckendem Mund auf ihn zu; sie sagte nichts, aber plötzlich reckte sie sich mit leisem Knacken auf die Zehen, schlang die heißen Arme um seinen Hals, flüsterte Unzusammenhängendes und seufzte laut. Rodion packte sie am Handgelenk – nach seinem Murren zu urteilen, hatte er lange nach ihr gerufen; jetzt zerrte er sie mit festem Griff zum Ausgang. Sie krümmte den Körper nach hinten, wandte Cincinnatus ihren Kopf mit den fließenden Haaren zu, streckte, Handfläche nach oben, ihren reizenden Arm nach ihm aus (anzusehen wie eine Gefangene in einem Ballett, jedoch mit der Andeutung echter Verzweiflung) und folgte Rodion widerstrebend; immer wieder verdrehte sie die Augen zu Cincinnatus hin; ihr Träger glitt von der Schulter, und mit einer ausholenden Bewegung, als leerte er einen Wassereimer, kippte er sie hinaus auf den Gang. Dann kam er immer noch grum-

melnd mit einer Kehrichtschaufel zurück und hob
den Katzenkadaver auf, der flach unter einem Stuhl
lag. Die Tür wurde laut zugeknallt. Schwer zu glauben jetzt, daß in dieser Zelle vor nur einem Augenblick...

Zehntes Kapitel

«Wenn das einsame Wolfsjunge meine Ansichten erst besser kennt, wird es keine Scheu mehr vor mir haben. Ein gewisser Fortschritt ist allerdings bereits eingetreten, und ich begrüße das von ganzem Herzen», sagte M'sieur Pierre, der wie üblich schräg am Tisch saß, seine rundlichen Unterschenkel kompakt übereinandergeschlagen hatte und auf dem Wachstuch mit einer Hand geräuschlose Akkorde spielte. Den Kopf auf die Hand gestützt, lag Cincinnatus auf der Pritsche.

«Wir sind jetzt allein, und es regnet», fuhr M'sieur Pierre fort. «Genau das richtige Wetter für einen intimen Plausch. Um das ein für allemal klarzustellen... Ich habe den Eindruck, daß die Haltung der Behörde mir gegenüber Sie überrascht, ja sogar irritiert; es ist, als würde ich bevorzugt – nein, nein, keine Widerrede, nur heraus damit. Gestatten Sie mir, Ihnen zweierlei zu sagen. Sie kennen unseren lieben Direktor (übrigens ist das Wolfsjunge nicht ganz gerecht zu ihm, aber darüber reden wir später), Sie wissen, wie sensibel er ist, wie begeistert, wie er sich von allem Neuen hinreißen läßt – ich stelle mir vor, daß er auch von Ihnen in den ersten Tagen hingerissen war –, also braucht Sie auch die glühende Leidenschaft, die er mir gegenüber jetzt an den

Tag legt, nicht stutzig zu machen. Wir wollen nicht eifersüchtig sein, mein Freund. Zweitens haben Sie seltsamerweise offenbar noch immer keine Ahnung, warum ich hierhergeraten bin, aber wenn ich es Ihnen sage, werden Sie manches begreifen. Entschuldigung, was haben Sie denn da auf dem Nacken – da, da – ja, da.»

«Wo?» fragte Cincinnatus mechanisch und betastete seinen Nackenwirbel.

M'sieur Pierre ging zu ihm hinüber und setzte sich auf den Rand seiner Pritsche. «Da», sagte er, «aber ich sehe jetzt, daß es nur ein Schatten war. Ich hatte es für... für eine kleine Schwellung oder so etwas gehalten. Es scheint Ihnen etwas auszumachen, den Kopf zu bewegen. Tut es weh? Haben Sie sich verkühlt?»

«Lassen Sie mich zufrieden», sagte Cincinnatus kummervoll.

«Nein, einen Augenblick nur. Meine Hände sind sauber – darf ich hier mal fühlen? Es sieht doch so aus, als... Tut es hier weh? Und wie ist es hier?»

Mit seiner kleinen, aber muskulösen Hand tastete er schnell Cincinnatus' Nacken ab und untersuchte ihn gründlich, wobei er leise schnaufend durch die Nase atmete.

«Nein, nichts. Alles in Ordnung», sagte er schließlich, während er wieder wegrückte und dem Patienten einen leichten Schlag auf den Nacken gab. «Sie haben nur einen schrecklich dünnen... Ansonsten ist alles normal, nur daß manchmal, wissen Sie... Lassen Sie mal Ihre Zunge sehen. Die Zunge ist der Spiegel des Magens. Decken Sie sich bloß gut zu, es ist kühl hier.

Wovon sprachen wir gerade? Helfen Sie meinem Gedächtnis auf die Sprünge.»

«Wenn Ihnen wirklich etwas an meinem Wohlergehen läge», sagte Cincinnatus, «dann würden Sie mich allein lassen. Bitte gehen Sie.»

«Soll das heißen, daß Sie wirklich nicht hören wollen, was ich zu sagen habe?» wandte M'sieur Pierre lächelnd ein. «Sie sind wirklich so hartnäckig überzeugt, daß Ihre Schlüsse unfehlbar sind – Ihre Schlüsse, die mir unbekannt sind – unbekannt, wohlgemerkt.»

Verloren in Traurigkeit, sagte Cincinnatus nichts.

«Gestatten Sie mir aber, Ihnen mitzuteilen», fuhr M'sieur Pierre mit einer gewissen Feierlichkeit fort, «welcher Art mein Verbrechen war. Ich war angeklagt – zu Recht oder nicht, das ist eine andere Sache – ich war angeklagt... Na was meinen Sie?»

«Dann sagen Sie's doch schon», antwortete Cincinnatus mit einem melancholischen Seufzer.

«Sie werden staunen. Ich war des Versuchs angeklagt: O undankbarer, argwöhnischer Freund... Ich war des Versuchs angeklagt, Ihnen hier zur Flucht zu verhelfen.»

«Ist das wahr?» fragte Cincinnatus.

«Ich lüge nie», sagte M'sieur Pierre großspurig. «Vielleicht gibt es Zeiten, da man lügen sollte – das ist eine andere Frage – und vielleicht ist eine so penible Wahrheitsliebe töricht und letzten Endes unnütz – dem mag wohl so sein. Doch Tatsache ist, ich lüge nie. Ich bin Ihretwegen hier gelandet, mein guter Freund. Ich wurde nachts verhaftet. Wo? Sagen wir in Oberholderberg. Ja, ich bin Holderberger. Salzfabriken, Obstanbau. Wenn Sie mich einmal besuchen wollen, biete ich Ihnen ein paar von unseren Holderbeeren an (ich kann nichts für den Kalauer – er erscheint auf unserem Stadtsiegel). Dort – nicht im Siegel, sondern im Gefängnis – hat Ihr gehorsamer Diener drei Tage zugebracht. Dann haben sie mich hierher geschafft.»

«Sie meinen, Sie wollten mich retten...», sagte Cincinnatus nachdenklich.

«Ob ich das wollte oder nicht, ist meine Angelegenheit, Freund meines Herzens, Küchenschabe unterm Herd. Auf jeden Fall war ich deswegen angeklagt – Sie wissen ja, Denunzianten sind ein junger und hitzköpfiger Menschenschlag, darum bin ich also hier: ‹Hier steh ich vor dir, und verzückt ist mein Sinn...› – erinnern Sie sich an das Lied? Das Hauptbeweisstück gegen mich war eine Skizze dieser Festung, auf der sich angeblich meine Abdrücke befanden. Sehen Sie, ich soll Ihre Flucht bis hin zum letzten Detail geplant haben, meine kleine Schabe.»

«Sie sollen, oder...?» fragte Cincinnatus.

«Was für ein naives, entzückendes Wesen er ist!» grinste M'sieur Pierre und ließ eine Menge Zähne sehen. «Er will, daß alles so einfach ist – wie es leider im wirklichen Leben niemals ist!»

«Trotzdem möchte man das wissen», sagte Cincinnatus.

«Was? Ob meine Richter recht hatten? Ob ich wirklich geplant hatte, Sie zu retten? Schämen Sie sich...»

«Dann stimmt es also?» flüsterte Cincinnatus.

M'sieur Pierre stand auf und begann in der Zelle umherzugehen. «Lassen wir das», sagte er resigniert.

«Entscheiden Sie selbst, argwöhnischer Freund. So oder so, ich bin Ihretwegen hier gelandet. Und mehr noch: wir werden auch das Schafott zusammen besteigen.»

Mit lautlosen, federnden Schritten ging er weiter in der Zelle umher, die vom Gefängnispyjama umschlossenen Weichteile seines Körpers wabbelten leicht, und Cincinnatus verfolgte mit bedrückter Aufmerksamkeit jeden Schritt des behenden kleinen Dicken.

«Spaßeshalber will ich Ihnen glauben», sagte Cincinnatus endlich. «Wir werden sehen, was daraus wird. Sie hören, ich glaube Ihnen. Und um es überzeugender zu machen, danke ich Ihnen sogar.»

«Wofür denn – nicht nötig...», sagte M'sieur Pierre und setzte sich wieder neben den Tisch. «Ich wollte nur, daß Sie Bescheid wissen. Sehr schön. Nun ist uns beiden ein Stein vom Herzen, nicht wahr? Ich weiß nicht, wie es mit Ihnen ist, aber mir ist nach Weinen zumute. Und das ist ein gutes Gefühl. Weinen Sie, halten Sie die heilsamen Tränen nicht zurück.»

«Wie schrecklich es hier ist», sagte Cincinnatus vorsichtig.

«Was soll denn Schreckliches daran sein. Übrigens hatte ich schon lange vor, Ihnen Vorwürfe zu machen wegen Ihrer Einstellung zu dem Leben hier. Nein, nein, wenden Sie sich nicht ab, erlauben Sie mir als einem Freund... Sie sind weder zu unserem guten Rodion gerecht noch, was wichtiger ist, zu seiner Exzellenz dem Direktor. Na schön – er ist nicht sehr helle, ein bißchen aufgeblasen, ein wenig wirr – und er ist nicht abgeneigt, Reden zu halten – das stimmt schon, und ich selber bin manchmal nicht in der Verfassung für ihn und kann natürlich meine tiefinnersten Gedanken nicht mit ihm teilen wie mit Ihnen, besonders wenn meine Seele – entschuldigen Sie den Ausdruck – schmerzt. Aber welche Fehler er auch hat, er ist ein freimütiger, redlicher und gütiger Mensch. Ja, ein Mann von seltener Güte; keine Widerrede – ich würde das nicht sagen, wenn ich es nicht wüßte, und ich sage nie etwas ohne Grund und habe mehr Erfahrung und kenne das Leben und die Menschen besser als Sie. Darum tut es mir weh, mitanzusehen, mit welch grausamer Kälte, welch hochmütiger Verachtung Sie Rodrig Iwanowitsch von sich stoßen. Manchmal lese ich solchen Schmerz in seinen Augen... Was Rodion angeht, wie kommt es, daß Sie bei Ihrer hohen Intelligenz unfähig sind, hinter seiner angenommenen Verdrossenheit die ganze Herzensgüte dieses großen Kindes wahrzunehmen? Es ist mir ja klar, daß Sie nervös, daß Sie sexuell ausgehungert sind – trotzdem, Cincinnatus – ich bitte um Vergebung, aber es ist nicht recht von Ihnen, es ist gar nicht recht... Und überhaupt stoßen Sie hochmütig die Menschen vor den Kopf... Sie rühren kaum das hervorragende Essen an, das wir hier kriegen. Schön, nehmen wir an, Sie machen sich nichts draus – glauben Sie mir, ich kenne mich in der Gastronomie auch ein bißchen aus –, aber Sie haben nur ein Hohnlächeln dafür übrig, und trotzdem hat das jemand gekocht, hat jemand schwer gearbeitet... Ich weiß, manchmal wird das hier langweilig, und Sie möchten gerne ein wenig spazierengehen oder herumtollen – aber warum denken Sie immer nur an sich, an Ihre eigenen Wünsche, warum haben

Sie kein einziges Mal über die bemühten kleinen Scherze unseres lieben rührenden Rodrig Iwanowitsch gelacht?... Vielleicht weint er hinterher und kann nachts nicht schlafen, wenn er sich an Ihre Reaktionen erinnert...»

«Ihre Verteidigung ist jedenfalls schlau», sagte Cincinnatus, «aber ich verstehe mich auf Puppen. Ich gebe nicht nach.»

«Es ist ein Jammer», sagte M'sieur Pierre in gekränktem Ton. «Ich schreibe es Ihrer Jugend zu», fügte er nach einer Pause hinzu. «Nein, nein, Sie dürfen nicht so ungerecht sein...»

«Sagen Sie mir», fragte Cincinnatus, «lassen sie auch Sie im dunkeln? Das unselige Scheusal ist noch nicht eingetroffen? Das Hackfest ist nicht schon für morgen anberaumt?»

«Solche Worte sollten Sie nicht gebrauchen», bemerkte M'sieur Pierre vertraulich. «Besonders mit dieser Betonung... Da liegt etwas Vulgäres drin, etwas, das einem Gentleman nicht ansteht. Wie kann Ihnen so etwas über die Lippen kommen – Sie setzen mich in Erstaunen...»

«Aber sagen Sie mir, wann?» fragte Cincinnatus.

«Zu gegebener Zeit», erwiderte M'sieur Pierre ausweichend. «Warum diese törichte Neugier? Und überhaupt... Nein, Sie müssen noch so manches lernen – so geht das ganz und gar nicht. Diese Arroganz, diese vorgefaßten Meinungen...»

«Aber wie sie das hinschleppen...», sagte Cincinnatus benommen. «Natürlich gewöhnt man sich daran... Man hält seine Seele Tag für Tag in Bereitschaft – und trotzdem werden sie überraschend über einen kommen. Zehn Tage sind so vergangen, und ich bin nicht wahnsinnig geworden. Und natürlich gibt es immer noch etwas Hoffnung... Undeutlich, wie unter Wasser, und darum um so verlockender. Sie sprechen von Flucht... Ich glaube, ich vermute, daß noch jemand anders damit zu tun hat... Gewisse Andeutungen... Aber was, wenn das nur Betrug ist, eine Falte im Stoff, die ein menschliches Gesicht vortäuscht...» Er seufzte und schwieg.

«Das ist sonderbar», sagte M'sieur Pierre. «Was sind das für Hoffnungen, und wer ist dieser Retter?»

«Phantasie», erwiderte Cincinnatus. «Und Sie – möchten Sie fliehen?»

«Was meinen Sie damit, ‹fliehen›? Wohin?» fragte M'sieur Pierre erstaunt.

Cincinnatus seufzte wieder.

«Was macht es für einen Unterschied, wohin? Wir könnten, Sie und ich... Ich weiß allerdings nicht, ob Sie schnell laufen können, so wie Sie gebaut sind. Ihre Beine...»

«Ach was, was ist das für Unsinn?» sagte M'sieur Pierre und wand sich verlegen auf seinem Stuhl. «Nur in Märchen fliehen die Menschen aus dem Gefängnis. Was Ihre Bemerkungen über meinen Körperbau angeht, so haben Sie bitte die Güte, sie für sich zu behalten.»

«Ich bin schläfrig», sagte Cincinnatus.

M'sieur Pierre krempelte den rechten Ärmel hoch. Eine Tätowierung kam zum Vorschein. Unter der wunderbar weißen Haut schwoll und rollte sein Muskel. Er pflanzte sich auf, griff den Stuhl mit einer Hand, drehte ihn um und begann ihn langsam hochzustemmen. Vor Anstrengung wankend, hielt er ihn einen Augenblick lang über dem Kopf und ließ ihn langsam herab. Das war nur eine Vorübung.

Seine schweren Atemzüge kaschierend, wischte er sich lange und sorgsam die Hände mit einem roten Taschentuch, während die Spinne als das jüngste Mitglied der Zirkusfamilie über ihrem Netz ein einfaches Kunststück vollführte.

Dann warf M'sieur Pierre ihm das Taschentuch zu, rief ein französisches Kommando und stand plötzlich auf den Händen. Langsam färbte wunderschön rosiges Blut seinen kugeligen Kopf; sein linkes Hosenbein rutschte herab und entblößte seinen Knöchel; seine umgedrehten Augen glichen – wie immer in dieser Stellung – denen einer Krake.

«Wie finden Sie das», fragte er, sprang wieder auf die Füße und zog seine Kleidung zurecht. Aus dem Gang kam tumultuöser Applaus, und dann begann der Clown mit lockeren Gelenken im Gehen für sich allein zu klatschen – ehe er mit dem Kopf an die Barriere stieß.

«Na?» wiederholte M'sieur Pierre. «Ist das Kraft genug? Und reicht meine Gelenkigkeit? Oder haben Sie noch nicht genug gesehen?»

Mit einem Satz sprang M'sieur Pierre auf den Tisch, machte einen Handstand und packte die Lehne eines Stuhls mit den Zähnen. Die Musik schwieg und hielt den Atem an. Mit fest zupackenden Zähnen hob M'sieur Pierre den Stuhl; seine angespannten Muskeln bebten; sein Kiefer knackte.

Sanft ging die Tür auf, und herein trat – in Reitstiefeln, mit einer Peitsche, gepudert und in einem blendend violetten Scheinwerferstrahl – der Zirkusdirektor. «Sensationell! Eine einzigartige Darbietung!» flüsterte er, nahm den Zylinderhut ab und setzte sich neben Cincinnatus.

Irgend etwas gab nach, M'sieur Pierre ließ den Stuhl los, überschlug sich und stand wieder auf dem Boden. Offenbar aber war etwas nicht in Ordnung. Er bedeckte sofort den Mund mit seinem Taschentuch, blickte schnell unter den Tisch, inspizierte dann den Stuhl, entdeckte plötzlich, was er suchte, und bemühte sich mit einem unterdrückten Fluch, sein Klappgebiß loszureißen, das sich dort hineingefressen hatte. Alle seine Zähne großartig bleckend, hielt es mit einem Bulldoggenbiß fest. Woraufhin M'sieur Pierre, ohne den Kopf zu verlieren, den Stuhl umfaßte und damit davonschritt.

Rodrig Iwanowitsch, der nichts bemerkt hatte, spendete wilden Beifall. Die Manege jedoch blieb leer. Er warf Cincinnatus einen mißtrauischen Blick zu, klatschte noch etwas, aber ohne die frühere Inbrunst, schrak leicht zusammen und verließ sichtlich besorgt die Loge.

Und das war der Schluß der Vorstellung.

Elftes Kapitel

Jetzt wurden keine Zeitungen mehr in die Zelle gebracht: Nachdem er bemerkt hatte, daß alles, was irgendwie mit der Hinrichtung zu tun hatte, herausgeschnitten wurde, hatte Cincinnatus selber ihre Annahme verweigert. Das Frühstück war einfacher geworden: Statt Schokolade – wenngleich schwacher Schokolade – bekam er einen dünnen Aufguß mit einer Flottille von Teeblättern; der Toast war so hart, daß er sich nicht beißen ließ. Rodion machte kein Geheimnis aus der Tatsache, daß es ihn nachgerade langweilte, diesen schweigsamen und anspruchsvollen Gefangenen zu bedienen.

Absichtlich machte er sich immer länger in der Zelle zu schaffen. Sein flammendroter Bart, das irre Azurblau seiner Augen, seine Lederschürze, seine Klauenhände – all dies häufte sich durch Wiederholung zu einem so trostlosen Eindruck, daß Cincinnatus sich zur Wand umdrehte, solange saubergemacht wurde.

Und so war es auch an diesem Tag – lediglich die Wiederkehr des Stuhls mit den tiefen Spuren des Bulldoggengebisses an der Oberkante seiner geraden Rückenlehne unterschied diesen Tagesanfang von anderen. Zusammen mit dem Stuhl brachte Rodion einen

Brief von M'sieur Pierre; wollig gelockte Handschrift, elegante Satzzeichen, Unterschrift wie ein Schleiertanz. In scherzhaften und gutmütigen Worten dankte ihm sein Nachbar für die gestrige Plauderstunde und drückte die Hoffnung aus, daß man sie in Kürze wiederholen werde. «Ich darf Ihnen versichern», so endete der Brief, «daß ich körperlich sehr, sehr kräftig bin (mit einem Lineal doppelt unterstrichen), und wenn Sie davon noch nicht überzeugt sind, wird es mir eine Ehre sein, Ihnen weitere interessante (unterstrichen) Beweise meiner Gelenkigkeit und einer verblüffenden Muskelentwicklung vorzuführen.»

Danach ging Cincinnatus während zweier Stunden mit unbemerkbaren Intervallen einer trauervollen Betäubung in der Zelle umher, bald an seinem Schnurrbart zupfend, bald in einem Buch blätternd. Er hatte die Zelle inzwischen aufs gründlichste studiert – er kannte sie besser als beispielsweise das Zimmer, in dem er viele Jahre gewohnt hatte.

So stand es mit den Wänden: Ihre Zahl war unabänderlich vier; sie waren eintönig gelb gestrichen; doch wegen des Schattens, der auf ihnen lag, schien die Grundfarbe dunkel und glatt, lehmartig sozusagen, verglichen mit dem wandernden Fleck, wo der helle Ockerreflex des Fensters den Tag zubrachte: Hier im Licht kamen all die kleinen Höcker der dicken gelben Farbe zum Vorschein – selbst die wellige Kurvatur der Spur, die der gemeinsame Strich der Pinselhaare hinterlassen hatte –, und dort war der wohlbekannte Kratzer, den das kostbare Sonnenscheinparallelogramm um zehn Uhr vormittags erreichen würde.

Eine kriechende, die Fersen umklammernde Kälte stieg von dem dämmerigen Steinfußboden auf; ein unterentwickeltes, gemeines kleines Echo bewohnte einen Teil der leicht konkaven Decke, in deren Mitte sich eine (von Draht umgebene) Lampe befand – nein, nicht genau in der Mitte: ein Makel, der das Auge qualvoll irritierte –, und im gleichen Sinne qualvoll war der erfolglos gebliebene Versuch, die Eisentür zu streichen.

Von den drei Möbelstücken – Pritsche, Tisch, Stuhl – war nur das letzte beweglich. Auch die Spinne bewegte sich. Hoch oben, wo die schräge Fensternische begann, hatte das wohlgenährte schwarze Tierchen mit der gleichen Findigkeit, die Marthe an den Tag legte, wenn sie in der scheinbar ungeeignetsten Ecke eine Stelle und eine Art fand, Wäsche zum Trocknen aufzuhängen, Haltepunkte für ein erstklassiges Netz gefunden. Die Beine legte sie so zusammen, daß die haarigen Gelenke an den Seiten hervorstanden, mit runden braunen Augen blickte sie auf die Hand mit dem ihr entgegengestreckten Bleistift und begann zurückzuweichen, ohne den Blick abzuwenden. Dagegen war sie höchst begierig, aus Rodions großen Fingern eine Fliege oder einen Falter entgegenzunehmen – und jetzt zum Beispiel hing im südwestlichen Teil des Netzes der verwaiste Hinterflügel eines Schmetterlings, kirschrot, mit einer seidigen Schattierung und blauen Rauten entlang seines ausgezackten Randes. Er bewegte sich leicht in dem sanften Luftzug.

Die Inschriften an den Wänden waren inzwischen weggewischt worden. Die Liste mit den Vorschriften war ebenfalls verschwunden. Auch fortgenommen –

oder vielleicht zerbrochen – war der klassische Krug mit dem Höhlengewässer in seinen hallenden Tiefen. Alles war kahl, furchteinflößend und kalt in dieser Kammer, deren Gefängnischarakter von der Neutralität eines Wartezimmers – ob Büro, Krankenhaus oder noch etwas anderes – verdrängt wurde, in dem es bereits Abend wird und man nur noch das Summen in den eigenen Ohren hört... Und der Schrecken dieses Wartens hing irgendwie mit der ungenau lokalisierten Mitte der Decke zusammen.

Bibliotheksbände in schwarzen, schuhlederhaften Einbänden lagen auf dem Tisch, der seit einiger Zeit schon mit einem karierten Wachstuch bedeckt war. Der Bleistift, der seine schlanke Länge eingebüßt hatte und gut zerkaut war, lag auf wild bekritzelten, windmühlenartig übereinandergelegten Blättern. Hier war auch ein Brief an Marthe hingeworfen worden, den Cincinnatus am Tag zuvor, das heißt am Tage nach ihrem Besuch, beendet hatte: Aber er konnte sich nicht entschließen, ihn abzuschicken, und hatte ihn darum eine Weile liegen lassen, als erwarte er von dem Ding selbst jene Reifung, die seine unentschiedenen Gedanken in Ermangelung eines anderen Klimas nicht zu erreichen vermochten.

Gegenstand wird nunmehr Cincinnatus' kostbare Eigenart sein; seine Unvollständigkeit im Fleische; der Umstand, daß sich der größere Teil von ihm an ganz anderem Orte befand, indessen nur ein unbedeutender Teil von ihm hier verstört hin und her wanderte – ein armer, vager Cincinnatus, ein vergleichsweise blöder Cincinnatus, vertrauensvoll, schwach und töricht, wie es die Menschen im Schlafe sind. Doch selbst während dieses Schlafes – immer, immer noch – schimmerte zuviel von seinem wirklichen Leben durch.

Cincinnatus' durchsichtig bleich gewordenes Gesicht mit Flaum auf den eingesunkenen Wangen und einem Schnurrbart, dessen Haarwuchs so zart war, daß er wie zerzauster Sonnenschein auf der Oberlippe wirkte; Cincinnatus' kleines und trotz aller Qualen noch junges Gesicht mit seinen ruhelosen Augen, unheimlichen Augen von veränderbarer Färbung, war, was seinen Ausdruck anging, nach den Maßstäben seiner Umwelt etwas völlig Unzulässiges, jetzt zumal, da er die Heuchelei aufgegeben hatte. Das offene Hemd, der schwarze Schlafrock, der immer wieder aufging, die zu großen Pantoffeln an seinen schmalen Füßen, das Philosophenkäppchen auf seinem Kopf und die Wellenbewegung (also kam doch irgendwoher ein Luftzug!), die durch die durchsichtigen Haare auf seinen Schläfen ging, vervollständigten ein Bild, dessen ganze Anstößigkeit sich schwer in Worte fassen läßt, da es das Produkt von tausend kaum wahrnehmbaren, teilweise zusammenfallenden Kleinigkeiten war: der leichten Umrißlinie seiner Lippen, die anscheinend nicht ganz ausgeführt, jedoch von einem unübertroffenen Meister gezeichnet war; der flatternden Bewegungen seiner leeren, noch nicht schattierten Hände; der sich zerstreuenden und wieder sammelnden Strahlen in seinen lebhaften Augen; doch selbst alles dies konnte, analysiert und studiert, Cincinnatus noch nicht gänzlich erklären: Es war, als entglitte eine Seite seines Wesens in eine andere Dimension, so wie die ganze Komplexität des Laubes von Schatten in Helligkeit übergeht, ohne daß man ausmachen könnte, wo genau es in den Schimmer eines anderen Elements taucht. Es schien, als würde Cincinnatus, während er sich in dem umgrenzten Raum der aufs Geratewohl erfundenen Zelle bewegte, einen Schritt machen, der ihn auf natürliche und mühelose Weise durch einen Spalt in der Luft in ihre unbekannten Kulissen führte, wo er dann mit jener widerstandslosen Leichtigkeit verschwände, mit der der aufblitzende Reflex eines rotierenden Spiegels über jeden Gegenstand im Raum streicht und plötzlich wie jenseits der Luft in einer neuen Tiefe des Äthers verschwindet. Gleichzeitig atmete alles an ihm ein zartes, benommenes, aber in Wirklichkeit ungewöhnlich starkes, glühendes und selbständiges Leben: Seine Adern vom blauesten Blau pulsten; kristallklarer Speichel befeuchtete seine Lippen; die Haut zuckte auf seinen Wangen und seiner Stirn, die von zerflossenem Licht konturiert war... Und alles das irritierte den Beobachter derart, daß er den Wunsch verspürte, dieses unverschämte unfaßbare Fleisch zu zerreißen, zu zerstückeln, ganz und gar zu vernichten, es und alles, was es bedeutete und ausdrückte, diese ganze unmögliche, blendende Freiheit... Genug, genug – geh nicht mehr umher, Cincinnatus, leg dich auf deine Pritsche, sonst weckst, sonst provozierst du... Und wirklich wurde Cincinnatus des räuberischen Auges im Guckloch gewahr, das ihn verfolgte, und legte sich hin oder setzte sich an den Tisch und öffnete ein Buch.

Der schwarze Bücherstapel auf dem Tisch bestand aus folgendem: erstens einem zeitgenössischen Roman, mit dessen Lektüre sich Cincinnatus während seiner Existenz in Freiheit nicht hatte abgeben mögen; zweitens einer von jenen Anthologien, die in zahllosen Auflagen antike Literatur in Kurzfassungen und Auszügen wieder und wieder auftischen; drittens gebundenen Exemplaren einer alten Illustrierten; viertens mehreren verschmutzten kleinen Bänden eines Werkes in einer unbekannten Sprache, die ihm versehentlich gebracht worden waren – er hatte sie nicht bestellt.

Der Roman war der berühmte *Quercus*, und Cincinnatus hatte bereits ein gutes Drittel, nämlich etwa tausend Seiten davon gelesen. Seine Hauptfigur war eine Eiche. Der Roman war eine Biographie dieser Eiche. An der Stelle, wo Cincinnatus aufgehört hatte, trat die Eiche gerade in ihr drittes Jahrhundert; eine einfache Rechnung ergab, daß sie am Ende des Buches ein Alter von mindestens sechshundert Jahren erreichen würde.

Die Idee des Romans galt als die Gipfelleistung modernen Denkens. Der Autor benutzte die allmähliche Entwicklung des Baumes (der einsam und mächtig am Rand einer Schlucht wuchs, auf deren Sohle die Wasser unaufhörlich lärmten), um alle historischen Ereignisse – oder ihre Schatten – zu entfalten, deren Zeuge die Eiche gewesen sein konnte; bald war es der Dialog zwischen zwei Kriegern, die von ihren Schlachtrossen abgesessen waren – das eine scheckig, das andere falb –, um unter dem kühlen Dach ihres edlen Laubes zu ruhen; bald waren es Straßenräuber, die hier haltmachten, und der Gesang eines flüchtigen Fräuleins mit wildem Haar; bald eilte unter dem blauen Zickzack des Gewitters ein Edelmann auf der Flucht vor dem königlichen

Zorn vorüber; bald lag ein Leichnam auf einem ausgebreiteten Reisemantel und zuckte noch von dem Pulsen der blättrigen Schatten; bald spielte sich hier ein kurzes Drama im Leben einiger Bauern ab. Es gab einen anderthalb Seiten langen Absatz, in dem sämtliche Wörter mit p anfingen.

Es hatte den Anschein, als säße der Autor mit seiner Kamera irgendwo auf den höchsten Zweigen des Quercus, hielte Ausschau und finge seine Beute. Verschiedene Bilder des Lebens kamen, machten zwischen den grünen Lichtflecken halt und gingen. Die normalen Perioden der Handlungslosigkeit waren mit wissenschaftlichen Beschreibungen der Eiche selbst gefüllt, und zwar aus dem Gesichtspunkt der Dendrologie, der Ornithologie, der Koleopterologie, der Mythologie – oder mit populären Beschreibungen, hier und da mit einem Anflug von Volkswitz versehen. Unter anderem gab es eine detaillierte Liste aller in die Rinde geschnittenen Anfangsbuchstaben mitsamt ihren Deutungen. Und schließlich wurde der Musik des Wassers, der Palette der Sonnenuntergänge und dem Verhalten des Wetters eine nicht geringe Aufmerksamkeit gezollt.

Cincinnatus las eine Weile und legte das Buch dann beiseite. Dieses Werk war unzweifelhaft das beste, das seine Zeit hervorgebracht hatte; dennoch bewältigte er die Seiten mit einem Gefühl der Melancholie, mühte sich mit dumpfem Kummer weiter und ertränkte die Geschichte immer wieder im Strom seiner eigenen Gedanken: Was geht mich das alles an, fern, trügerisch und tot, wie es ist – mich, der ich mich zum Sterben bereite? Oder aber er begann sich vorzustellen, wie der Autor, ein junger Mann noch, der, wie es hieß, auf einer Insel in der Nordsee lebte, selber stürbe; es war komisch, daß der Autor schließlich unweigerlich sterben müßte – es war komisch, weil das einzig Wirkliche, das wahrhaft Unbezweifelbare nur der Tod selber war, die Unvermeidbarkeit des physischen Todes, der auf den Autor wartete.

Das Licht auf der Wand bewegte sich weiter. Rodion erschien mit dem, was er auf deutsch Frühstück nannte. Wieder rutschte ein Schmetterlingsflügel zwischen seinen Fingern, der farbigen Puder auf ihnen zurückließ.

«Kann es sein, daß *er* noch nicht eingetroffen ist?» fragte Cincinnatus; es war nicht mehr das erste Mal, daß er diese Frage stellte, die Rodions Ärger hervorrief, und wieder gab er keine Antwort.

«Und noch ein Besuch – werden sie mir den gewähren?» fragte Cincinnatus.

In Erwartung des üblichen Sodbrennens legte er sich auf die Pritsche, drehte sich zur Wand und war eine lange, lange Zeit hindurch Mustern dabei behilflich, sich aus winzigen Blasen des glänzenden Anstrichs und ihren runden kleinen Schatten zu bilden; er entdeckte zum Beispiel ein diminutives Profil mit einem großen, mäuseartigen Ohr; dann verlor er es und konnte es nicht rekonstruieren. Dieser kalte Ocker roch nach Grab, er war picklig und schrecklich, doch sein Blick ließ nicht ab, die erforderlichen kleinen Höcker auszusuchen und miteinander in Beziehung zu setzen – so groß war sein Bedürfnis selbst nach dem vagen Abbild eines menschlichen Gesichts. Schließlich drehte er sich um, legte sich auf den Rücken und begann mit der gleichen Auf-

merksamkeit die Schatten und Sprünge an der Decke zu
untersuchen.

«Jedenfalls ist es ihnen gelungen, mich mürbe zu machen», sann Cincinnatus. «Ich bin so schlaff und aufgeweicht, daß sie es mit einem Obstmesser machen können.»

Eine Zeitlang saß er nach vorn gekrümmt auf dem
Rand seiner Pritsche, die Hände zwischen die Knie gezwängt. Mit einem schaudernden Seufzer begann er
wieder umherzugehen. Allerdings wäre es interessant,
zu wissen, in welcher Sprache das geschrieben ist. Der
kleine, gedrängte, verzierte Druck mit Punkten und
Schnörkeln in den sichelförmigen Buchstaben schien
orientalisch zu sein – irgendwie erinnerte er an die Inschriften auf Museumsdolchen. So alte kleine Bände
mit ihren ausgeblichenen Seiten... einige mit gelbli-
chen Flecken getönt.

Die Uhr schlug sieben, und bald darauf erschien Rodion mit dem Abendessen.

«Sind Sie sicher, daß *er* noch nicht da ist?» fragte Cincinnatus.

Rodion wollte schon gehen, wandte sich aber auf der
Schwelle um.

«Schämen sollten Sie sich», sagte er mit einem
Schluchzer in der Stimme. «Tag und Nacht tun Sie
nichts... Unsereins bringt Ihnen zu essen, umsorgt Sie
liebevoll, verausgabt sich um Ihretwillen, und Sie, Sie
stellen nichts als dumme Fragen. Schämen sollten Sie
sich, Undankbarer...»

Gleichmäßig summend verging weiter die Zeit. Die
Luft in der Zelle wurde dunkel, und als sie ganz dicht

und trübe war, ging in der Mitte der Decke geschäfts-
mäßig das Licht an – nein, nicht genau in der Mitte, das
war es ja gerade – eine quälende Erinnerung. Cincinnatus zog sich aus und ging mit *Quercus* zu Bett. Der Autor
geriet bereits in die zivilisierte Epoche, nach der Unterhaltung zwischen drei fröhlichen Wandersleuten zu urteilen, Tit, Pud und dem Ewigen Juden, die auf dem
kühlen Moos unter der schwarzen abendlichen Eiche
aus ihren Weinflaschen tranken.

«Rettet mich denn niemand?» fragte Cincinnatus
plötzlich laut und richtete sich im Bett auf (die Armen-
hände öffnend, um zu zeigen, daß er nichts besaß).

«Kann es sein, daß mich niemand rettet?» wiederholte Cincinnatus, starrte auf das unerbittliche Gelb
der Wände und hielt immer noch seine leeren Hände
hoch.

Die Zugluft wurde zu einem Wind, der die Blätter
rascheln ließ. Auf die Decke fiel aus den dichten Schatten droben eine doppelt lebensgroße, prächtig mit
einem glänzenden Braungelb bemalte Eichelattrappe,
die so genau wie ein Ei in ihren Becher paßte.

Zwölftes Kapitel

Er wurde durch ein gedämpftes Klopfen, Scharren und das Geräusch eines Einsturzes irgendwo geweckt. Genau als wäre man zwar abends gesund eingeschlafen, wachte aber nach Mitternacht fiebernd auf. Er lauschte eine ganze Zeitlang diesen Geräuschen – trapp-trapp, poch-poch-poch –, ohne über ihre Bedeutung nachzudenken, einfach, weil sie ihn geweckt hatten und sein Gehör nichts anderes zu tun hatte. Trapp, poch, scharr, schütt-schütt. Wo? Rechts? Links? Cincinnatus richtete sich ein wenig auf.

Er lauschte – sein ganzer Kopf wurde zu einem Hörorgan, sein ganzer Körper ein gespanntes Herz; er lauschte, und schon begann er, sich gewisse Anzeichen zusammenzureimen: das schwache Dunkelheitsdestillat in der Zelle... Die Dunkelheit war zu Boden gesunken... Hinter dem Fenstergitter ein graues Zwielicht – das hieß, es war drei oder halb vier... Die Wachen schlafend in der Kälte... Die Geräusche kamen von unten... nein, vielmehr von oben, nein, immer noch von unten, von der anderen Seite der Wand, in Fußbodenhöhe, als scharrte dort eine große Maus mit eisernen Krallen.

Was Cincinnatus vor allem erregte, war das konzen-

trierte Selbstvertrauen der Geräusche, der beharrliche
Ernst, mit dem sie in der Stille der Festungsnacht ein
vielleicht fernes, aber dennoch erreichbares Ziel ver-
folgten. Mit verhaltenem Atem und geisterhafter
Leichtigkeit glitt er wie ein Blatt Seidenpapier vom Bett
– ging auf Zehenspitzen auf dem klebrigen... zu der
Ecke, woher anscheinend... Anscheinend war es...
Aber beim Näherkommen merkte er, daß er sich geirrt
hatte – das Klopfen kam eher von rechts weiter oben; er
bewegte sich und wurde wieder irre, von jener akusti-
schen Täuschung hintergangen, die entsteht, wenn ein
Klang den Kopf diagonal durchmißt und das falsche
Ohr ihn eilig aufnimmt.

Ein ungeschickter Schritt ließ Cincinnatus gegen das
Tablett stoßen, das an der Wand auf dem Boden stand.
«Cincinnatus!» sagte das Tablett vorwurfsvoll; und sofort hörte das Klopfen mit einer Abruptheit auf, die auf
den Horcher den Eindruck ermutigender Vernünftig-
keit machte; so stand denn Cincinnatus reglos an der
Wand, drückte mit einer Zehe den Löffel auf das Tablett, legte seinen offenen, hohlen Kopf schräg und
spürte, daß auch der unbekannte Grabende stillstand
und lauschte.

Eine halbe Minute verging, und dann hoben die Geräusche, ruhiger, zurückhaltender, aber ausdrucksvol-
ler und klüger geworden, von neuem an. Sich umwen-
dend und langsam die Fußsohle vom Zink nehmend,
versuchte Cincinnatus sie noch einmal zu orten: rechts,
wenn man der Tür zugewandt stand... jawohl, rechts,
und jedenfalls noch weit weg... Mehr konnte er nach
langem Horchen nicht ermitteln. Als er schließlich zur

Pritsche zurückging, um die Pantoffeln anzuziehen – er hielt es barfuß nicht länger aus –, erschreckte er den lautbeinigen Stuhl, der jede Nacht an einer anderen Stelle verbrachte, und wieder hörten die Geräusche auf, endgültig diesmal; das heißt, sie hätten nach einer vorsichtigen Pause wohl wieder beginnen können, doch der Morgen setzte sich durch, und Cincinnatus sah – mit den Augen gewohnheitsmäßiger Phantasie –, wie Rodion vor Feuchtigkeit dampfend seinen grellroten Mund zum Gähnen aufriß und sich auf seinem Hocker im Korridor reckte.

Den ganzen Morgen über horchte Cincinnatus und überlegte, wie er sich den Geräuschen gegenüber, sollten sie wieder einsetzen, verhalten und bemerkbar machen könnte. Draußen wurde ein einfach, aber geschmackvoll inszeniertes Sommergewitter aufgeführt; in der Zelle war es so dunkel wie sonst am Abend, man vernahm bald ein fülliges und rundes, bald ein scharfes und prasselndes Donnern, und Blitze druckten die Schatten der Gitterstäbe an unvermuteten Stellen. Mittags kam Rodrig Iwanowitsch.

«Sie haben Besuch», sagte er, «aber ich wollte erst einmal sehen...»

«Wer?» fragte Cincinnatus und dachte zur gleichen Zeit: Bitte nicht jetzt... (nämlich: Bitte nicht jetzt wieder anfangen mit dem Klopfen).

«Nun, die Sache ist die», sagte der Direktor, «ich bin mir nicht sicher, ob Sie Wert darauf legen... Also es ist Ihre Mutter – *votre mère, paraît-il*.»

«Meine Mutter?» fragte Cincinnatus,

«Ja doch – Mutter, Mutti, Mama – kurz, die Frau, die

142

Sie zur Welt gebracht hat. Soll ich sie hereinlassen? Entscheiden Sie sich schnell.»

«... ich habe sie nur einmal im Leben gesehen», sagte Cincinnatus, «und ich fühle nichts... Nein, es lohnt sich nicht, es wäre zwecklos.»

«Wie Sie wollen», sagte der Direktor und ging hinaus.

Eine Minute später führte er höflich gurrend die winzige, in einen schwarzen Regenmantel gehüllte Cecilia C. herein. «Ich lasse Sie beide allein», fügte er wohlwollend hinzu, «obwohl es eigentlich nicht erlaubt ist, gibt es doch manchmal Situationen... Ausnahmen... Mutter und Sohn... Ich gebe nach...»

Exit, rückwärts wie ein Höfling.

In ihrem glänzenden schwarzen Regenmantel und einem ähnlichen, regenundurchlässigen Hut mit nach unten geschlagener Krempe (die ihn ein wenig einem Südwester ähnlich machte) blieb Cecilia C. in der Mitte der Zelle stehen und sah ihren Sohn klaren Blickes an; sie knöpfte den Mantel auf; sie schluchzte geräuschvoll und sagte schnell und stoßweise, wie es ihre Art war: «Was für ein Sturm, was für ein Matsch, ich dachte, ich schaffe es nie hier herauf, Ströme und reißende Bäche kamen mir auf der Straße entgegen...»

«Setzen Sie sich», sagte Cincinnatus, «stehen Sie nicht so herum.»

«Sie können sagen, was Sie wollen, aber wenigstens ist es ruhig hier bei Ihnen», fuhr sie fort, während sie weiterschniefte und mit dem Finger, als wäre er eine Käsereibe, unter der Nase hin- und herfuhr, so daß deren rosa Spitze Runzeln warf und wedelte. «Das muß

143

ich schon sagen, es ist ruhig hier und einigermaßen sauber. Übrigens, bei uns in der Entbindungsstation sind die Privatzimmer nicht so groß wie das hier. Ach das Bett – mein Lieber, gucken Sie sich doch bloß mal an, wie das verwurschtelt ist!»

Sie setzte die Hebammentasche ab, zog sich behende die schwarzen Baumwollhandschuhe von den kleinen, beweglichen Händen, bückte sich tief über die Pritsche und begann das Bett zu machen. Ihr Rücken in dem Gürtelmantel mit dem Seehundschimmer, ihre gestopften Strümpfe . . .

«So ist's besser», sagte sie und richtete sich auf; einen Augenblick lang stemmte sie die Arme in die Seiten und sah schräg hinüber zu dem bücherübersäten Tisch.

Sie wirkte jugendlich, und alle ihre Züge bildeten ein Modell für die von Cincinnatus, die sie auf ihre eigene Weise kopiert hatten; Cincinnatus selber war sich dieser Ähnlichkeit undeutlich bewußt, als er ihr spitznasiges kleines Gesicht und ihre vorstehenden leuchtenden Augen betrachtete. Ihr Kleid war vorne ausgeschnitten und entblößte ein Dreieck sonnengeröteter, sommersprossiger Haut; im allgemeinen jedoch war das Integument das gleiche, von dem einst ein Stück für Cincinnatus genommen worden war – eine bleiche, dünne Haut mit himmelblauen Adern.

«T-t-t, etwas Aufräumen könnte hier auch nicht schaden . . .», plapperte sie weiter, und mit ihrer üblichen Hast machte sie sich mit den Büchern zu schaffen und stapelte sie zu gleichmäßigen Haufen. Eine Abbildung in einer geöffneten Illustrierten erweckte ihr flüchtiges Interesse; sie fischte ein nierenförmiges Etui

aus der Tasche ihres Regenmantels, zog die Mundwinkel nach unten und setzte sich ein Pincenez auf. «Aus
dem Jahr 26», sagte sie lachend. «Wie lange das her ist,
man kann es kaum fassen.»

(Zwei Photographien: auf der einen der Präsident der
Inseln, der mit einem zähnebleckenden Lächeln der
greisen Urenkelin des letzten Erfinders auf dem Bahnhof von Manchester die Hand schüttelte; auf der anderen ein Kalb mit zwei Köpfen, geboren in einem Dorf
an der Donau.)

Sie seufzte grundlos, schob den Band zur Seite, warf
dabei den Bleistift herunter, fing ihn nicht rechtzeitig
auf und sagte: «Huch!»

«Lassen Sie es so», sagte Cincinnatus. «Hier kann es
keine Unordnung geben – nur ein Hin- und Herräu-
men.»

«Da, das habe ich Ihnen mitgebracht.» (Sie zog eine
Pfundtüte und mit ihr zusammen das Futter aus ihrer
Manteltasche.) «Da. Ein paar Bonbons. Damit Sie was
zu lutschen haben.»

Sie setzte sich und blies die Backen auf.

«Ich bin geklettert und geklettert und habe es schließlich geschafft, und jetzt bin ich müde», sagte sie und
schnaufte ostentativ; dann erstarrte sie und blickte mit
vager Sehnsucht hinauf zu dem Spinnennetz.

«Warum sind Sie gekommen?» fragte Cincinnatus
und ging in der Zelle auf und ab. «Es nützt Ihnen nichts
und mir nichts. Warum? Es ist weder freundlich noch
interessant. Denn ich sehe sehr wohl, daß Sie ebenso
eine Parodie sind wie alle und alles. Und wenn sie mir
eine so schlaue Parodie einer Mutter vorsetzen... Stel-

len Sie sich doch vor, daß ich meine Hoffnung zum Beispiel auf ein fernes Geräusch geheftet habe – wie kann ich ihm vertrauen, wenn sogar Sie erlogen sind? Und da reden Sie von Bonbons! Warum nicht gar von Naschereien? Und warum ist Ihr Regenmantel naß, wenn doch die Schuhe trocken sind – schauen Sie, das ist Schlamperei. Richten Sie es dem Requisiteur von mir aus.»

Hastig und schuldbewußt sagte sie: «Aber ich habe Gummiüberschuhe angehabt – ich habe sie unten im Büro gelassen, Ehrenwort.»

«Das reicht, das reicht. Fangen Sie bloß nicht an zu erklären. Spielen Sie Ihre Rolle – verlegen Sie sich ganz auf Geplapper und Unbekümmertheit –, und Sie brauchen sich keine Sorgen zu machen, es wird dann schon unbeanstandet durchgehen.»

«Ich bin gekommen, weil ich Ihre Mutter bin», sagte sie sanft, und Cincinnatus brach in Gelächter aus:

«Nein, nein, lassen Sie das nicht zu einer Farce herunterkommen. Vergessen Sie nicht, es handelt sich um ein Drama. Ein bißchen Komödie ist ganz schön, aber Sie sollten nicht zu weit weggehen vom Bahnhof – sonst fährt das Drama ohne Sie weiter. Sie täten besser daran... Ja, ich will Ihnen sagen, was Sie besser täten, warum erzählen Sie mir nicht wieder die Legende von meinem Vater. Kann es denn stimmen, daß er ins nächtliche Dunkel entschwand und Sie niemals herausbekamen, wer er war oder woher er kam – es ist seltsam...»

«Nur seine Stimme – ich habe sein Gesicht nicht gesehen», antwortete sie so sanft wie zuvor.

«Recht so, recht so, tun Sie's mir nach – vielleicht könnten wir ihn zu einem weggelaufenen Matrosen machen», fuhr Cincinnatus niedergeschlagen fort, schnippte mit den Fingern und ging auf und ab, auf und ab, «oder auch zu einem Waldräuber bei einem Gastauftritt in einem städtischen Park. Oder zu einem ungeratenen Handwerksburschen, einem Zimmermann... Los, schnell, denken Sie sich was aus.»

«Sie begreifen nicht», rief sie (in ihrer Aufregung stand sie auf und setzte sich sogleich wieder hin). «Es stimmt, ich weiß nicht, wer er war – ein Landstreicher, ein Flüchtling, alles ist möglich... Aber warum können Sie nicht begreifen... Ja, es war ein Feiertag, es war dunkel im Park, und ich war noch ein Kind, aber das tut nichts zur Sache. Wichtig ist nur, daß ein Irrtum ausgeschlossen war! Jemand, der bei lebendigem Leibe verbrannt wird, weiß ganz genau, daß er kein Bad in unserer Strop nimmt. Was ich sagen will: Ein Irrtum ist ausgeschlossen... Können Sie denn nicht begreifen?»

«Was begreifen?»

«Ach, Cincinnatus, er war auch...»

«Was meinen Sie mit ‹er war auch›?»

«Er war wie Sie, Cincinnatus...»

Sie ließ ihr Gesicht tief sinken und das Pincenez in die hohle Hand fallen.

Schweigen.

«Wie können Sie das wissen?» fragte Cincinnatus mürrisch. «Wie können Sie plötzlich merken...»

«Ich werde Ihnen nichts weiter sagen», antwortete sie, ohne den Blick zu heben.

Cincinnatus setzte sich auf die Pritsche und versank in Gedanken. Seine Mutter schneuzte sich mit einem ungemein lauten Trompetenstoß, wie man ihn von einer so kleinen Frau schwerlich erwartet hätte, und sah zu der Fensternische auf. Offenbar hatte sich das Wetter gebessert, denn man fühlte die nahe Gegenwart blauen Himmels, und die Sonne hatte ihren Streifen an die Wand gemalt – bald verblaßte er, bald hellte er sich wieder auf.

«Im Roggen sind jetzt Kornblumen», sagte sie und sprach sehr schnell, «und alles ist so wundervoll – Wolken treiben, alles ist ruhelos und hell. Ich wohne weit weg, in Doctorton, und wenn ich hier in Ihre Stadt komme, wenn ich in dem kleinen alten Gig über die Felder fahre und die Strop glänzen sehe und diesen Berg mit der Festung und so weiter, dann scheint es mir, daß eine herrliche Geschichte immer und immer wieder erzählt wird, und entweder habe ich keine Zeit, sie zu verstehen, oder bin unfähig dazu, und dennoch wiederholt sie mir jemand immer von neuem mit soviel Geduld! Den ganzen Tag über arbeite ich in unserer Station, nichts macht mir Schwierigkeiten, ich habe Liebhaber, ich habe eine Vorliebe für eiskalte Limonade, obwohl ich das Rauchen aufgegeben habe, weil mein Herz nicht in Ordnung ist – und jetzt sitze ich hier bei Ihnen... Ich sitze hier und weiß nicht warum, warum ich heule und Ihnen das alles erzähle, und gleich wird mir heiß sein, wenn ich mich in diesem Mantel und diesem Wollkleid hinunterschleppe, nach einem Gewitter wie eben ist die Sonne absolut qualvoll...»

«Nein, Sie sind dennoch nur eine Parodie», murmelte Cincinnatus.

Sie lächelte fragend.

«Genau wie diese Spinne, genau wie dieses Gewitter,

genau wie das Schlagen dieser Uhr», murmelte Cincinnatus.

«So», sagte sie und schneuzte sich wieder die Nase. «So ist das also», wiederholte sie.

Sie blieben beide stumm und sahen einander nicht an, während die Uhr mit unsinniger Resonanz schlug.

«Wenn Sie hinausgehen», sagte Cincinnatus, «dann sehen Sie sich die Uhr auf dem Gang an. Das Zifferblatt ist leer; doch jede Stunde wischt der Wärter den alten Zeiger weg und malt einen neuen hin – und so leben wir, nach der Zeit des Teerpinsels, und das Schlagen ist das Werk des Wärters, und weil er also darauf wartet, heißt er Wärter.»

«Sie sollten keine solchen Scherze machen», sagte Cecilia C. «Sie wissen, es gibt die erstaunlichsten Sachen. Als ich klein war, weiß ich noch, gab es zum Beispiel etwas, das nannte sich *nonnon* und war sehr beliebt, nicht nur bei den Kindern, sondern auch bei den Erwachsenen, und dazu gehörte ein besonderer Spiegel, müssen Sie wissen, der nicht nur schief, sondern völlig verzerrt war. Es war nicht schlau zu werden daraus, er war ein einziges Gewirr voller Lücken, und das Auge konnte keinen Sinn darin entdecken – doch diese Schiefheit war keine gewöhnliche, sondern so berechnet, daß... Oder vielmehr hatten sie zu dieser Schiefheit passende... Nein, einen Moment, ich erkläre schlecht. Also Sie hatten solch einen verrückten Spiegel und eine ganze Sammlung verschiedener *nonnons*, völlig sinnlose Sachen, formlose, gesprenkelte, pockennarbige, knotige Dinger wie irgendwelche Fossilien – aber der Spiegel, der gewöhnliche Gegenstände vollkommen entstellte, kriegte jetzt richtiges Futter, wissen Sie, das heißt, wenn man eine dieser unbegreiflichen, ungeheuerlichen Sachen so hinstellte, daß sie sich in dem unbegreiflichen, ungeheuerlichen Spiegel spiegelte, dann passierte etwas Wunderbares; minus durch minus ergab plus, alles war wiederhergestellt, alles war gut, und die formlose Sprenkelung wurde im Spiegel zu einem prächtigen, sinnvollen Bild; zu Blumen, einem Schiff, einem Menschen, einer Landschaft. Man konnte sich sein eigenes Portrait anfertigen lassen, das heißt, man bekam ein alptraumhaftes Durcheinander, und das war man selber, nur daß der Schlüssel zu einem in dem Spiegel steckte. Ach, ich erinnere mich gut, was für Spaß es machte und wie es auch ein wenig beängstigend war – was, wenn plötzlich nichts herauskäme? –, ein neues, unbegreifliches *nonnon* in die Hand zu nehmen und es vor den Spiegel zu halten und zu sehen, wie die Hand verschandelt und zugleich aus dem sinnlosen *nonnon* ein entzückendes Bild wurde, klar, ganz klar . . .»

«Warum erzählen Sie mir das alles?» fragte Cincinnatus.

Sie schwieg.

«Was ist der Zweck von all dem? Wissen Sie nicht, daß ich dieser Tage, vielleicht morgen . . .»

Plötzlich bemerkte er den Ausdruck von Cecilia C.s Augen – nur einen Moment, einen Moment lang, doch es war, als hätte ganz kurz etwas Wirkliches, Unzweifelhaftes darin gelegen (in dieser Welt, in der alles dem Zweifel unterlag), als hätte sich eine Ecke dieses schrecklichen Lebens nach oben gebogen und flüchtig das Futter zum Vorschein gebracht. Im Blick seiner

Mutter nahm Cincinnatus plötzlich den letzten, sicheren, alles erklärenden und vor allem schützenden Funken wahr, den er auch in sich selber zu erkennen verstand. Was drückte dieser Funke jetzt so durchdringend
aus? Gleichgültig was – man nenne es Schrecken oder
Mitleid... Oder laßt uns vielmehr dies sagen: Der
Funke verkündete einen solchen Aufruhr von Wahrheit, daß Cincinnatus' Seele nicht umhin konnte, vor
Freude aufzuwallen. Der Moment blitzte auf und war
vorbei. Cecilia C. erhob sich und machte eine unglaub-
liche kleine Handbewegung, das heißt, sie hielt beide
Hände mit ausgestreckten Zeigefingern vor sich, als
deutete sie eine Größe an – die Größe etwa eines Säug-
lings... Dann machte sie sich zu schaffen, hob ihre
plumpe schwarze Handtasche vom Boden auf, brachte
das Futter ihrer Taschen in Ordnung.

«Also gut», sagte sie in ihrem vorherigen Plauderton,
«ich bin eine Weile geblieben und gehe jetzt. Essen Sie
meine Bonbons. Ich bin zu lange geblieben. Ich mache
mich auf den Weg, es wird Zeit.»

«O ja, es wird Zeit!» donnerte Rodrig Iwanowitsch
in grimmigem Scherz, während er die Tür aufriß.

Gesenkten Kopfes schlüpfte sie hinaus. Cincinnatus,
zitternd, war im Begriff, ihr zu Hilfe zu kommen.

«Keine Angst», sagte der Direktor und hob die
Hand, «diese kleine Hebamme kann uns nicht gefährlich werden. Zurück!»

«Aber ich möchte doch...», begann Cincinnatus.

«*Arrière!*» brüllte Rodrig Iwanowitsch.

Währenddessen war M'sieur Pierres kompakte, gestreifte kleine Gestalt in den Tiefen des Ganges aufge-

taucht. Von weitem lächelte er liebenswürdig, aber verhielt leicht den Schritt und ließ seinen Blick verstohlen umherstreifen, wie jemand, der in einen Streit hineingeraten ist, doch nicht betonen will, daß er ihn bemerkt. Er trug ein Schachbrett und eine Schachtel vor sich her und hatte eine Kasperlepuppe und etwas anderes unter dem Arm.

«Sie hatten Besuch?» erkundigte er sich höflich bei Cincinnatus, als der Direktor sie in der Zelle allein gelassen hatte. «Ihre Mama hat Sie besucht? Schön, schön. Und jetzt bin ich hier, der arme schwache kleine M'sieur Pierre, um Sie und mich eine Weile zu unterhalten. Sehen Sie mal, wie mein Kasperle Sie anguckt. Sag dem Onkel guten Tag. Ist er nicht drollig? Da, setz dich hin, Kerlchen. Schauen Sie, ich habe eine Menge unterhaltsame Sachen mitgebracht. Möchten Sie zuerst eine Partie Schach spielen? Oder Karten? Können Sie Anker? Ein großartiges Spiel! Kommen Sie, ich bringe es Ihnen bei!»

Dreizehntes Kapitel

Er wartete und wartete, und jetzt endlich, in der stillsten Stunde der Nacht, machten sich die Geräusche von neuem ans Werk. Cincinnatus lächelte in der Dunkelheit vor sich hin. Ich bin durchaus bereit zuzugeben, daß auch sie eine Täuschung sind, aber in diesem Augenblick glaube ich so fest an sie, daß ich sie mit Wahrheit infiziere.

Sie waren noch bestimmter und genauer als in der Nacht zuvor; sie schlugen nicht mehr blindlings drauflos; wie konnte man daran zweifeln, daß sie vorwärts kamen, näher rückten? Wie bescheiden sie waren! Wie intelligent! Wie geheimnisvoll berechnend und beharrlich! War es eine gewöhnliche Spitzhacke oder irgendein seltsames Werkzeug aus einem nutzlosen Material, versetzt mit allmächtigem menschlichem Willen – doch was immer es war, er wußte, irgend jemand grub irgendwie einen Gang.

Die Nacht war kalt; der graue, fettige Widerschein des Mondes fiel in Quadrate zerlegt auf die Innenmauer der Fensternische; die ganze Festung schien bis oben gefüllt mit dichter Dunkelheit und außen von Mondschein glasiert, während schwarze, gebrochene Schatten felsige Hänge hinabglitten und lautlos in die Gräben stürzten; ja, die Nacht war fühllos und steinern – doch in ihr, in ihrem tiefen dunklen Schoß unterhöhlte etwas ihre Macht, bahnte sich etwas seinen Weg, das der Substanz und Ordnung der Nacht fremd war. Oder ist dies alles nur anachronistischer romantischer Blödsinn, Cincinnatus?

Er hob den fügsamen Stuhl auf und schlug ihn schwer erst auf den Boden, dann mehrmals gegen die Wand und versuchte seinen Schlägen wenigstens durch ihren Rhythmus Bedeutung mitzuteilen. Und wirklich, der da seinen Weg durch die Nacht grub, hielt erst inne, als versuche er festzustellen, ob die antwortenden Schläge freundlich waren oder nicht, und nahm plötzlich seine Arbeit mit so triumphierend angeregten Geräuschen wieder auf, daß Cincinnatus sicher war, seine Antwort sei verstanden worden.

Er war nunmehr überzeugt, daß er es war, zu dem dieser Jemand kam, daß er es war, den jemand retten wollte, und indem er weiter gegen die empfindlicheren Partien des Steins schlug, erzeugte er – in anderer Tonlage und -höhe, voller, komplexer, beschwörender – Wiederholungen des einfachen Rhythmus, den er zu bieten hatte.

Schon überlegte er, wie er ein Alphabet bilden könnte, als er bemerkte, daß nicht der Mondschein, sondern ein anderes, ungebetenes Licht die Dunkelheit verwässerte, und kaum hatte er es bemerkt, hörten die Geräusche auf. Eine ganze Weile noch hörte er es bröckeln, doch allmählich ließ auch das nach, und es war kaum noch vorstellbar, daß die Stille der Nacht vor erst so kurzer Zeit von eifriger, hartnäckiger Geschäftigkeit heimgesucht worden war, von einem Lebewesen, das mit plattgedrückter Schnauze schnaufte und keuchte und rasend weitergrub wie ein Jagdhund, der sich einen Tunnel zu einem Dachs gräbt.

Durch seine brüchige Schläfrigkeit hindurch sah er Rodion hereinkommen; und Mittag war schon vorbei, als er ganz wach wurde und wie immer dachte, daß das Ende noch nicht heute kommen würde, aber ebensogut heute hätte kommen können, wie es morgen kommen konnte, doch morgen war noch weit.

Den ganzen Tag lang horchte er auf das Summen in den Ohren und knetete die Hände, so als begrüße er sich selber mit einem stummen Händeschütteln; ging um den Tisch herum, auf dem der Brief noch unabgeschickt lag; oder aber stellte sich den Blick der gestrigen Besucherin vor, flüchtig, atemraubend, wie eine Kluft in diesem Leben; oder lauschte in Gedanken Emmis raschelnden Bewegungen. Nun, warum nicht diese Hoffnungsschlempe trinken, diese dickliche süßliche Brühe... Meine Hoffnungen sind noch am Leben... Und ich glaubte, daß zumindest jetzt, zumindest hier, wo sich die Einsamkeit einer solchen Wertschätzung erfreut, sie sich in nicht mehr als zwei Teile teilen würde, für dich und mich, anstatt sich zu vervielfachen, wie es dann geschah – laut, mannigförmig, absurd, so daß ich dir nicht einmal nahe kommen konnte und dein schrecklicher Vater mir mit seinem Stock fast die Beine brach... Darum schreibe ich – dies ist mein letzter Versuch, dir zu erklären, was passiert, Marthe... Streng dich an und versteh, wenn auch nur durch einen Nebel hindurch, wenn auch nur mit einer Ecke deines Gehirns, versteh, was hier passiert, Marthe, versteh, daß sie mich umbringen werden... Kann es denn so schwer sein... Ich verlange keine langen Witwenklagen von dir, keine Trauerlilien, aber ich flehe dich an, ich brauche es so nötig – jetzt, heute... Ängstige dich nur einmal wie ein Kind, weil sie mir etwas Schreckliches antun werden, etwas Gemeines, das dir Übelkeit erregt, und du schreist mitten in der Nacht so, daß du auch dann weiterschreist, wenn du schon das Kindermädchen mit seinem «pst, pst» kommen hörst, eine solche Angst mußt du haben, Marthe, obschon du mich wenig liebst, du mußt dennoch verstehen, wenn auch nur für einen Augenblick, und dann magst du wieder vergessen. Wie kann ich dich bewegen? Ja, unser Leben zusammen war schrecklich, schrecklich, aber damit kann ich dich nicht bewegen, zuerst habe ich mich sehr bemüht, aber du weißt, unser Tempo war verschieden, und ich blieb sofort zurück. Sag mir, wie viele Hände haben das Fruchtfleisch befühlt, das so reichlich um deine harte, bittere kleine Seele gewachsen ist? Ja, wie ein Gespenst kehre ich zu deinen ersten Treubrüchen zurück und gehe heulend und mit den Ketten rasselnd durch sie hindurch. Die Küsse, die ich mitansah. Deine und seine Küsse, die einer Art Fütterung glichen, gierig, unsauber und geräuschvoll. Oder wenn du mit fest geschlossenen Augen einen spritzenden Pfirsich aßest und dann, wenn du fertig warst, aber mit vollem Mund immer noch schlucktest, du Kannibalin, deine glasigen Augen schweifen ließest, deine Finger gespreizt waren, deine entzündeten Lippen glänzten, dein Kinn zitterte, bedeckt von den Tropfen des wolkigen Safts, der auf deine bloße Brust hinabbrann, während der Priap, der dir zu essen gegeben hatte, plötzlich mit einem konvulsivischen Fluch mir, der ich das Zimmer im falschen Augenblick betreten hatte, den gebeugten Rücken zuwandte. «Alle Arten von Obst sind gut für Marthe», sagtest du mit einer bestimmten süß-schmierigen Feuchtigkeit in deiner Kehle, alles in den einen feuchten, süßen, verwünschten kleinen Pferch raffend... Und wenn ich zu all dem zurückkehre, dann um es aus mir herauszubekommen, um mich davon zu reinigen – und auch, damit du weißt, damit du weißt... Was? Wahrscheinlich halte ich dich irrtümlich doch für jemand anderes, wenn ich glaube, daß du mich verstehen wirst, wie ein Wahnsinniger die Verwandten, die ihn besuchen, für Sternennebel, Logarithmen, abschüssige Hyänen hält – aber es gibt auch Wahnsinnige – und sie sind unverletzlich – die sich für Wahnsinnige halten – und hier schließt sich der Kreis. Marthe, in irgendeinem solchen Kreis drehen wir uns – ach, wenn du doch nur für einen Augenblick ausbrechen könntest! – dann darfst du wieder in ihn zurück, ich verspreche es dir... Ich verlange ja nicht viel von dir, nur brich für einen Augenblick aus und begreife, daß sie mich morden, daß wir von Menschenattrappen umgeben sind, daß du selber eine Attrappe bist. Ich weiß nicht, warum mich deine Treubrüche so quälten, oder vielmehr weiß ich es, aber ich weiß die Worte nicht, die ich wählen müßte, um dir begreiflich zu machen, warum sie mich quälten. Solche Worte gibt es nicht in der kleinen Größe, die deinen alltäglichen Bedürfnissen entspricht. Und dennoch versuche ich es noch einmal: «Sie morden mich!» – jawohl, und noch einmal alle zusammen: «Sie morden mich!» – und noch einmal: «Morden!»... Ich wollte dies so schreiben, daß du dir die Ohren zuhältst, deine membranösen, affenhaften Ohren, die du unter Strähnen schönen weiblichen Haars versteckst – aber ich kenne sie, ich sehe sie, ich kneife sie, die kalten kleinen Dinger, meine Finger lassen sie nicht los, damit sie irgendwie warm werden, lebendig, menschlich, gezwungen, mich anzuhören. Marthe, ich will, daß du noch eine Besuchserlaubnis erhältst, und komm natürlich allein, komm auf jeden Fall allein! Das sogenannte Leben ist für mich zu Ende, vor mir ist nur noch der polierte Block, und meine Wächter haben es fertiggebracht, mich in einen Zustand zu versetzen, in dem meine Handschrift – sieh nur – wie die eines Betrunkenen ist – aber das ist egal, ich werde Kraft genug für ein Gespräch haben, wie wir es noch nie führten, Marthe, darum ist es so nötig, daß du noch einmal kommst, und glaube nicht, daß dieser Brief gefälscht ist – ich bin es, Cincinnatus, der schreibt, ich bin es, Cincinnatus, der weint; und der tatsächlich um den Tisch ging und, als Rodion ihm das Abendessen brachte, sagte:

«Dieser Brief. Dieser Brief, den Sie bitte... Hier ist die Adresse...»

«Sie sollten lieber stricken lernen wie alle andern», grummelte Rodion, «dann könnten Sie mir nämlich ein Kaschnee stricken. Da schreibt er, auch das noch! Sie haben Ihre Ehehälfte doch gerade gesehen, oder?»

«Trotzdem will ich versuchen, Sie zu fragen», sagte Cincinnatus. «Gibt es hier noch andere Gefangene

außer mir und diesem ziemlich aufdringlichen Pierre?»
Rodion wurde rot, schwieg jedoch.

«Und der Scharfrichter ist noch nicht eingetroffen?»
fragte Cincinnatus.

Rodion wollte die bereits kreischende Tür wütend
zuwerfen, da trat wie am Vortag mit klebrig quietschenden Saffianpantoffeln, einem wabbelnden gestreiften
Geleekörper, einem Schachspiel, Karten und einem
Fangbecherspiel in der Hand...

«Freund Rodion meine untertänigste Aufwartung»,
sagte M'sieur Pierre mit seiner quäkenden Stimme, und
ohne seine Schritte zu verlangsamen, kam er wabbelnd
und quietschend in die Zelle.

«Ich sehe», sagte er und setzte sich, «daß der Gute
einen Brief mitgenommen hat. Muß der gewesen sein,
der gestern hier auf dem Tisch lag, was? An Ihre Ge-
mahlin? Nein, nein, einfach eine Vermutung, ich lese
anderer Leute Briefe nicht, obwohl es stimmt, daß er
hier offen herumlag, während wir Anker spielten. Wie
wäre es heute mit einer Partie Schach?»

Er breitete ein aus Wolle gefertigtes Schachfeld aus
und stellte mit seiner fetten Hand, den kleinen Finger
gekrümmt, die Figuren auf, die nach einem alten Ge-
fangenenrezept so fest aus gekneteten Brot geformt waren, daß ein Stein sie hätte beneiden können.

«Ich selber bin Junggeselle, aber ich verstehe natürlich... Los. Ich werde Sie schnell... Gute Spieler denken nicht lange nach. Los. Ich habe Ihre Frau nur ganz
flüchtig gesehen – ein duftes kleines Weibsbild, soviel
steht fest – was für ein Hals, so habe ich das gern... He,
einen Moment, das habe ich übersehen, lassen Sie mich

den Zug bitte zurücknehmen. Hier, das ist besser. Ich bin ein großer Weiberaficionado, und wie die mich lieben, die Racker, Sie würden das einfach nicht glauben. Sie haben da Ihrer Frau etwas von ihren hübschen Augen und Lippen geschrieben. Vor kurzem, wissen Sie, hatte ich... Warum kann mein Bauer den nicht schlagen? Ach so. Schlau, schlau. Also gut, ich nehme ihn zurück. Vor kurzem hatte ich Geschlechtsverkehr mit einer ausnehmend gesunden und prima Person. Was ist das für ein Vergnügen, wenn eine große Brünette... Was ist denn das? Das ist ein gemeiner Zug von Ihnen. Sie müssen Ihren Gegenspieler warnen, so geht das nicht. Hier, lassen Sie mich meinen letzten Zug korrigieren. So. Ja, ein prachtvolles, leidenschaftliches Geschöpf – und Sie müssen wissen, ich selber bin gar nicht zimperlich, ich habe so viel Spannkraft, daß – oha! Überhaupt, von den zahlreichen irdischen Versuchungen, die ich Ihnen im Scherz, aber in Wahrheit mit größtem Ernst allmählich zur Erwägung zu unterbreiten vorhabe, ist die Versuchung des Geschlechts... Nein, einen Moment, ich habe mich noch nicht entschlossen, ob ich mit der Figur hier ziehen will. Doch. Wieso schachmatt? Ich kann hier nicht hin; ich kann da nicht hin; ich kann nirgends hin. Also, Moment, wie haben die gestanden? Nein, davor. Ah ja, das ist ganz was anderes. Einfach übersehen. Gut, ich ziehe so. Ja, eine rote Rose zwischen ihren Zähnen, schwarze Netzstrümpfe bis hierher, und sonst gar nichts an – das ist wirklich Klasse, das ist der Gipfel der... Und jetzt statt Liebeswonnen der klamme Stein, das rostige Eisen, und vor sich – na, Sie wissen ja selbst, was Sie vor sich haben. Also das habe ich übersehen. Und was, wenn ich so ziehe? Ja, das ist besser. Das Spiel habe ich sowieso gewonnen – Sie machen einen Fehler nach dem andern. Wenn sie Ihnen auch tatsächlich untreu war – haben Sie sie schließlich nicht ebenfalls umarmt? Wenn Leute mich um Rat bitten, sage ich immer: ‹Meine Herren, seien Sie erfinderisch.› Zum Beispiel gibt es nichts Angenehmeres, als Spiegel um sich aufzustellen und zu verfolgen, was in ihnen so vor sich geht – großartig! He! Das war alles andere als großartig. Ehrenwort, ich dachte, ich wäre auf dieses Feld gerückt und nicht auf das da. Darum also waren Sie außerstande... Zurück, bitte. Ich rauche dabei gern eine Zigarre und rede von irgendwelchen nebensächlichen Dingen, und ich habe es gern, wenn auch sie redet – es hilft nichts, ich habe so eine gewisse perverse Strähne in mir... Tja, wie bitter, wie schrecklich und schmerzlich, all dem Lebewohl zu sagen – und dann daran zu denken, daß andere, die genauso jung und saftvoll sind, weiter- und weiterarbeiten werden... Ach ja! Ich weiß nicht, was Sie meinen, aber was die Tätlichkeiten in der Liebe angeht, habe ich eine Schwäche für *macarons*, wie die französischen Ringkämpfer das nennen: Man versetzt ihr einen hübschen Schlag gegen den Hals, und je fester das Fleisch... Erstens kann ich Ihren Springer wegnehmen, zweitens brauche ich bloß meinen wegzurücken; also. Nein, halt, halt, ich möchte doch einen Augenblick überlegen. Wie war noch Ihr letzter Zug? Stellen Sie die Figur zurück und lassen Sie mich überlegen. Unfug, da bin ich doch nicht matt. Anscheinend mogeln Sie, wenn ich das mal so sagen darf: Diese Figur stand hier, oder vielleicht hier, aber nicht da, ich bin völlig sicher. Los, stellen Sie sie zurück, stellen Sie sie zurück...»

Wie aus Versehen warf er mehrere Figuren um, und außerstande, sich zu beherrschen, brachte er grunzend die übrigen durcheinander.

Cincinnatus saß da, den Kopf auf den Arm gestützt; nachdenklich polkte er an einem Springer, der in der Halsgegend nicht unwillens schien, in den mehligen Zustand zurückzukehren, aus dem er hervorgegangen war.

«Spielen wir was anderes, Sie können ja gar kein Schach», rief M'sieur Pierre kribbelig und klappte ein buntes Gänsespielbrett auf. Er würfelte und kam sofort von 3 auf 27 – obwohl er dann wieder herunterkommen mußte, während Cincinnatus von 22 auf 46 schnellte.

Das Spiel zog sich lange hin. M'sieur Pierre lief wiederholt purpurrot an, stampfte mit den Füßen, kochte vor Wut, kroch hinter den Würfeln her unter den Tisch, tauchte mit ihnen in der flachen Hand wieder auf und schwor, daß sie genau so unter dem Tisch gelegen hätten.

«Warum riechen Sie so?» fragte Cincinnatus seufzend.

M'sieur Pierres fettes Gesicht verzog sich zu einem gezwungenen Lächeln.

«Es liegt in der Familie», erklärte er würdevoll.

«Die Füße schweißen ein wenig. Ich habe es mit Alaun versucht, aber es hat alles keinen Zweck. Ich muß schon sagen, obwohl ich von Kind auf daran leide

und obwohl jedes Leiden gewöhnlich mit Respekt be-
handelt wird, ist bisher noch niemand so taktlos gewesen...»

«Ich kriege keine Luft», sagte Cincinnatus.

Vierzehntes Kapitel

Die Geräusche waren noch näher, und sie hatten es jetzt so eilig, daß es eine Sünde gewesen wäre, sie durch inquisitive Klopfzeichen abzulenken. Sie dauerten länger als in der Nacht zuvor, und Cincinnatus lag bäuchlings auf den Steinplatten, Arme und Beine ausgestreckt, wie jemand, den ein Sonnenstich gefällt hat, gab sich dem Mummenschanz der Sinne hin und sah so mittels des Trommelfells deutlich den geheimen Gang vor sich, der mit jedem Scharren länger wurde, und fühlte – als würde so der dunkle, gespannte Schmerz in seiner Brust erleichtert – wie die Steine gelockert wurden, und schon stellte er, während er die Wand ansah, Vermutungen darüber an, wo sie bersten und krachend aufbrechen würde.

Es polterte und prasselte immer noch, als Rodion hereinkam. Hinter ihm schoß in Ballettschuhen an den nackten Füßen und einem Schottenkleid Emmi herein und versteckte sich wie zuvor unter dem Tisch; dort kauerte sie, so daß ihr flachsenes, an den Spitzen geringeltes Haar ihr Gesicht und ihre Knie und selbst ihre Knöchel bedeckte. Kaum war Rodion gegangen, als sie aufsprang und sofort zu Cincinnatus lief, der auf der Pritsche saß, ihn umwarf und auf ihm herumzukrabbeln begann. Ihre kalten Finger und heißen Ellbogen gruben sich in ihn, sie entblößte die Zähne, ein grüner Blattfetzen klebte an ihren Vorderzähnen.

«Sitz still», sagte Cincinnatus, «ich bin erschöpft – ich habe heute nacht keinen Augenschlag geblickt – sitz still und sag mir . . .»

Zappelig barg Emmi ihre Stirn an seiner Brust; ihre Locken fielen und hingen nach einer Seite und gaben den Blick auf den nackten oberen Teil ihres Rückens frei, der eine Vertiefung aufwies, die sich zusammen mit ihren Schulterblättern bewegte und gleichmäßig mit einem blonden Flaum bedeckt war, welcher aussah, als sei er symmetrisch gekämmt worden.

Cincinnatus streichelte ihren warmen Kopf und versuchte, ihn zu heben. Sie griff sich seine Finger und begann, sie an ihre schnellen Lippen zu drücken.

«Was bist du für eine Schmeichelkatze», sagte Cincinnatus benommen. «Das reicht jetzt. Sag mir . . .»

Doch sie überkam ein Anfall kindlicher Unbändigkeit. Das muskulöse Kind rollte Cincinnatus hin und her wie einen jungen Hund. «Hör auf!» rief Cincinnatus. «Schämst du dich denn nicht?»

«Morgen», sagte sie plötzlich, drückte ihn dabei und starrte auf seine Nasenwurzel.

«Morgen sterbe ich?» fragte Cincinnatus.

«Nein, ich rette dich», sagte Emmi nachdenklich (sie saß rittlings auf ihm).

«Das ist wirklich sehr nett», sagte Cincinnatus. «Retter von überallher! Das hätte früher passieren müssen – ich bin beinahe wahnsinnig. Bitte geh runter, du bist schwer und heiß.»

«Wir rennen weg, und du heiratest mich.»

«Vielleicht wenn du etwas älter bist; nur habe ich schon eine Frau.»

«Eine dicke, alte.»

Sie hüpfte von der Pritsche und lief wie eine Ballerina im Raum umher, schnell und weit ausschreitend, das Haar schüttelnd, dann sprang sie hoch, als flöge sie, und endlich vollführte sie an einer Stelle eine Pirouette und streckte eine Vielzahl von Armen aus.

«Bald geht die Schule wieder los», sagte sie und ließ sich im nächsten Augenblick auf Cincinnatus' Schoß nieder; plötzlich vergaß sie alles andere auf der Welt und vertiefte sich in eine neue Beschäftigung – sie begann, an einem Stück schwarzen länglichen Schorfs auf ihrem glänzenden Schienbein zu zupfen; der Schorf war schon halb ab, und man konnte die zarte rosa Narbe sehen.

Mit zusammengekniffenen Augen blickte Cincinnatus auf ihr gesenktes Profil, das von Sonnenscheinflaum umrandet war, und fühlte sich durchdrungen von Mattigkeit.

«Ach Emmi, denk daran, denk an das, was du versprochen hast. Morgen! Sag mir, wie willst du es anfangen?»

«Ich sag es dir ins Ohr», sagte Emmi.

Einen Arm um seinen Hals gelegt, machte sie an seinem Ohr ein heißes, feuchtes und völlig unverständliches Geräusch. «Ich kann nichts verstehen», sagte Cincinnatus.

Ungeduldig streifte sie sich das Haar aus dem Gesicht und schmiegte sich wieder an ihn.

«Surr... surr... surr», summte und brummte sie – und sprang schon wieder fort und schwang sich hinauf – und jetzt saß sie, die ausgestreckten Zehen zu einem scharfen Keil aneinandergelegt, auf dem leicht schwankenden Trapez.

«Trotzdem rechne ich ganz fest darauf», sagte Cincinnatus in aufsteigender Schläfrigkeit; langsam drückte er sein nasses, klingendes Ohr ins Kissen.

Während er einschlief, fühlte er, wie sie über ihn hinwegkletterte, und undeutlich schien es ihm, als faltete sie oder jemand anders endlos ein glänzendes Gewebe, faßte es an den Ecken und faltete es und striche mit der Hand darüber und faltete es noch einmal – und für einen Augenblick weckte ihn Emmis Kreischen, als Rodion sie aus der Zelle schleifte.

Dann glaubte er die kostbaren Geräusche hinter der Wand wieder vorsichtig beginnen zu hören... Wie riskant! Schließlich war es hellichter Tag... Aber sie konnten nicht an sich halten und drangen unbeirrbar zu ihm vor, während er in der Furcht, die Wärter könnten etwas hören, anfing hin und her zu gehen, mit den Füßen zu stampfen, zu husten, zu brummen, und als er sich mit wild schlagendem Herzen am Tisch niedersetzte, hatten die Geräusche bereits aufgehört.

Gegen Abend dann kam wie nunmehr üblich M'sieur Pierre mit brokatnem Käppchen; ohne Umstände, denn er fühlte sich inzwischen ganz wie zu Hause, legte er sich auf Cincinnatus' Pritsche, zündete eine lange Meerschaumpfeife mit einer geschnitzten Huri an und stützte sich in einer Wolke üppigen Qualms auf einen Ellbogen. Cincinnatus saß am Tisch, kaute an den

Resten seines Abendessens, fischte die Pflaumen aus ihrem braunen Saft.

«Ich habe sie heute gepudert», sagte M'sieur Pierre lebhaft, «also bitte keine Beschwerden und keine Bemerkungen. Wir wollen unser Gespräch von gestern wiederaufnehmen. Wir sprachen von Vergnügen.

Das Vergnügen der Liebe», sagte M'sieur Pierre, «verschafft man sich mittels der schönsten und gesündesten aller bekannten Leibesübungen. Ich sagte ‹verschaffen›, aber vielleicht wäre ‹extrahieren› noch treffender, insofern wir es nämlich mit einer systematischen und zielstrebigen Extraktion des Vergnügens zu tun haben, das in den Eingeweiden des bearbeiteten Geschöpfs beschlossen liegt. Während der Mußestunden fällt der Liebesarbeiter dem Beobachter durch den Falkenausdruck seiner Augen, seine aufgeräumte Laune und seinen frischen Teint auf. Beachten Sie auch meinen gleichmäßigen Gang. Folglich haben wir ein gewisses Phänomen vor uns, das wir mit dem allgemeinen Begriff ‹Liebe› oder ‹erotisches Vergnügen› bezeichnen können.»

An dieser Stelle kam auf Zehenspitzen der Direktor herein, deutete durch Handbewegungen an, daß man von ihm keine Notiz nehmen möge, und setzte sich auf einen mitgebrachten Hocker.

M'sieur Pierre warf ihm einen vor Wohlwollen strahlenden Blick zu.

«Machen Sie nur weiter», flüsterte Rodrig Iwanowitsch, «ich bin gekommen, um zuzuhören – *pardon*, nur einen Moment –, ich will ihn nur so rücken, daß ich mich an die Wand lehnen kann. *Voilà*. Ich bin vielleicht kaputt. Und Sie?»

168

«Das kommt, weil Sie es nicht gewöhnt sind», sagte M'sieur Pierre. «Gestatten Sie mir nunmehr fortzufahren. Wir erörterten die Vergnügen des Lebens, Rodrig Iwanowitsch, und hatten gerade allgemeine Betrachtungen über Eros angestellt.»

«Aha», sagte der Direktor.

«Ich stellte folgende Thesen auf – verzeihen Sie, lieber Kollege, daß ich mich wiederhole, aber ich will es auch für Rodrig Iwanowitsch interessant machen. Ich stellte die These auf, Rodrig Iwanowitsch, daß ein zum Tode Verurteilter es am allerschwersten findet, das Weib zu vergessen, des Weibes wohligen Leib.»

«Und die Poesie von Mondscheinnächten», ergänzte Rodrig Iwanowitsch und warf Cincinnatus einen strengen Blick zu.

«Nein, bitte stören Sie meine Disposition nicht; wenn Sie etwas hinzuzufügen haben, können Sie es hinterher tun. Gut – also fahren wir fort. Zusätzlich zu den Vergnügen der Liebe gibt es eine ganze Reihe anderer, und zu denen kommen wir jetzt. Mehr als einmal haben Sie wahrscheinlich gefühlt, wie sich Ihr Busen an einem wundersamen Frühlingstag geweitet hat, wenn die Knospen schwellen und gefiederte Sänger die Haine mit Leben erfüllen, die in ihr erstes klebriges Laub gekleidet sind. Kokett spähen die ersten bescheidenen Blümlein aus dem Grase, als wollten sie den leidenschaftlichen Naturfreund verführen, indem sie ihm scheu zuwispern: ‹O pflücke uns nicht, pflücke uns nicht, unser Leben ist doch so kurz.› Der Busen weitet sich und atmet tief an solch einem Tage, wenn die Vögelchen singen und die ersten bescheidenen Blätter auf den ersten Bäumen erscheinen. Alles ist dann voller Lust, alles jubiliert.»

«Eine meisterliche Beschreibung des Aprils», sagte der Direktor und schüttelte seine Kinnbacken.

«Ich glaube, daß jeder es so erlebt hat», fuhr M'sieur Pierre fort, «und jetzt, da wir alle jeden Tag das Schafott besteigen könnten, läßt einen die unvergeßliche Erinnerung an einen solchen Frühlingstag herausschreien: ‹O komm zurück, komm zurück; daß ich dich doch noch einmal erleben könnte.›

‹Noch einmal erleben könnte›», wiederholte M'sieur Pierre und warf ziemlich unverhohlen einen Blick in eine rollenförmige, ganz mit feiner Schrift bedeckte Kladde.

«Als nächstes», sagte M'sieur Pierre, «kommen wir zu den Vergnügen geistiger Art. Erinnern Sie sich an die Male, da Sie in einer sagenhaften Bildergalerie oder einem Museum plötzlich stehenblieben und außerstande waren, Ihren Blick von einem reizenden Torso zu wenden – der ach! aus Bronze oder Marmor war. Das können wir das Vergnügen der Kunst nennen; es nimmt einen wichtigen Platz im Leben ein.»

«Allerdings tut es das», sagte Rodrig Iwanowitsch nasal und sah Cincinnatus an.

«Gastronomische Vergnügen», fuhr M'sieur Pierre fort. «Stellen Sie sich die besten Obstsorten an Baumzweigen vor; stellen Sie sich vor, wie der Schlächter und seine Gehilfen ein Schwein fortzerren, das quiekt, als würde es geschlachtet; stellen Sie sich auf hübschem Teller ein reichliches Stück fetten Specks vor; stellen Sie sich Tischwein vor und Cherry Brandy; stellen Sie sich Fisch vor – ich weiß ja nicht, was Sie meinen, aber ich selber bin ein großer Freund von Brassen.»

«Einverstanden», sagte Rodrig Iwanowitsch mit volltönender Stimme.

«Diesem rauschenden Fest gilt es zu entsagen. Vielen anderen Dingen muß ebenso entsagt werden: festlicher Musik; Lieblingsspielsachen, wie Photoapparat oder Pfeife; freundschaftlichen Gesprächen; der Freude, sich zu erleichtern, die manche für gleichrangig mit dem Vergnügen der Liebe erachten; Mittagsschlaf nach dem Essen; Rauchen... Was noch? Lieblingsspielsachen... Ja, das hatten wir schon... [wieder erschien die Kladde] Vergnügen... Das habe ich auch schon gesagt. Na ja, und diverses anderes Zeug...»

«Dürfte ich etwas hinzufügen?» fragte der Direktor gewinnend, doch M'sieur Pierre schüttelte den Kopf:

«Nein, das reicht vollauf. Ich meine vor dem geistigen Auge meines werten Kollegen solche Ansichten sinnlicher Bereiche entfaltet zu haben...»

«Ich wollte nur was zu dem Thema Eßwaren sagen», bemerkte der Direktor leise. «Ich glaube, einige Einzelheiten verdienen schon noch Erwähnung. Zum Beispiel *en fait de potage*... Gut, gut, ich sage kein Wort», schloß er verschreckt, als er dem Blick M'sieur Pierres begegnete.

«Na», redete M'sieur Pierre Cincinnatus an, «was sagen Sie dazu?»

«Was soll ich dazu sagen?» fragte Cincinnatus. «Öder, aufdringlicher Unsinn.»

«Er ist unverbesserlich», rief Rodrig Iwanowitsch.

«Es ist nur eine Posse von ihm», sagte M'sieur Pierre

mit ominösem Porzellanlächeln. «Glauben Sie mir, er hat Gefühl genug für die ganze Schönheit der von mir beschriebenen Phänomene.»

«... aber begreift einfach gewisse Dinge nicht», warf Rodrig Iwanowitsch passend ein. «Er begreift nicht, daß, wenn er jetzt aufrichtig den Irrtum seiner Lebensweise zugeben würde, wenn er aufrichtig zugeben würde, daß er die gleichen Dinge liebt wie Sie und ich, zum Beispiel Schildkrötensuppe als ersten Gang – es heißt, sie sei unerhört gut... Ich will nur bemerken, daß wenn er aufrichtig zugeben und bereuen würde – ja, bereuen – darauf will ich hinaus – dann könnte er eine ferne... nun, Hoffnung will ich nicht sagen, aber immerhin...»

«Ich habe den Teil über Gymnastik ausgelassen», murmelte M'sieur Pierre, der noch einmal seine kleine Rolle zu Rate zog. «Wie schade!»

«Nein, nein, Sie haben sehr gut gesprochen, sehr gut», seufzte Rodrig Iwanowitsch. «Es hätte nicht besser sein können. Sie haben in mir gewisse Bedürfnisse geweckt, die seit Jahrzehnten geschlummert hatten. Bleiben Sie noch eine Weile? Oder kommen Sie mit mir mit?»

«Mit Ihnen. Er ist heute ein richtiger Miesepeter. Guckt einen noch nicht mal an. Man bietet ihm Königreiche, und er ist sauer. Und dabei verlange ich so wenig – ein Wort, ein Kopfnicken. Nun, nichts zu machen. Fort mit uns, Rodrigo.»

Bald nach ihrem Weggang ging auch das Licht aus, Cincinnatus verfügte sich in der Dunkelheit auf seine Pritsche (wie unangenehm, jemand anderes Asche zu finden und keine andere Stelle zum Hinlegen zu haben), streckte sich, um seine Schwermut durch ein Knacken von Knorpeln und Wirbeln zu erleichtern, holte Luft und atmete sie eine Viertelminute oder länger nicht aus. Vielleicht waren es nur Maurer. Reparaturarbeiten. Eine akustische Täuschung: Vielleicht war das alles weit, weit weg (er atmete aus). Er lag auf dem Rücken, bewegte die Zehen, die unter der Decke hervorsahen, und wandte sein Gesicht bald einer unmöglichen Rettung, bald der unvermeidlichen Hinrichtung zu. Das Licht blitzte wieder auf.

Die rotbehaarte Brust unter seinem Hemd kratzend, kam Rodion, um den Hocker zu holen. Angesichts des gesuchten Gegenstandes setzte er sich prompt darauf, knetete laut grunzend sein gesenktes Gesicht mit seiner enormen Hand und schickte sich offenbar an einzuschlafen.

«Er ist immer noch nicht da?» fragte Cincinnatus.

Sofort stand Rodion auf und ging mit dem Hocker.

Klick. Schwarz.

Vielleicht, weil eine gewisse geschlossene Zeitspanne – vierzehn Tage – seit dem Prozeß vergangen war, vielleicht, weil ihm das Näherkommen der freundlichen Geräusche eine Wende in seinem Schicksal versprach, verbrachte Cincinnatus diese Nacht damit, die in der Festung verlebten Stunden im Geiste Revue passieren zu lassen. Unwillkürlich der Versuchung logischer Entwicklung nachgebend, unwillkürlich (Vorsicht, Cincinnatus!) aus all jenen Dingen eine Kette schmiedend, die ganz harmlos waren, solange sie unverbunden blieben, versah er das Sinnlose mit Sinn, das

173

Leblose mit Leben. Auf dem Hintergrund der steinernen Dunkelheit gestattete er jetzt den scheinwerferangestrahlten Gestalten all seiner üblichen Besucher aufzutreten – es war das allererste Mal, daß seine Phantasie ihnen gegenüber so nachgiebig war. Da war der lästige kleine Mitgefangene mit seinem glänzenden Gesicht, dem Wachsapfel ähnlich, den Cincinnatus' schelmischer Schwager neulich mitgebracht hatte; da war der zappelige, hagere Anwalt, der seine Hemdmanschetten aus den Ärmeln seines Fracks befreite; da war der düstere Bibliothekar und der korpulente Rodrig Iwanowitsch mit glattem schwarzem Toupet und Emmi und Marthes ganze Familie und Rodion und andere, vage Wärter und Soldaten – und indem er sie heraufbeschwor – vielleicht nicht an sie glaubte, aber sie immerhin heraufbeschwor –, gestand Cincinnatus ihnen das Lebensrecht zu, stützte sie, nährte sie mit sich selber. Zu all dem kam die Möglichkeit, daß jeden Augenblick die aufregenden Klopfzeichen von neuem anheben konnten, eine Möglichkeit, die wirkte wie die berauschende Vorahnung einsetzender Musik – so daß sich Cincinnatus in einem seltsamen, ruhelosen, gefährlichen Zustand befand... Und die ferne Uhr schlug mit einer Art wachsenden Hochgefühls... Und jetzt traten die angestrahlten Gestalten aus der Dunkelheit hervor und reichten sich die Hände und bildeten einen Ring... Und leicht nach einer Seite geneigt, wankend, zaudernd begannen sie eine Kreisbewegung, die zuerst steif und schleppend war, dann jedoch gleichmäßiger, freier und schneller wurde, und jetzt wirbelten sie im Ernst herum, und der ungeheuerliche Schatten ihrer

Schultern und Köpfe strich immer wieder und immer schneller über die Steingewölbe, und der unvermeidliche Witzbold, der beim Rundtanz zur Belustigung seiner zurückhaltenden Gefährten die Beine hochschleudert, warf die gewaltigen schwarzen Zickzacks seiner schrecklichen Schritte an die Wände.

Fünfzehntes Kapitel

Der Vormittag verging ruhig, aber etwa um fünf Uhr nachmittags setzte ein Geräusch von zerschmetternder Kraft ein: Wer es auch war, er arbeitete wild und polterte schamlos; jedoch war er seit gestern eigentlich nicht viel näher gekommen.

Plötzlich geschah etwas Unvermutetes: Ein inneres Hindernis stürzte ein, und die Geräusche nahmen jetzt eine so lebhafte Intensität an (in einem Augenblick hatten sie den Übergang vom Hintergrund zum Vordergrund geschafft, direkt ins Rampenlicht), daß keine Täuschung mehr über ihre Nähe bestehen konnte: Da waren sie, gleich hinter der Wand, die wie Eis schmolz, und jederzeit konnte sie brechen.

Und da meinte der Gefangene, daß es Zeit war zu handeln. In schrecklicher Hast, zitternd, aber sich dennoch mühsam beherrschend, stand er auf und zog die Gummischuhe an, die Leinenhose und das Jackett, die er bei seiner Verhaftung getragen hatte; er fand ein Taschentuch, zwei Taschentücher, drei Taschentücher (eine flüchtige Vision von aneinandergebundenen Bettlaken); für alle Fälle steckte er ein zufälliges Stück Bindfaden in die Tasche, an dem noch ein hölzerner Griff zum Tragen von Paketen befestigt war (es paßte nicht ganz hinein – das Ende hing draußen herunter); er stürzte zum Bett, in der Absicht, das Kissen aufzuplustern und die Decke darüber zu breiten, so daß das Ganze einem Schlafenden ähnlich sähe; er tat es nicht, sondern machte einen Satz zum Tisch, um mitzunehmen, was er geschrieben hatte; aber auch dabei änderte er auf halbem Wege wieder die Richtung, denn die triumphalen, wahnsinnigen, hämmernden Geräusche verwirrten seine Gedanken... Er stand kerzengerade, die Hände an den Hosennähten, als die gelbe Wand in vollkommener Erfüllung seiner Träume etwa einen Meter über dem Fußboden blitzförmig riß, sich von dem Druck dahinter sofort auswölbte und plötzlich mit lautem Krach aufsprang.

In einer Wolke von Schutt, die Spitzhacke in der Hand, von oben bis unten weiß bestaubt, in dem Staub wie ein fetter Fisch zuckend und um sich schlagend und von Lachen geschüttelt, entstieg dem schwarzen Loch M'sieur Pierre, und gleich hinter ihm, aber im Krebsgang, das fette Hinterteil voran, auf dem sich ein Riß mit einem herausragenden weißen Wattebausch befand, ohne Jacke und ebenfalls mit allem möglichen Schutt bedeckt, auch er außer sich vor Heiterkeit, folgte Rodrig Iwanowitsch. Als sie aus dem Loch gepurzelt waren, setzten sich beide auf den Fußboden und schüttelten sich vor nunmehr hemmungslosem Gelächter mit allen Übergängen vom Wiehern zum Kichern und wieder zurück, mit jämmerlichem Quieken in den Pausen zwischen den Ausbrüchen, und die ganze Zeit über pufften sie sich in die Rippen, purzelten übereinander...

«Wir sind's, wir sind's», brachte M'sieur Pierre

schließlich unter Anstrengung heraus und wandte sein kalkweißes Gesicht Cincinnatus zu, während sich seine kleine gelbe Perücke mit einem komischen Pfeifen hob und wieder herabsenkte.

«Wir sind's», sagte Rodrig Iwanowitsch mit ungewohnter Fistelstimme und begann von neuem zu wiehern, während er seine weichen Beine hochwarf, die in den grotesken Gamaschen eines Dummen Augusts steckten.

«Uff!» sagte M'sieur Pierre, der sich plötzlich beruhigt hatte; er erhob sich vom Boden, schlug die Hände zusammen und blickte zum Loch zurück: «Da haben wir ganz schöne Arbeit geleistet, Rodrig Iwanowitsch! Kommen Sie, stehen Sie auf, mein feiner Freund, das reicht. Was für eine Arbeit! Nun ja, jetzt können wir diesen prima Tunnel benutzen... Darf ich Sie zu einem Glas Tee bei mir einladen, lieber Nachbar?»

«Wenn Sie mich auch nur berühren...», murmelte Cincinnatus, und da auf der einen Seite M'sieur Pierre, weiß und verschwitzt, bereit stand, ihn zu umarmen und hineinzuschieben, und auf der anderen Rodrig Iwanowitsch, auch er mit offenen Armen, mit bloßen Schultern und loser und schiefer Hemdenbrust, und beide Schwung holten, um sich auf ihn zu werfen, schlug Cincinnatus die einzig mögliche Richtung ein, nämlich die, die ihm gewiesen wurde. M'sieur Pierre stieß ihn leicht von hinten, um ihm beim Einstieg in die Öffnung behilflich zu sein. «Leisten Sie uns Gesellschaft», sagte er zu Rodrig Iwanowitsch, aber der lehnte mit der Begründung ab, er sei nicht ordentlich genug angezogen.

Plattgedrückt und mit fest geschlossenen Augen kroch Cincinnatus auf allen vieren, M'sieur Pierre kroch hinter ihm, und die völlige Finsternis, in der es überall bröckelte und polterte, rückte Cincinnatus von allen Seiten zuleibe, drückte auf seine Wirbelsäule, stach seine Hände und Knie; mehrmals fand Cincinnatus sich in einer Sackgasse, und dann riß M'sieur Pierre an seinen Waden, damit er rückwärts wieder herauskröche, und dauernd stieß eine Ecke, ein Vorsprung, er wußte nicht was, schmerzhaft gegen seinen Kopf, und bei all dem war er überwältigt von einer so schrecklichen, ungemilderten Niedergeschlagenheit, daß er sich ohne den keuchenden, stoßenden Gefährten im Rücken hingelegt hätte und auf der Stelle gestorben wäre. Schließlich jedoch, nachdem sie sich lange durch die enge, kohlenschwarze Dunkelheit fortbewegt hatten (einmal teilte seitlich eine rote Laterne der Schwärze ein stumpfes Leuchten mit), nach der Beengtheit, der Blindheit, der Muffigkeit, dehnte sich in der Ferne ein fahles Licht: Dort war eine Biegung, und endlich kam der Ausstieg; unbeholfen und demütig fiel Cincinnatus auf den Steinfußboden, in M'sieur Pierres sonnenhelle Zelle.

«Willkommen», sagte sein Gastgeber und kletterte nach ihm heraus; sogleich zog er eine Kleiderbürste hervor und begann den blinzelnden Cincinnatus mit Geschick abzubürsten, wobei er seine Bewegungen in jeder eventuell empfindlichen Gegend rücksichtsvoll zurückhielt und dämpfte. Während er damit beschäftigt war, bückte er sich und ging, als wolle er ihn mit irgend etwas umgarnen, um Cincinnatus herum, der vollkommen still stand, erstaunt von einem bestimmten, überaus einfachen Gedanken; erstaunt vielmehr nicht von dem Gedanken, sondern von dem Umstand, daß er ihm nicht früher gekommen war.

«Wenn Sie gestatten, ziehe ich mich um», sprach M'sieur Pierre und zog seinen staubigen Pullover über den Kopf; mit gespielter Beiläufigkeit beugte er kurz seinen Arm, warf einen schrägen Blick auf seinen türkis geäderten weißen Bizeps und verbreitete seinen eigentümlichen Gestank. Seine linke Brustwarze war von einer phantasievollen Tätowierung umgeben – zwei grünen Blättern –, so daß die Warze selber eine Rosenknospe zu sein schien (bestehend aus Marzipan und kandierter Angelicawurz). «Bitte nehmen Sie Platz», sagte er und legte einen Hausmantel mit bunten Arabesken an. «Klein, aber mein. Wie Sie sehen, gleicht mein Quartier Ihrem fast vollkommen. Nur daß ich es sauber halte und schmücke... Ich schmücke es, so gut ich kann.» (Er keuchte leicht wie vor unbezähmbarer Aufregung.)

Ich schmücke. Der Wandkalender mit einem Aquarell der Festung bei Sonnenuntergang trug eine scharlachrote Ziffer. Eine Flickendecke lag auf der Pritsche. Darüber waren obszöne Photos und ein Paßbild von M'sieur Pierre mit Reißzwecken an die Wand gepinnt; ein gaufrierter Papierfächer streckte sein steifes Plissee hinter dem Rahmen hervor. Auf dem Tisch lag ein Krokodillederalbum, es glitzerte das Ziffernblatt eines goldenen Reiseweckers, und ein halbes Dutzend samtene Stiefmütterchen blickten in verschiedenen Richtungen über den gebräunten Rand eines Porzellanbechers mit

einer deutschen Landschaft. In einer Ecke der Zelle
stand ein großer Kasten, der möglicherweise ein Musik-
instrument enthielt.

«Ich schätze mich überaus glücklich, Sie hier bei mir
zu begrüßen», sagte M'sieur Pierre, indes er hin und her
ging und dabei jedesmal durch einen schrägen Sonnenstrahl kam, in dem noch immer Gipsstaub tanzte. «Ich
habe das Gefühl, daß wir in der vergangenen Woche so
gute Freunde geworden sind, daß unser Verhältnis so
gut, so warm geworden ist, wie das selten vorkommt.
Sie möchten also gerne wissen, was drin ist. Lassen Sie
mich fertigmachen [er holte Atem], dann zeige ich es
Ihnen...

Unsere Freundschaft», fuhr M'sieur Pierre fort,
während er weiter auf und ab ging und leise schnaufte,
«ist in der Treibhausatmosphäre eines Gefängnisses
aufgeblüht, wo sie sich von den gleichen Befürchtungen
und den gleichen Hoffnungen nährte. Ich glaube, ich
kenne Sie jetzt besser als sonst jemand auf der Welt und
ganz gewiß genauer, als Ihre Frau Sie kannte. Darum
schmerzt es mich auch besonders, wenn Sie einer Aufwallung des Trotzes nachgeben oder rücksichtslos zu
den Leuten sind... Gerade eben zum Beispiel, als wir
Sie so voller Freude aufsuchten, haben Sie Rodrig Iwanowitsch wieder gekränkt, als Sie die Überraschung, an
der er so freundlich, so energisch mitgewirkt hatte, mit
gespielter Gleichgültigkeit quittierten – und vergessen
Sie nicht, er ist nicht mehr der Jüngste und hat selber
Sorgen. Nein, ich möchte jetzt lieber nicht davon reden... Ich möchte nur klarstellen, daß mir nicht die
leiseste Gefühlsregung Ihrerseits entgeht, und darum

meine ich persönlich, daß die bekannte Anschuldigung nicht gerecht ist... Für mich sind Sie so transparent wie – verzeihen Sie den intellektuellen Vergleich – eine errötende Braut für den Blick eines erfahrenen Bräutigams. Ich weiß nicht, irgend etwas stimmt mit meiner Atmung nicht... Entschuldigung, das geht gleich vorbei. Aber wenn ich Sie so genau kennengelernt und – warum ein Geheimnis daraus machen? – lieb, sehr lieb gewonnen habe, dann müssen auch Sie mich kennengelernt, sich an mich gewöhnt – ja mehr noch, mich in Ihr Herz geschlossen haben. Ein solches Freundschaftsverhältnis herzustellen – das war meine erste Aufgabe, und es scheint, daß ich sie erfolgreich gelöst habe. Erfolgreich. Jetzt trinken wir unsern Tee. Ich verstehe nicht, warum sie ihn nicht bringen.»

Er drückte die Hände an seine Brust und setzte sich Cincinnatus gegenüber an den Tisch, sprang jedoch sofort wieder auf; unter seinem Kopfkissen zog er einen Saffianlederbeutel hervor, aus dem Beutel ein Sämischlederfutteral und aus dem Futteral einen Schlüssel; er ging zu dem großen Kasten, der in der Ecke stand.

«Ich sehe, Sie staunen, wie ich Ordnung halte», sagte er, während er vorsichtig den aufrecht angelehnten Kasten neigte, der sich als schwer und unhandlich erwies. «Aber Ordnung ziert das Leben eines einsamen Junggesellen, der so sich selber beweist...»

Er öffnete den Kasten. Auf schwarzem Samt lag ein breites, glänzendes Beil.

«...sich selber beweist, daß er ein kleines Nest hat... Ein kleines Nest», fuhr M'sieur Pierre fort, verschloß den Kasten wieder, lehnte ihn und dann auch sich selber an die Wand, «ein kleines Nest, das er verdient hat, gebaut, mit seiner Wärme gefüllt... Eigentlich läge da ein wichtiges philosophisches Thema, aber gewissen Anzeichen entnehme ich, daß Sie im Augenbick genauso wenig wie ich zur Erörterung solcher Dinge aufgelegt sind. Wissen Sie was? Hier ist mein Rat: Wir trinken unsern Tee später; jetzt aber machen Sie, daß Sie zurückkommen, und legen Sie sich eine Weile hin – ja, gehen Sie. Wir sind beide jung – Sie dürfen nicht länger hierbleiben. Morgen werden sie's Ihnen erklären, aber jetzt gehen Sie bitte. Auch ich bin aufgeregt, auch ich habe mich nicht völlig in der Gewalt, begreifen Sie...»

Ruhig machte sich Cincinnatus an der verschlossenen Tür zu schaffen.

«Nein, nein – benutzen Sie unsern Tunnel. Wir haben diese Arbeit doch nicht für nichts und wieder nichts gemacht. Kriechen Sie rein, kriechen Sie rein. Ich verhänge das Loch, sonst sieht es nicht gut aus. Los...»

«Allein», sagte Cincinnatus.

Er stieg in die schwarze Öffnung, begann auf allen vieren tiefer und tiefer in die enge Finsternis zu kriechen und von neuem seine Knie zu stoßen. M'sieur Pierre schrie ihm etwas hinterher, was den Tee betraf, und zog dann anscheinend den Vorhang zu, denn Cincinnatus fühlte sich sogleich von der hellen Zelle, in der er eben gewesen war, abgeschnitten.

Er atmete die rauhe Luft mit Mühe, stieß an scharfe Vorsprünge, erwartete, ohne besondere Angst, daß der Tunnel einstürzen würde, und tastete sich durch den kurvigen Gang vorwärts, fand sich in steinernen Sackgassen und bewegte sich wie ein geduldiges zurückweichendes Tier wieder rückwärts; wann immer er fühlte, daß der Tunnel weiterging, kroch er wieder vorwärts. Es drängte ihn, sich auf etwas Weiches niederzulegen, auch wenn es nur seine Pritsche wäre, die Decke über den Kopf zu ziehen und an nichts mehr zu denken. Der Rückweg zog sich dermaßen in die Länge, daß er sich, soweit die ständige Erwartung eines blinden Endes es erlaubte, zu beeilen begann und sich daher die Schultern abschürfte. Die Enge machte ihn benommen, und er beschloß gerade eine Pause einzulegen, sich auszustrecken, sich vorzustellen, daß er im Bett läge, und mit dieser Vorstellung einzuschlafen, als sich plötzlich die Ebene, auf der er kroch, zu neigen begann, er vor sich einen rötlichen Spalt leuchten sah und ein Geruch von Feuchtigkeit und Schimmel zu ihm drang, als wäre er aus den Eingeweiden der Festungsmauer in eine natürliche Höhle gelangt; von ihrer niedrigen Decke hingen eingemummte Fledermäuse wie verschrumpelte Früchte, hielten sich kopfunter mit einer Zehe und warteten auf ihr Stichwort; der Spalt öffnete sich mit jäher Helligkeit, man spürte einen Hauch frischer Abendluft, und Cincinnatus kroch aus einem Felsspalt in die Freiheit.

Er fand sich auf einer der vielen Rasenböschungen, die wie dunkelgrüne Wellen auf verschiedenen Höhen steil zwischen den Felsen und Wällen gegen die terrassierte Festung schlugen. Anfangs machten ihn die Freiheit, die Höhe und die Weite so schwindlig, daß er sich an den feuchten Rasen klammerte und kaum etwas anderes bemerkte als die lauten Abendschreie der Schwalben, die die gefärbte Luft mit ihren schwarzen Scheren zerschnitten; die Glut des Sonnenuntergangs hatte den halben Himmel eingenommen; und dicht hinter ihm stiegen mit schrecklicher Schnelligkeit die ausweglosen Felshänge der Festung an, aus der er wie ein Tropfen Wasser gesickert war; während sich zu seinen Füßen phantastische Abgründe und nach Klee duftende Nebel befanden.

Er kam wieder zu Atem und gewöhnte sich an die blendende Helligkeit, an das Zittern seines Körpers, an die Wucht der Freiheit, die in der Ferne widerhallte und in ihm aufstieg. Er preßte den Rücken an den Fels und betrachtete die dunstige Landschaft. Weit unten, dort, wohin die Abenddämmerung bereits gesunken war, konnte er durch Nebelfetzen hindurch gerade noch den verzierten Höcker der Brücke erkennen. Während drüben auf der anderen Seite die verschwimmend blaue Stadt mit ihren Fenstern wie Aschenglut entweder noch das Licht des Sonnenuntergangs auslieh oder sich vielleicht auf eigene Kosten erleuchtet hatte; er konnte erkennen, wie die hellen Perlen der Straßenlichter allmählich aufgereiht wurden, als sie die Steilallee entlang entzündet wurden – und an ihrem fernen Ende befand sich ein ungewöhnlich deutlicher, zartgeformter Bogen. Jenseits der Stadt schimmerte alles undeutlich, zerfloß und löste sich auf; doch über dem unsichtbaren Park stand in den rosigen Tiefen des Himmels eine Kette durchscheinender und feuriger kleiner Wolken, und an ihrem unteren Rand entlang streckte sich eine lange violette Wolkenbank mit brennenden Rissen – und während Cincinnatus Ausschau hielt, leuchtete drüben, drüben das venezianische Grün eines eichenbestandenen Hügels auf und versank langsam im Schatten.

Berauscht, schwach, auf dem groben Rasen ausgleitend und das Gleichgewicht wiederfindend, machte er sich auf den Weg abwärts, und sogleich stürzte hinter einem Vorsprung des Festungswalls, wo ein Brombeerstrauch warnend raschelte, Emmi hervor und auf ihn zu, Gesicht und Beine vom Sonnenuntergang rosa gemalt, faßte ihn fest bei der Hand und zog ihn hinter sich her. Alle ihre Bewegungen verrieten Erregung, verzückte Eile. «Wohin gehen wir? Hinunter?» erkundigte sich Cincinnatus unsicher und lachte vor Ungeduld. Sie führte ihn schnell an der Festungsmauer entlang. Eine kleine grüne Pforte öffnete sich in der Mauer. Unmerklich glitten abwärtsführende Stufen unter den Füßen dahin. Wieder knarrte eine Tür; hinter ihr lag ein dunkler Gang, in dem Schrankkoffer, eine Garderobe und eine an die Wand gelehnte Leiter standen und es nach Petroleum roch; es war nunmehr klar, daß sie durch die Hintertür die Wohnung des Direktors betreten hatten, denn Emmi, die seine Finger jetzt nicht mehr ganz so fest anfaßte, die sie bereits geistesabwesend losließ, führte ihn in ein Speisezimmer, in dem sie alle beisammen saßen und an einem erleuchteten ovalen Tisch Tee tranken. Rodrig Iwanowitschs Serviette bedeckte reichlich seine Brust; seine Frau – dünn, sommersprossig, mit weißen Wimpern – reichte M'sieur Pierre Brezeln; er hatte ein mit Hähnen gesticktes russisches Hemd angelegt; bunte Wollknäuel und glasige Stricknadeln lagen in einem Korb neben dem Samowar. Ein

kleines altes Weib mit scharfer Nase, einer Morgen-
haube und einem schwarzen Schal saß zusammenge-
kauert an einem Ende des Tisches.

Als er Cincinnatus' ansichtig wurde, sperrte der Direktor vor Staunen den Mund auf, aus dessen einem
Winkel irgend etwas herabrann.

«Pfui, du ungezogenes Kind!» sagte des Direktors
Frau zu Emmi mit leichtem deutschem Akzent.

M'sieur Pierre, der seinen Tee umrührte, senkte sitt-
sam den Blick.

«Was soll diese Eskapade bedeuten?» sagte Rodrig
Iwanowitsch, indes der Melonensaft weiter aus seinem
Mund troff. «Ganz zu schweigen davon, daß es gegen
alle Vorschriften ist!»

«Lassen Sie es», sagte M'sieur Pierre, ohne den Blick
zu heben. «Schließlich sind beide Kinder.»

«Ihre Ferien sind zu Ende, darum will sie noch etwas
anstellen», warf die Direktorsgattin ein.

Emmi setzte sich an den Tisch, scharrte absichtlich
mit dem Stuhl, zappelte, benetzte die Lippen, hatte
Cincinnatus ein für allemal abgetan und begann,
Zucker (der sofort eine orangene Färbung annahm) auf
ihre zottige Melonenscheibe zu streuen; dann biß sie
gierig hinein, hielt sie an den Enden, die ihr bis zu den
Ohren reichten, und stieß dabei ihren Nachbarn mit
dem Ellbogen an. Ihr Nachbar schlürfte weiter seinen
Tee, hielt dabei den herausragenden Löffelstiel zwischen Mittel- und Ringfinger, faßte aber unauffällig
mit der Linken unter den Tisch. «Ihhh!» schrie Emmi
und zuckte kitzlig zusammen, ohne jedoch den Mund
von der Melone zu nehmen.

187

«Setzen Sie sich da drüben erst einmal hin», sagte der Direktor und wies Cincinnatus mit dem Obstmesser einen grünen Sessel mit einem Antimakassar, der einsam in dem damastenen Dämmer vor den Falten der Fenstervorhänge stand. «Wenn wir fertig sind, bringe ich Sie zurück. Ich sagte: Setzen Sie sich. Was ist mit Ihnen? Was hat er denn? Was für ein begriffsstutziger Kerl!»

M'sieur Pierre lehnte sich zu Rodrig Iwanowitsch hinüber und teilte ihm leicht errötend etwas mit.

Dessen Kehlkopf gab einen wahrhaften Donnerschlag von sich: «Na, Glückwunsch, Glückwunsch», sagte er und hielt mit Mühe die Stoßböen seiner Stimme zurück. «Das ist eine gute Nachricht! Es wurde auch Zeit, daß Sie's ihn wissen ließen... Wir alle...» Er blickte rasch zu Cincinnatus hinüber und schickte sich an, eine förmliche...

«Nein, noch nicht, lieber Freund, bringen Sie mich nicht in Verlegenheit», murmelte M'sieur Pierre und faßte seinen Ärmel.

«Jedenfalls werden Sie noch ein Glas Tee nicht ablehnen», sagte Rodrig Iwanowitsch heiter, und nach kurzem Nachdenken und einigem Schmatzen wandte er sich an Cincinnatus.

«He, Sie da. Sie können sich inzwischen das Album ansehen. Kind, gib ihm das Album. Für den Schulanfang [Bewegung mit dem Messer] hat unser lieber Gast ihr ein... ein... Verzeihung, Pjotr Petrowitsch, ich habe vergessen, wie Sie das nannten, was Sie ihr gemacht haben.»

«Ein Photohoroskop», erwiderte M'sieur Pierre bescheiden.

«Soll ich die Zitrone drin lassen?» fragte die Frau des Direktors.

Die hängende Petroleumlampe, deren Licht den hinteren Teil des Speisezimmers nicht erreichte (wo nur ein Pendel aufblitzte, das die harten Sekunden abhackte), tauchte den gemütlich gedeckten Tisch in familiäres Licht, das in das Geklirr des Teerituals überging.

Sechzehntes Kapitel

Ganz ruhig! Die Spinne hat einen kleinen, flaumigen Nachtfalter mit marmorierten Vorderflügeln sowie drei Stubenfliegen trockengesaugt, war jedoch immer noch hungrig und blickte weiter zur Tür. Ganz ruhig! Cincinnatus war über und über von Kratzern und blauen Flecken bedeckt. Ruhig; nichts war geschehen. Gestern abend, als sie ihn in die Zelle zurückbrachten, waren zwei Angestellte gerade dabei, die Stelle zu verputzen, wo vordem das Loch geklafft hatte. Farbwirbel, die nur ein wenig runder und dicker als die übrigen waren, bezeichneten diese Stelle jetzt, und ein erstickendes Gefühl überkam ihn, wenn er die Wand ansah, die wieder blind, taub und undurchdringlich war.

Eine weitere Spur des Vortages war das Krokodillederalbum mit seinem massiven dunklen Silbermonogramm, das er in einer Anwandlung gefügiger Zerstreutheit mitgenommen hatte: jenes einzigartige Photohoroskop, das der erfinderische M'sieur Pierre zusammengestellt hatte, nämlich eine Photoserie, die den natürlichen Ablauf eines ganzen Menschenlebens darstellte. Wie das gemacht wurde? So: Stark retuschierte Aufnahmen von Emmis gegenwärtigem Gesicht wurden – um der Kleidung, des Mobiliars und der-

Umgebung willen – durch Photos von anderen Leuten so ergänzt, daß sie die gesamten Dekorationen und Requisiten ihres zukünftigen Lebens ergaben. Nacheinander in die vieleckigen kleinen Fenster der festen, goldumrandeten Pappe gesteckt und mit feinen Datumsinschriften versehen, zeigten diese scharfen und auf den ersten Blick echten Photographien Emmi zunächst, wie sie im Augenblick war; dann mit vierzehn, eine Aktentasche in der Hand; dann mit sechzehn, in Trikot und Tutu und mit ätherischen Flügeln auf dem Rücken, wie sie lässig an einem Tisch sitzt und umringt von Wüstlingen einen Becher mit Wein hebt; dann mit achtzehn, in *femme fatale*-Trauerkleidern, an einer Brüstung über einem Wasserfall; dann... o ja, in vielen weiteren Ansichten und Posen, bis hin selbst zu der allerletzten, waagerechten.

Durch Retuschen und andere photographische Tricks waren scheinbar fortschreitende Veränderungen in Emmis Gesicht hervorgebracht worden (übrigens hatte der Taschenspieler Aufnahmen von ihrer Mutter benutzt); aber man mußte nur genauer hinsehen, und schon wurde widerwärtig deutlich, wie banal diese Parodie auf die Veränderungen war, die die Zeit mit sich brachte. Die Emmi, die im Pelzmantel, Blumen an die Schulter gedrückt, aus dem Bühneneingang kam, hatte Gliedmaßen, die nie getanzt hatten, während auf der nächsten Aufnahme, die sie bereits mit Brautschleier zeigte, der Bräutigam an ihrer Seite groß und schlank war, aber das runde kleine Gesicht von M'sieur Pierre hatte. Schon mit dreißig hatte sie, was wie Falten aussehen sollte, ohne Sinn zwar, ohne Leben, ohne Wissen um ihre wahre Bedeutung eingezeichnet, auf den Fachmann aber dennoch merkwürdig wirkend, so wie die zufällige Bewegung eines Zweiges mit der Zeichengeste übereinstimmen kann, die ein Taubstummer versteht. Und mit vierzig lag Emmi im Sterben – und hier darf ich zu einem umgekehrten Irrtum gratulieren: Ihr Gesicht im Tode konnte niemals als das Gesicht des Todes gelten.

Rodion trug das Album fort, murmelte, daß das junge Fräulein gerade aufbreche, und als er das nächste Mal erschien, erachtete er es für notwendig, zu verkünden, daß das junge Fräulein aufgebrochen sei:

(Seufzend) «Fort, fort...» (Zur Spinne) «Genug, du hast genug gehabt...» (Die offene Hand weisend) «Ich habe nichts für dich.» (Wieder zu Cincinnatus) «Es wird öde, so öde sein ohne unser Töchterchen... Wie hat sie herumgetobt, was hat sie für Musik gemacht, unser verwöhnter Schatz, unsere goldene Blume.» (Pause. Dann in anderem Ton) «Was fehlt Euch, werter Herr, warum stellt Ihr Eure verfänglichen Fragen nicht mehr? Nun? Soso», gab sich Rodion überzeugend selber zur Antwort und zog sich würdevoll zurück.

Nach dem Abendessen kam M'sieur Pierre herein, ganz förmlich nunmehr und nicht mehr in Gefängniskluft, sondern einem Samtjackett, einer künstlerhaften Schleife und neuen, hochhackigen, gewinnend quietschenden Stiefeln mit glänzenden Schäften (die ihm das Aussehen eines Opernförsters gaben), und nach ihm kamen Rodrig Iwanowitsch und der Anwalt mit seiner Aktentasche – respektvoll überließen sie ihm den Vortritt beim Gehen, beim Reden, bei allem. Die drei nah-

men in Korbsesseln Platz (aus dem Wartezimmer her-
beigebracht), während Cincinnatus im Einzelkampf
mit einer schmählichen Furcht in der Zelle umherging;
doch dann setzte auch er sich.

Ein wenig unbeholfen (mit einer Unbeholfenheit jedoch, die geübt und ihm geläufig war) machte sich der
Anwalt mit der Aktentasche zu schaffen, riß ihr die
schwarze Wange auf, hielt sie jetzt auf seinem Knie,
lehnte sie dann an den Tisch – sie rutschte erst hier,
dann dort weg –, zog einen großen Schreibblock hervor und schloß die Aktentasche oder knöpfte sie vielmehr zu, aber sie gab zu bereitwillig nach und entkam
darum zunächst dem verschließenden Griff; er stellte
sie auf den Tisch, überlegte es sich jedoch wieder,
nahm sie beim Kragen, ließ sie auf den Fußboden
hinab und lehnte sie an eins seiner Stuhlbeine, wo sie
die zusammengesunkene Haltung eines Betrunkenen
annahm; dann zog er aus seinem Rockaufschlag einen
bunt lackierten Bleistift, öffnete beim Rückschwung
den Block und begann, ohne irgend jemand oder irgend etwas zu beachten, die abreißbaren Seiten mit
gleichmäßiger Schrift zu bedecken; gerade diese Un-
aufmerksamkeit aber machte die Beziehung zwischen
der schnellen Bewegung seines Stiftes und der Konfe-
renz, um derentwillen man sich versammelt hatte, um
so offenbarer.

Rodrig Iwanowitsch saß leicht zurückgelehnt im
Sessel, brachte ihn durch den Druck seines soliden
Rückens zum Knarren, hatte eine purpurne Pranke auf
die Lehne gelegt und die andere in den Busen seines
Gehrocks gesteckt; hin und wieder schüttelte er die

wabbeligen Wangen und das Kinn, die wie ein Stück Türkischer Honig bepudert waren, so als wolle er sie von einem klebrigen und absorbierenden Stoff befreien.

M'sieur Pierre saß in der Mitte, goß sich Wasser aus einer Karaffe ein, legte dann ungemein behutsam seine Hände mit verschränkten Fingern auf den Tisch (ein unechter Aquamarin glitzerte an seinem kleinen Finger), und während er seine Wimpern etwa zehn Sekunden lang herabließ, überlegte er andächtig, wie er seine Ansprache beginnen sollte.

«Werte Herren», sagte M'sieur Pierre endlich mit hoher Stimme, ohne die Augen zu heben, «erlauben Sie mir zunächst und vor allem anderen, daß ich mit ein paar behenden Strichen umreiße, was von mir bereits vollbracht wurde.»

«Bitte fahren Sie fort», sagte der Direktor mit tönender Stimme und ließ seinen Stuhl ein gestrenges Knarren von sich geben.

«Ihnen, meine Herren, sind die Gründe für die amüsante Mystifikation natürlich vertraut, die die Tradition unseres Handwerks verlangt. Was wäre schließlich passiert, wenn ich mich gleich zu Anfang zu erkennen gegeben und Cincinnatus C. meine Freundschaft angeboten hätte? Das, meine Herren, hätte mit Gewißheit dazu geführt, daß er abgestoßen, verängstigt, feindlich gesonnen gewesen wäre – kurz, ich hätte einen verhängnisvollen Fehler gemacht.»

Der Redner nahm einen Schluck aus seinem Glas und stellte es vorsichtig wieder zur Seite.

Zwinkernd fuhr er fort: «Ich brauche nicht zu erklären, wie dringend erforderlich für den Erfolg unseres gemeinsamen Unterfangens jene Atmosphäre warmer Kameradschaftlichkeit ist, die mittels Geduld und Güte allmählich zwischen dem Verurteilten und dem Vollstrecker des Urteils hergestellt wird. Es ist schwer, ja unmöglich, ohne einen Schauder an die Roheit längst vergangener Tage zurückzudenken, als diese beiden sich überhaupt nicht kannten, Fremde füreinander, aber durch ein unerbittliches Gesetz aneinandergebunden waren und sich erst im allerletzten Augenblick vor dem Sakrament selbst Aug' in Auge gegenüberstanden. All das hat sich gewandelt, wie auch die alte, barbarische Hochzeitszeremonie, die eher einem Menschenopfer glich – als die unterwürfige Jungfrau von ihren Eltern in das Zelt eines Fremden geschleudert wurde –, sich mit der Zeit gewandelt hat.»

(Cincinnatus fand in seiner Tasche ein Stück Stanniolpapier von einer Tafel Schokolade und begann es zu kneten.)

«Um also möglichst freundschaftliche Beziehungen zu dem Verurteilten herzustellen, meine Herren, bezog ich eine düstere Zelle wie die seine, verkleidet als ein Gefangener wie er, wenn nicht noch mehr. Meine harmlose Täuschung konnte nicht anders als gelingen, und darum wäre es seltsam, wenn ich Gewissensbisse hätte; jedoch wünsche ich nicht, daß der Becher unserer Freundschaft vergiftet sei durch den geringsten Tropfen Bitterkeit. Trotz des Umstands, daß Zeugen anwesend sind und daß ich mich völlig im Recht weiß, bitte ich [er streckte Cincinnatus seine Hand entgegen] Sie um Verzeihung.»

«Ja, das ist wahrhafter Takt», sagte der Direktor leise, und seine entzündeten Froschaugen wurden feucht; er zog ein gefaltetes Taschentuch hervor und schickte sich an, sein zuckendes Lid abzutupfen, besann sich jedoch eines Besseren und richtete einen strengen und erwartungsvollen Blick auf Cincinnatus. Der Anwalt sah gleichfalls auf, doch nur flüchtig, während er stumm seine Lippen bewegte, die seiner Handschrift zu gleichen begonnen hatten, das heißt, ohne seine Verbindung mit der Zeile zu unterbrechen, die sich vom Papier gelöst hatte, aber bereit war, ihren Lauf auf dem Papier sofort wieder aufzunehmen.

«Ihre Hand!» brüllte der Direktor und hieb so kräftig auf den Tisch, daß er sich den Daumen verletzte.

«Nein, zwingen Sie ihn nicht, wenn er nicht will», sagte M'sieur Pierre sanft. «Schließlich ist es nur eine Formalität. Machen wir weiter.»

«O Gerechter», trillerte Rodrig Iwanowitsch und schenkte M'sieur Pierre einen Blick, der feucht war wie ein Kuß.

«Weiter», sagte M'sieur Pierre. «Während dieser Zeit ist es mir gelungen, eine enge Freundschaft mit meinem Nachbarn herzustellen. Wir verbrachten...»

Cincinnatus blickte unter den Tisch. Aus irgendeinem Grund verlor M'sieur Pierre die Contenance, begann unruhig zu werden und warf einen schrägen Blick nach unten. Der Direktor hob eine Ecke des Wachstuchs an und blickte ebenfalls nach unten und dann mißtrauisch zu Cincinnatus. Auch der Anwalt bückte sich hastig, sah alle an und schrieb weiter. Cincinnatus richtete sich auf. (Nichts Besonderes – er hatte seine kleine Stanniolkugel fallen gelassen.)

«Wir verbrachten», fuhr M'sieur Pierre in gekränktem Ton fort, «lange Abende bei unablässigen Gesprächen, Spielen und verschiedenen Vergnügungen zusammen. Wie Kinder maßen wir unsere Kräfte; ich, der arme, schwache kleine M'sieur Pierre war natürlich, ja natürlich meinem mächtigen Altersgenossen nicht gewachsen. Wir sprachen über alles – etwa über Sex und andere erhabene Gegenstände, und die Stunden rannen wie Minuten, die Minuten wie Stunden. Zuweilen saßen wir friedlich schweigend . . .»

Hier kicherte Rodrig Iwanowitsch plötzlich. «*Impayable, ce* ‹natürlich›», flüsterte er, der den Witz erst jetzt begriff.

«Zuweilen saßen wir friedlich schweigend Seite an Seite, fast die Arme umeinander gelegt, und jeder hing seinen eigenen Dämmergedanken nach, und unser beider Gedanken vereinigten sich wie Flüsse, wenn wir den Mund auftaten, um zu sprechen. Ich teilte mit ihm meine Erfahrungen in Liebesdingen, brachte ihm die Kunst des Schachspiels bei, unterhielt ihn mit einer passenden Anekdote. Und so verstrichen die Tage. Die Ergebnisse haben Sie vor sich. Wir haben uns lieb gewonnen, und die Beschaffenheit von Cincinnatus' Seele ist mir ebenso wohlvertraut wie die Beschaffenheit seines Halses. Mithin wird es kein schrecklicher Fremder sein, sondern ein zartfühlender Freund, der ihm beisteht, wenn er die roten Stufen besteigt, und er wird sich mir ohne Furcht ergeben – für alle Zeiten, für den ganzen Tod. Der Wille der Öffentlichkeit geschehe!» (Er erhob sich; der Direktor ebenfalls; der Anwalt, in seine Niederschrift vertieft, erhob sich nur ein wenig.)

«So. Jetzt, Rodrig Iwanowitsch, ersuche ich Sie, meinen Titel offiziell bekannt zu geben und mich vorzustellen.»

Der Direktor setzte hastig die Brille auf, konsultierte ein Blatt Papier und wandte sich mit Megaphonstimme an Cincinnatus:

«Also na... Das ist M'sieur Pierre. *Bref*... der die Hinrichtung vollstreckt... Ich bin dankbar für die Ehre», fügte er hinzu und fiel mit erstauntem Gesichtsausdruck in seinen Stuhl zurück.

«Nun, das haben Sie ja nicht allzu gut hingekriegt», sagte M'sieur Pierre mißvergnügt. «Schließlich gibt es gewisse offizielle Verfahrensweisen, und die sollten befolgt werden. Ich bin gewiß kein Pedant, doch in einem so wichtigen Moment... Es hat keinen Zweck, jetzt die Hand an die Brust zu pressen, Sie haben es verpatzt, Freund. Nein, nein, bleiben Sie bloß sitzen, das reicht. Machen wir also weiter. Roman Wissarjonowitsch, wo ist das Programm?»

«Ich habe es Ihnen gegeben», sagte der Anwalt schlagfertig. «Aber...» – und er begann, in seiner Aktentasche zu kramen.

«Ich hab's, machen Sie sich keine Mühe», sagte M'sieur Pierre, «also... Die Veranstaltung soll übermorgen stattfinden... Auf dem Platz der Sensationen. Hätten sie nicht einen besseren Ort nehmen können... Merkwürdig!» (Liest weiter, vor sich hin murmelnd) «Erwachsene haben Zutritt... Zirkusabonnementskarten haben Gültigkeit... So, so, so... Der Vollstrecker der Hinrichtung in roten Pantalons... Also das ist Quatsch – das haben sie wie üblich übertrieben...» (Zu Cincinnatus) «Übermorgen also. Verstanden? Und morgen müssen Sie und ich den Stadtvätern einen Besuch abstatten, wie es unsere ruhmreiche Sitte verlangt... Ich glaube, Sie haben die kleine Liste, nicht wahr, Rodrig Iwanowitsch?»

Rodrig Iwanowitsch begann, verschiedene Partien seines wattierten Körpers zu beklopfen, rollte mit den Augen und stand aus irgendeinem Grund auf. Endlich fand sich die Liste.

«Schön, schön», sagte M'sieur Pierre. «Tun Sie sie zu den Akten, Roman Wissarjonowitsch. Das wäre erledigt. Nun haben dem Gesetz zufolge Sie das Wort...»

«Ach nein, *c'est vraiment superflu*...», unterbrach Rodrig Iwanowitsch schnell. «Schließlich ist das ein ganz veraltetes Gesetz.»

«Dem Gesetz zufolge», wiederholte M'sieur Pierre fest und wandte sich an Cincinnatus, «haben Sie das Wort.»

«Unbestechlicher!» sagte der Direktor mit brechender Stimme und wabbelnden Gallertkinnbacken.

Schweigen. Der Anwalt schrieb so schnell, daß sein blitzender Stift die Augen schmerzte.

«Ich warte eine volle Minute», sagte M'sieur Pierre und legte eine dicke Uhr vor sich auf den Tisch.

Der Anwalt atmete stoßweise ein und begann, die dicht beschriebenen Blätter einzusammeln.

Die Minute verging.

«Die Sitzung ist geschlossen», sagte M'sieur Pierre. «Gehen wir, meine Herren. Roman Wissarjonowitsch, Sie lassen mich das Protokoll einsehen, ehe Sie es hektographieren lassen, nicht wahr? Nein, ein wenig später – jetzt sind meine Augen müde.»

«Ich muß gestehen», sagte der Direktor, «mir selber zum Trotz tut es mir manchmal leid, daß wir nicht länger das Sys...» Er neigte sich in der Tür zu M'sieur Pierres Ohr hinüber.

«Was sagen Sie da, Rodrig Iwanowitsch?» erkundigte sich der Anwalt eifersüchtig. Der Direktor flüsterte es auch ihm zu.

«Ja, Sie haben recht», stimmte der Anwalt bei. «Jedoch läßt sich unser gutes kleines Gesetz umgehen. Wenn wir zum Beispiel die Hackerei auf mehrere Male ausdehnen...»

«Nana», sagte M'sieur Pierre, «genug davon, ihr Witzbolde, ich mache keine Kerben.»

«Nein, wir haben es auch nur theoretisch gemeint.» Der Direktor lächelte gewinnend. «Nur in früheren Zeiten, als es noch erlaubt war...» Die Tür fiel zu, und die Stimmen verloren sich in der Ferne.

Fast gleich darauf jedoch suchte ein weiterer Gast Cincinnatus auf – der Bibliothekar, der die Bücher abholen wollte. Sein langes, bleiches Gesicht mit einem Heiligenschein staubigschwarzen Haars um eine kahle Stelle, sein langer bebender Oberkörper in dem bläulichen Pullover, seine langen Beine in den verkürzten Hosen – zusammen ergab das alles einen sonderbaren, krankhaften Eindruck, als wäre der Mann ausgequetscht und plattgedrückt worden. Jedoch kam es Cincinnatus vor, als habe sich mit dem Bücherstaub eine dünne Schicht von etwas entfernt Menschlichem auf dem Bibliothekar niedergelassen.

«Sie müssen gehört haben», sagte Cincinnatus, «daß ich übermorgen ausgerottet werde. Ich nehme keine Bücher mehr.»

«Dann eben nicht», sagte der Bibliothekar.

Cincinnatus fuhr fort:

«Ich möchte ein paar ungesunde Wahrheiten ausmerzen. Haben Sie einen Moment Zeit? Ich möchte sagen, daß jetzt, da ich genau weiß... Wie angenehm war jene Unwissenheit, die mich so bedrückt hat... Keine Bücher mehr...»

«Möchten Sie was über Götter?» schlug der Bibliothekar vor.

«Nein, machen Sie sich keine Mühe. Ich fühle mich nicht aufgelegt, das zu lesen.»

«Manche tun's gerne», sagte der Bibliothekar.

«Ja, ich weiß, aber wirklich, es lohnt sich nicht.»

«Für die letzte Nacht», beendete der Bibliothekar seinen Gedanken mit Mühe.

«Sie sind heute schrecklich gesprächig», sagte Cincinnatus lächelnd. «Nein, nehmen Sie das alles mit. Ich habe *Quercus* nicht zu Ende lesen können! Ach ja, dies hier übrigens war mir versehentlich gebracht worden... Diese kleinen Bände... Arabisch, nicht wahr?... Leider hatte ich keine Zeit, die orientalischen Sprachen zu lernen.»

«Schade», sagte der Bibliothekar.

«Schon gut, meine Seele wird es wettmachen. Einen Augenblick, gehen Sie noch nicht. Obwohl ich natürlich weiß, daß Sie sozusagen nur in menschliche Haut gebunden sind, trotzdem... Ich bin mit wenig zufrieden... Übermorgen...»

Doch zitternd ging der Bibliothekar.

Siebzehntes Kapitel

Tradition wollte, daß am Vorabend der Hinrichtung deren passive und aktive Teilnehmer den wichtigsten Funktionären zusammen einen kurzen Abschiedsbesuch abstatteten; um das Ritual abzukürzen, wurde jedoch beschlossen, daß sich die betreffenden Persönlichkeiten in der Villa des stellvertretenden Stadtverwalters versammeln sollten (der Verwalter selber, der der Neffe seines Stellvertreters war, besuchte gerade Freunde in Pritomsk) und daß Cincinnatus und M'sieur Pierre zu einem zwanglosen Abendessen vorbeikommen würden.

Es war eine dunkle Nacht, und ein starker warmer Wind wehte, als sie – in identischen Pelerinen, zu Fuß, von sechs Soldaten mit Hellebarden und Laternen eskortiert – die Brücke überquerten und die schlafende Stadt betraten, wo sie unter Vermeidung der Hauptstraßen einen Kieselpfad inmitten raschelnder Gärten hinaufzusteigen begannen.

(Kurz zuvor auf der Brücke hatte sich Cincinnatus umgewandt und seinen Kopf aus der Kapuze des Umhangs befreit: Die blaue, komplexe, vieltürmige, gewaltige Masse der Festung erhob sich in einen grauen Himmel, wo eine Wolke den Aprikosenmond durchgestrichen hatte. Die dunkle Luft über der Brücke blitzte und zuckte von Fledermäusen. «Sie haben versprochen...», flüsterte M'sieur Pierre, kniff ihn leicht in den Ellbogen, und Cincinnatus setzte wieder die Kapuze auf.)

Dieser Abendspaziergang, der versprochen hatte, so reich zu sein an traurigen, sorglosen, singenden, murmelnden Eindrücken – denn was ist eine Erinnerung, wenn nicht die Seele eines Eindrucks? –, erwies sich in Wahrheit als vage und unbedeutend und ging so schnell vorbei wie nur in sehr vertrauter Umgebung, wenn im Dunkeln die vielfarbigen Brüche des Tages von den ganzen Zahlen der Nacht ersetzt sind.

Am Ende einer schmalen und finsteren Gasse, wo der Kies knirschte und es nach Wacholder roch, tauchte plötzlich ein theatralisch illuminiertes vorspringendes Portal mit weißgetünchten Säulen, Giebelfriesen und Lorbeerbaumtöpfen auf, und Cincinnatus und M'sieur Pierre durchschritten fast ohne Aufenthalt die Vorhalle, wo Diener wie Paradiesvögel hin und her flitzten und Federn auf die schwarz-weißen Kacheln fallen ließen, und dann betraten sie einen Saal, in dem eine große Menschenmenge summte. Alle waren sie hier versammelt.

Hier war der Kustos der Stadtbrunnen sofort an seinem charakteristischen Haarschopf zu erkennen; hier blitzte die Uniform des Obertelegraphisten von goldenen Medaillen; hier befand sich der rosige Versorgungsdirektor mit der obszönen Nase; und der Löwenbändiger mit dem italienischen Namen; und der taube und ehrwürdige Richter; und, in grünen Lackschuhen, der

Parkverwalter; und eine Vielzahl weiterer gravitä-
tischer, respektabler, grauhaariger Individuen mit ab-
stoßenden Visagen. Damen waren nicht zugegen, abgesehen von der Bezirksschulrätin, einer sehr beleibten
älteren Frau in einem grauen Herrengehrock, mit großen flachen Wangen und einer glatten Frisur, die wie
Stahl glänzte.

Jemand glitt auf dem Parkett aus und erntete allge-
meines Gelächter. Ein Leuchter ließ eine seiner Kerzen
fallen. Jemand hatte bereits einen Blumenstrauß auf
einen kleinen Sarg gelegt, der hier ausgestellt war. Sich
mit Cincinnatus abseits haltend, lenkte M'sieur Pierre
die Aufmerksamkeit seines Schutzbefohlenen auf diese
Phänomene.

Aber gerade klatschte der Gastgeber, ein dunkler Alter mit einem Spitzbart, in die Hände. Die Türen wurden aufgerissen, und alle begaben sich in den Speise-
saal. M'sieur Pierre und Cincinnatus nahmen Seite an
Seite am oberen Ende einer blendenden Tafel Platz,
und alle musterten erst zurückhaltend, dann mit wohl-
wollender Neugier – die bei einigen zu verstohlener
Zärtlichkeit wurde – das Paar, das identische Helsing-
örjacken trug; als dann allmählich auf M'sieur Pierres
Lippen ein strahlendes Lächeln erschien und er zu sprechen begann, wandten sich die Blicke der Gäste immer
offener ihm und Cincinnatus zu, der ruhig, sorgfältig
und konzentriert – als suchte er eine Aufgabe zu lösen –
sein Fischmesser balancierte, bald auf dem Salzstreuer,
bald auf der Krümmung der Gabel, bald, indem er es an
eine schlanke Kristallvase mit einer weißen Rose lehnte,
die seinen Platz augenfällig schmückte.

Die Diener, für diesen Anlaß unter den gewandtesten Dandies der Stadt ausgewählt – die besten Vertreter ihrer *jeunesse pourprée* –, servierten flott das Essen (und sprangen manchmal sogar mit einem Teller über den Tisch), und niemandem entging die höfliche Aufmerksamkeit, mit der sich M'sieur Pierre um Cincinnatus kümmerte und dabei augenblicks von einem Konversationslächeln auf Ernst umschaltete, indes er einen erlesenen Bissen behutsam auf Cincinnatus' Teller placierte; worauf er mit dem heiteren Zwinkern von vordem auf seinem rosigen, haarlosen Gesicht seine geistreiche Konversation wiederaufnahm, die sich an den ganzen Tisch richtete – um sich plötzlich ein wenig hinüberzuneigen, nach der Sauciere oder dem Pfefferstreuer zu greifen und Cincinnatus fragend anzusehen; der jedoch rührte das Essen nicht an, sondern fuhr stumm, aufmerksam und sorgfältig wie zuvor fort, mit dem Messer zu hantieren.

«Ihre Bemerkung», sagte M'sieur Pierre fröhlich und wandte sich an den Stadtverkehrsrat, dem es gelungen war, ein Wort einzuwerfen, und der jetzt genüßlich einer funkelnden Antwort entgegensah, «Ihre Bemerkung erinnert mich an den bekannten Witz über den hippokratischen Eid.»

«Erzählen Sie ihn, wir kennen ihn nicht, erzählen Sie», baten ihn Stimmen von allen Seiten.

«Ich füge mich Ihrem Wunsch», sagte M'sieur Pierre. «Da kommt zu einem Gynäkologen...»

«Schuldigen die Pause», sagte der Löwenbändiger (grauhaarig, mit Schnurrbart und einem roten Band quer über der Brust), «aber ist der Herr überzeugt, daß das Witz ist propper für die Ohren von...?» Emphatisch wies er mit den Augen auf Cincinnatus.

«Ganz und gar», erwiderte M'sieur Pierre streng, «ich würde mir niemals die geringste Ungehörigkeit in der Gegenwart von... Wie ich sagte, kommt da zu einem Gynäkologen diese kleine alte Frau» (M'sieur Pierre schob seine Unterlippe leicht nach vorn). «Sagt sie: Ich bin ernstlich krank und fürchte, daß ich daran sterbe. Welches sind die Symptome? fragt der Doktor. Ach Herr Doktor, mein Kopf wackelt...», und M'sieur Pierre ahmte brummelnd und kopfschüttelnd die Frau nach.

Die Gäste brüllten vor Lachen. Am anderen Tischende schob der taube Richter, das Gesicht gequält verzogen, als sei es von Gelächter verstopft, sein großes, feuchtes Ohr in das Gesicht seines wiehernden, selbstsüchtigen Nachbarn, zupfte ihn am Ärmel und flehte ihn an, M'sieur Pierres Geschichte zu wiederholen, während dieser eifersüchtig das Schicksal seines Witzes über die ganze Länge des Tisches hin verfolgte und sich erst zufrieden gab, als jemand die Neugier des Leidenden gestillt hatte.

«Ihr bemerkenswerter Aphorismus, daß das Leben ein medizinisches Geheimnis sei», sagte der Kustos der Springbrunnen und versprühte so viel feinen Speichel, daß sich an seinem Mund ein Regenbogen bildete, «könnte sehr gut auf diese komische Sache angewandt werden, die sich neulich in der Familie meines Sekretärs zutrug. Können Sie sich vorstellen...»

«Nun, mein kleiner Cincinnatus, hast du Angst?» fragte einer der glitzernden Diener, als er ihm Wein ein schenkte; Cincinnatus sah auf, es war sein schalkhafter Schwager. «Du hast Angst, nicht wahr? Hier, einen Herben vor dem Sterben.»

«Was soll das?» sagte M'sieur Pierre kalt und wies den Schwätzer an seinen Ort, und der trat sogleich weg und beugte sich mit seiner Flasche über den nächsten Gast.

«Meine Herren!» rief der Gastgeber, erhob sich und hielt sein Glas mit einem eisigen, blaßgelben Getränk in der Höhe seiner gestärkten Brust. «Ich trinke auf das Wohl...»

«Bitter, bitter, versüße ihn mit einem Kuß», sagte jemand, der unlängst einen Brautführer abgegeben hatte, und die übrigen Gäste stimmten in den Gesang ein.

«Wir wollen... Bruderschaft... Ich flehe Sie an», sagte M'sieur Pierre mit veränderter Stimme zu Cincinnatus und verzog sein Gesicht flehentlich, «verweigern Sie mir das nicht, ich bitte Sie, so wird es immer, immer gemacht...»

Cincinnatus befingerte die gekringelten Blütenblattspitzen der feuchten weißen Rose, die er geistesabwesend aus der umgekippten Vase gezogen hatte.

«Ich habe schließlich das Recht, das zu verlangen», flüsterte M'sieur Pierre krampfhaft und goß plötzlich gezwungen auflachend einen Tropfen Wein aus seinem Glas Cincinnatus auf den Kopf und besprengte dann sich selber.

Bravorufe ertönten von allen Seiten, Nachbarn wandten sich einander zu und gaben in dramatischer Pantomime ihrem Erstaunen und Entzücken Ausdruck, und unzerbrechliche Gläser klirrten, und Haufen von Äpfeln, ein jeder so groß wie ein Kinderkopf, leuchteten unter den staubig-blauen Weintrauben auf einem silbernen Schiff, das die Luft zerteilte, und der Tisch schien sich wie ein diamantener Berg zu erheben, und der vielarmige Leuchter irrte durch die Nebel der Plafondkunst, vergoß Tränen, vergoß Strahlen, vergeblich nach einem Landeplatz suchend.

«Ich bin gerührt, gerührt», sagte M'sieur Pierre, als sie nacheinander zu ihm kamen, um ihn zu beglückwünschen. Einige stolperten dabei, ein paar sangen. Der Vater der Stadtfeuerwehrleute war schändlich betrunken; zwei von den Dienern mühten sich verstohlen, ihn fortzuschleppen, aber er opferte seine Frackschöße wie eine Eidechse ihren Schwanz und blieb. Die achtbare Frau, die die Schulen überwachte, errötete fleckig und lehnte sich schweigend und starr weg, um sich gegen den Versorgungsdirektor zu verteidigen, der spielerisch mit dem wie eine Karotte aussehenden Finger auf sie zielte, als wolle er sie durchbohren oder kitzeln, und dabei die ganze Zeit über wiederholte: «Pi-pi-pi-pieks!»

«Freunde, gehn wir doch auf die Terrasse», verkündete der Gastgeber, worauf Marthes Bruder und der Sohn des verstorbenen Dr. Sineokow einen Vorhang aufzogen, dessen hölzerne Ringe rasselten; im schwankenden Licht bunter Laternen zeigte sich eine Steinveranda, die in größerer Entfernung von den kegelartigen Streben einer Balustrade begrenzt war, zwischen denen sich die schwarzen Stundengläser der Nacht zeigten.

Die gesättigten Gäste ließen sich mit gurgelnden Bäuchen in niedrige Sessel fallen. Einige lungerten bei den Säulen, andere an der Balustrade. Dort stand auch Cincinnatus, drehte in seinen Fingern eine Zigarren-

mumie, und neben ihm sagte M'sieur Pierre, nicht zu
ihm gewandt, aber ihn unaufhörlich mit dem Rücken
oder der Seite berührend, begleitet von den zustimmen-
den Ausrufen seiner Zuhörer:

«Photographieren und Angeln – das sind meine beiden Hauptleidenschaften. Es mag Ihnen seltsam vor-
kommen, aber Ruhm und Ehre bedeuten mir nichts,
verglichen mit ländlicher Ruhe. Ich sehe, Sie lächeln
skeptisch, guter Herr» (sagte er beiläufig zu einem
Gast, der sein Lächeln sogleich in Abrede stellte), «aber
ich schwöre Ihnen, daß es so ist, und ich schwöre nicht
unnütz. Die Liebe zur Natur habe ich von meinem Vater ererbt, der auch niemals log. Viele von Ihnen erinnern sich natürlich an ihn und können das bestätigen,
sogar schriftlich, wenn erforderlich.»

An der Balustrade spähte Cincinnatus unbestimmt in
die Dunkelheit, und wie auf Wunsch erbleichte sie in
eben diesem Augenblick verlockend, als der Mond, klar
jetzt und hoch oben, hinter einem schwarzen Wolken-
vlies hervorglitt, die Sträucher firnißte und sein Licht
im Teich tremolieren ließ. Plötzlich wurde sich Cincinnatus mit einer jähen Aufwallung seiner Seele darüber
klar, daß er sich mitten in den Tamara-Gärten befand,
an die er sich so genau erinnerte und die ihm so unzugänglich vorgekommen waren; ihm wurde klar, daß er
viele Male mit Marthe hier spazierengegangen war, an
eben diesem Haus vorbei, in dem er sich jetzt befand
und das ihm damals, durch das Laub auf dem Hügel
gesehen, als eine weiße Villa mit brettervernagel-
ten Fenstern erschienen war... Jetzt, da er mit sorg-
fältigem Blick die Umgebung erkundete, entfernte er

mit Leichtigkeit die düstere Nachtschicht von den vertrauten Rasenflächen und wischte auch den überflüssigen Mondpuder fort, um sie seiner Erinnerung genau anzugleichen. Als er das von dem Ruß der Nacht verschmutzte Gemälde restaurierte, sah er Baumgruppen, Pfade, Bäche dort, wo sie immer gewesen waren, Gestalt annehmen... In der Ferne an den metallischen Himmel gedrückt, standen die verzauberten Berge still, mit glänzendem Blau überzogen und in Düsternis gehüllt...

«Luna, Veranda, er und Amanda...», rezitierte M'sieur Pierre und lächelte Cincinnatus zu, der bemerkte, daß alle ihn mit zärtlicher, erwartungsvoller Sympathie ansahen.

«Sie bewundern die Landschaft?» fragte ihn der Parksuperintendent mit vertraulicher Miene, die Hände hinter dem Rücken verschränkt. «Sie...» Er unterbrach sich und wandte sich mit einiger Verlegenheit an M'sieur Pierre: «Entschuldigen Sie... Habe ich Ihre Erlaubnis? Schließlich bin ich nicht vorgestellt worden...»

«Bitte, bitte, Sie brauchen mich nicht um Erlaubnis zu fragen», erwiderte M'sieur Pierre höflich, faßte Cincinnatus am Ellbogen und sagte leise: «Dieser Herr würde gern mit Ihnen plaudern, mein Lieber.»

Der Parksuperintendent räusperte sich in seine Faust und wiederholte: «Die Landschaft... Sie bewundern die Landschaft? Im Augenblick können Sie nicht viel erkennen. Aber warten Sie nur, genau um Mitternacht – das hat mir unser Oberingénieur versprochen... Nikita Lukitsch! Hier, Nikita Lukitsch!»

«Ich komme», respondierte Nikita Lukitsch in forschem Baß, trat zuvorkommend näher, drehte vergnügt bald dem einen, bald dem anderen sein jugendliches, fleischiges Gesicht mit der weißen Schnurrbartbürste zu und legte lässig die eine Hand auf die Schulter des Parksuperintendenten, die andere auf die von M'sieur Pierre.

«Ich habe ihm gerade erzählt, Nikita Lukitsch, daß Sie versprochen haben, genau um Mitternacht zu Ehren von...»

«Aber selbstverständlich», unterbrach ihn der Oberingenieur. «Ganz gewiß gibt es die Überraschung. Machen Sie sich darüber keine Sorgen. Wie spät ist es übrigens, Jungs?»

Er befreite die Schultern der beiden von dem Druck seiner breiten Hände und ging mit beschäftigter Miene nach drinnen.

«Tja, in so ungefähr acht Stunden sind wir schon auf dem Platz», sagte M'sieur Pierre und drückte den Deckel seiner Taschenuhr zu. «Viel Schlaf kriegen wir nicht mehr. Sie frieren doch nicht, mein Lieber? Der nette Herr sagt, daß es eine Überraschung geben würde. Ich muß sagen, man verwöhnt uns. Dieser Fisch zum Abendessen hatte nicht seinesgleichen.»

«... hören Sie auf, lassen Sie mich in Ruhe», sagte die rauhe Stimme der Verwaltungsdame, deren massiver Rücken und grauer Dutt genau auf M'sieur Pierre zukamen, während sie sich vor dem Zeigefinger des Versorgungsdirektors zurückzog. «Pi-pieks», quietschte er angeheitert, «pi-pieks.»

«Immer mit der Ruhe, meine Dame», krächzte

M'sieur Pierre. «Meine Hühneraugen sind kein Staats-
eigentum.»

«Eine bezaubernde Frau», bemerkte der Versorgungsdirektor beiläufig ohne jeglichen Ausdruck und
hüpfte auf eine Männergruppe zu, die bei den Säulen
stand; dann verlor sich sein Schatten unter ihren Schatten, und eine Brise ließ die Papierlaternen schwingen,
und in der Dunkelheit zeigte sich bald eine Hand, die
wichtigtuerisch einen Schnurrbart zwirbelte, bald ein
Becher, der an senile Fischlippen gehoben wurde, welche es auf den Zucker an seinem Boden abgesehen hatten.

«Achtung!» rief der Gastgeber und fuhr wie ein Wirbelwind unter die Gäste.

Und im Garten zuerst, dann dahinter und dann noch
weiter entfernt gingen auf den Wegen, in Baumgruppen,
auf Lichtungen und Rasenflächen einzeln und in Trau-
ben rubinrote, saphierblaue und topasgelbe Glühlampen an und legten nach und nach die Nacht mit Edelstei-
nen aus. Die Gäste begannen, «oh» und «ah» zu machen.
M'sieur Pierre holte scharf Luft und faßte Cincinnatus
am Handgelenk. Die Lichter bedeckten ein immer größer werdendes Gebiet: Jetzt streckten sie sich ein fernes
Tal entlang, jetzt waren sie in der Form einer länglichen
Brosche schon an seinem anderen Ende, jetzt besetzten
sie bereits die ersten Hänge; einmal dort angekommen,
gingen sie von Hügel zu Hügel, schmiegten sich in ihre
geheimsten Vertiefungen, tasteten sich hinauf zu den
Gipfeln, überquerten sie! «Wie wunderschön!» wisperte M'sieur Pierre und drückte für einen Augenblick
seine Wange an die von Cincinnatus.

Die Gäste applaudierten. Drei Minuten lang brannte eine gute Million Glühbirnen in verschiedenen Farben, kunstreich im Gras, auf Zweigen, auf Felsvorsprüngen angebracht und so angeordnet, daß sie die ganze nächtliche Landschaft mit einem grandiosen Monogramm – «P» und «C» – umspannten, mit dem es allerdings nicht ganz geklappt hatte. Darauf gingen die Lichter alle zusammen aus, und die dichte Dunkelheit langte zu der Terrasse hinauf.

Als der Ingenieur Nikita Lukitsch wieder erschien, umdrängten sie ihn und wollten ihn hochwerfen. Es war indessen Zeit, an die wohlverdiente Ruhe zu denken. Ehe die Gäste gingen, erbot sich der Gastgeber, M'sieur Pierre und Cincinnatus an der Balustrade zu photographieren. Obwohl er derjenige war, der photographiert wurde, leitete nichtsdestoweniger M'sieur Pierre die Prozedur. Eine Lichtexplosion illuminierte Cincinnatus' weißes Profil und das augenlose Gesicht neben ihm. Der Gastgeber selber händigte ihnen ihre Pelerinen aus und begleitete sie mit nach draußen. In der Vorhalle klapperten mürrische Soldaten schläfrig, als sie ihre Hellebarden heraussuchten.

«Ihr Besuch war unsagbar schmeichelhaft für mich», sagte der Gastgeber beim Verabschieden zu Cincinnatus. «Morgen – oder vielmehr heute früh – bin ich natürlich da, und zwar nicht nur in dienstlicher, sondern auch in persönlicher Eigenschaft. Mein Neffe sagte mir, daß man mit großem Andrang rechnet. Also alles Gute», sagte er zu M'sieur Pierre zwischen den traditionellen drei Wangenküssen. Cincinnatus und M'sieur Pierre tauchten mit ihrer Soldateneskorte auf dem Pfad unter.

«Im ganzen sind Sie ein guter Kerl», sagte M'sieur Pierre, als sie einige Schritte gegangen waren, «warum sind Sie nur immer... Ihre Schüchternheit macht auf neue Bekannte einen außerordentlich ungünstigen Eindruck. Ich weiß nicht, wie es Ihnen ergangen ist», setzte er hinzu, «aber obwohl ich die Illumination und das alles ganz reizend fand, habe ich Sodbrennen und den Verdacht, daß nicht nur Molkereibutter zum Kochen verwendet wurde.»

Sie gingen lange. Es war sehr dunkel und neblig.

Von irgendwoher zur Linken kamen stumpfe Hammerschläge, als sie die Steilallee hinabgingen. Poch-poch-poch.

«Diese Halunken», brummte M'sieur Pierre. «Haben sie nicht geschworen, daß alles fertig ist?»

Schließlich überquerten sie die Brücke und gingen aufwärts. Der Mond war bereits entfernt worden, und die dunklen Festungstürme gingen in die Wolken über.

Am dritten Tor wartete Rodrig Iwanowitsch in Schlafrock und Nachtmütze.

«Na, wie war's?» fragte er ungeduldig.

«Es hat Sie niemand vermißt», sagte M'sieur Pierre trocken.

Achtzehntes Kapitel

«Versuchte zu schlafen, konnte nicht, fror nur am ganzen Leib, und jetzt graut der Morgen.» (Cincinnatus schrieb schnell, unleserlich und ließ einzelne Worte unfertig, wie ein rennender Mensch einen unvollständigen Fußabdruck hinterläßt.) «Jetzt ist die Luft fahl, und mir ist so kalt, daß es mir scheint, als wäre die konkrete Form des abstrakten Begriffs ‹Kälte› die Gestalt meines Körpers, und jederzeit können sie mich holen kommen. Ich schäme mich, daß ich Angst habe, aber ich habe verzweifelte Angst – unablässige Angst tobt mit unheilvollem Dröhnen durch mich hindurch wie ein Sturzbach, und mein Körper bebt wie eine Brücke über einem Wasserfall, und man muß sehr laut sprechen, um über dem Dröhnen seine eigenen Worte zu verstehen. Ich schäme mich, meine Seele hat sich entehrt – denn dies sollte nicht sein, *ne dolshno bilo bi bit* – nur auf der Borke der russischen Sprache konnte ein solcher Pilzhaufen von Verben wachsen –, ach wie schäme ich mich, daß meine Aufmerksamkeit in Anspruch genommen, meine Seele von solchen zittrigen Einzelheiten blockiert ist, sie drängen sich mit nassen Lippen durch, um Abschied zu nehmen, alle Arten von Erinnerungen kommen, um Abschied zu nehmen: Ich, ein Kind, sitze

mit einem Buch in der heißen Sonne am Ufer eines to-
senden Flusses, und das Wasser wirft seine flimmern-
den Reflexe auf die Zeilen eines alten, alten Gedichts –
‹Die Liebe an der Jahre Neige› – aber ich sollte nicht
nachgeben – ‹Wird eher zärtlich und abergläubisch› –
weder den Erinnerungen noch der Angst, noch dieser
leidenschaftlichen Synkope: ‹und abergläubisch› – und
ich hatte so gehofft, daß alles geordnet, daß alles ganz
einfach und klar sein würde. Denn ich weiß ja, daß der
Schrecken des Todes in Wahrheit nichts ist, eine harmlose Zuckung, vielleicht sogar gesund für die Seele – der
erstickende Schrei eines Neugeborenen oder die wü-
tende Weigerung, ein Spielzeug loszulassen –, und daß
in Höhlen, wo man ein beständiges Tropfen hört und
Stalaktiten sind, einst Weise lebten, die der Tod er-
freute und die – Stümper großenteils, das ist wahr – auf
ihre Art dennoch Herr wurden über… Und obwohl
ich das alles weiß und dazu noch etwas anderes, überaus
Wichtiges, was niemand sonst hier weiß – trotzdem
seht, Attrappen, welche Angst ich habe, wie alles in mir
zittert und dröhnt und tost – und jeden Augenblick können sie mich holen kommen, und ich bin nicht bereit,
ich schäme mich…»

Cincinnatus stand auf, nahm einen Anlauf und
rannte mit dem Kopf gegen die Wand – der wirkliche
Cincinnatus jedoch blieb am Tisch sitzen, starrte auf
die Wand, kaute an einem Stift, schob dann seine Füße
unter den Tisch und schrieb etwas weniger schnell weiter:

«Vernichtet diese Aufzeichnungen nicht… Ich weiß
nicht, wen ich darum bitte, aber vernichtet diese Auf-

zeichnungen nicht... Ich versichere, daß ein solches Gesetz existiert, seht nach, ihr werdet es finden! ...Laßt sie eine Weile umherliegen... Was kann euch das anhaben? ...Und ich bitte so ernsthaft... Mein letzter Wunsch – wie könnt ihr den nicht erfüllen? Ich brauche wenigstens die theoretische Möglichkeit, daß ich einen Leser habe, sonst könnte ich das ebensogut alles zerreißen. Das mußte ich sagen. Jetzt ist es Zeit, mich fertig zu machen.»

Er hielt wieder inne. Es war schon ganz hell in der Zelle, und Cincinnatus sah am Stand des Lichtes, daß es gleich halb sechs schlagen würde. Er wartete, bis er die fernen Schläge hörte, und schrieb dann weiter, aber jetzt ganz langsam und zögernd, als hätte er seine gesamte Kraft für einen Ausruf am Anfang verbraucht.

«Meine Worte treten auf der Stelle», schrieb Cincinnatus. «Ich beneide die Dichter. Wie wundervoll muß es sein, eine Seite entlang zu eilen und sich direkt von dieser Seite, wo nur ein Schatten weitereilt, in das Blau aufzuschwingen. Die Unordentlichkeit, die Schmutzigkeit einer Hinrichtung, all der Verrichtungen vorher und hinterher. Wie kalt die Schneide, wie glatt der Holm. Mit Schmirgelpapier. Ich vermute, der Schmerz des Abschieds wird rot und laut sein. Wenn ein Gedanke niedergeschrieben ist, wird er weniger bedrückend, aber manche Gedanken sind wie eine Krebsgeschwulst: Man drückt ihn aus, man schneidet ihn heraus, und er wächst schlimmer als zuvor nach. Es ist schwer, sich vorzustellen, daß noch heute morgen in ein oder zwei Stunden...»

Aber zwei Stunden vergingen und mehr, und wie immer brachte Rodion das Frühstück, räumte die Zelle auf, spitzte den Bleistift an, entfernte den Klosettstuhl, fütterte die Spinne. Cincinnatus stellte ihm keine Frage, aber als Rodion gegangen war und die Zeit sich in ihrem gewohnten Trott fortschleppte, wurde ihm klar, daß man ihn wiederum getäuscht hatte, daß er seine Seele vergebens angestrengt hatte und daß alles ebenso ungewiß, klebrig und sinnlos blieb wie zuvor.

Die Uhr hatte gerade drei oder vier zu Ende geschlagen (er war eingedöst und dann halb aufgewacht und hatte die Schläge nicht gezählt, sondern nur einen ungefähren Eindruck von ihrer Klangsumme behalten), als plötzlich die Tür aufging und Marthe hereinkam. Ihre Wangen waren gerötet, der Kamm an ihrem Hinterkopf hatte sich losgemacht, das enge Mieder ihres schwarzen Samtkleides wogte – und etwas paßte nicht, und das gab ihr ein schiefes Aussehen, und sie versuchte immer wieder, ihr Kleid geradezuziehen, zerrte daran oder wackelte sehr schnell mit den Hüften, als wäre darunter etwas nicht in Ordnung und unbequem.

«Ein paar Kornblumen für dich», sagte sie, warf einen blauen Strauß auf den Tisch, schob gewandt den Rocksaum über das Knie, stellte ein plumpes kleines Bein in einem weißen Strumpf auf den Stuhl und zog den Strumpf zu der Stelle hoch, wo der Strumpfhalter auf dem zarten, bebenden Fett seinen Abdruck hinterlassen hatte. «Meine Güte, war das schwer, die Erlaubnis zu bekommen! Natürlich mußte ich ein kleines Zugeständnis machen – die übliche Geschichte. Nun, wie geht's dir, mein armer kleiner Cin-Cin?»

«Ich muß gestehen, daß ich dich nicht erwartet habe», sagte Cincinnatus. «Setz dich irgendwo.»

«Ich habe es gestern versucht, kein Glück – und heute habe ich mir gesagt, daß ich um jeden Preis durchkomme. Er hat mich eine halbe Stunde lang bei sich behalten, dein Direktor. Über dich hat er übrigens *sehr* viel Gutes gesagt. Ich habe mich heute so beeilt, ich hatte solche Angst, daß ich zu spät komme. Was war das heute früh für eine Menschenmenge auf dem Platz der Sensationen!»

«Warum haben sie es abgesagt?» fragte Cincinnatus.

«Na ja, sie sagten, daß sie alle müde wären, daß sie nicht genug Schlaf gekriegt hätten. Die Menge wollte einfach nicht gehen, weißt du. Du kannst stolz sein.»

Längliche, wunderbar brünierte Tränen krochen Marthes Wangen und Kinn hinab und folgten genau allen ihren Umrissen – eine rann sogar bis in die Grube über dem Schlüsselbein ... Ihre Augen jedoch blickten noch immer so rund, ihre kurzen Finger mit weißen Flecken auf den Nägeln spreizten sich, und ihre schmalen und regsamen Lippen gaben Worte von sich:

«Manche behaupten, daß sie jetzt für lange Zeit verschoben ist, aber Genaues kann einem kein Mensch sagen. Du kannst dir einfach keinen Begriff von den Gerüchten, von dem Durcheinander machen ...»

«Weswegen weinst du?» fragte Cincinnatus lächelnd.

«Ich weiß es selber nicht – ich bin einfach erschöpft ...» (Mit tiefer Bruststimme:) «Ich habe euch alle satt, ich bin euch leid. Cincinnatus, Cincinnatus, in was für einen Schlamassel hast du dich da gebracht! ... Wie die Leute über dich reden – es ist schrecklich!

Ach hör mal», begann sie plötzlich in einem anderen Tempo, strahlte, schmatzte mit den Lippen und richtete sich her. «Neulich – wann war's? – ja, vorgestern kommt da so ein kleines Weibsbild zu mir, eine Ärztin oder etwas Ähnliches – mir völlig fremd, weißt du, in einem schrecklichen Regenmantel, und beginnt zu drucksen und zu stottern. ‹Natürlich begreifen Sie›, sagt sie. Ich sage: ‹Nein, noch begreife ich gar nichts.› Sie sagt: ‹Ich weiß, wer Sie sind, Sie kennen mich nicht›... Ich sage...» (Wenn Marthe ihre Gesprächspartnerin nachahmte, verfiel sie in einen gekünstelten und einfältigen Tonfall, wurde aber bei dem langgezogenen «Ich sage» wieder nüchtern und langsam und stellte sich dann bei der Wiedergabe ihrer eigenen Worte als seelenruhig dar.) «Mit einem Wort, sie versuchte mir beizubringen, daß sie deine Mutter war – obwohl ich glaube, daß noch nicht einmal ihr Alter stimmt, aber sehen wir mal darüber hinweg. Sie sagte, sie habe schreckliche Angst vor Verfolgungen, weil man sie verhört und ihr alles mögliche angetan hat, weißt du. Ich sage: ‹Was habe ich mit dem allen zu schaffen, und warum bloß kommen Sie zu mir damit?› Sie sagt: ‹Ich weiß doch, daß Sie furchtbar nett sind, Sie werden tun, was Sie können.› Ich sage: ‹Woher wollen Sie wissen, daß ich nett bin?› Sie sagt: ‹Ich weiß es eben› – und fragt, ob ich ihr nicht einen Zettel geben kann, eine Bescheinigung, die ich eigenhändig und eigenfüßig unterschreibe und auf der ich versichere, daß sie nie bei uns zu Hause war und dich nie gesehen hat... Also das kam Marthe so komisch vor, so komisch! Ich glaube [mit gedehnter, tiefer Stimme], die war übergeschnappt, die hatte nicht alle Tassen im Schrank, meinst du nicht? Jedenfalls habe ich ihr natürlich nichts gegeben. Victor und die anderen sagten, daß es mich kompromittieren könnte – es sähe so aus, als wüßte ich über jede deiner Regungen Bescheid, wenn ich wüßte, daß du sie nicht kennst – und so ging sie sehr niedergeschlagen weg, würde ich sagen.»

«Aber es war wirklich meine Mutter», sagte Cincinnatus.

«Kann schon sein. Schließlich ist das nicht so wichtig. Aber sag mir, warum bist du so finster und brummig, Cin-Cin? Ich dachte, du würdest dich über meinen Besuch freuen, aber du...»

Sie blickte zur Pritsche, dann zur Tür.

«Ich kenne die Vorschriften hier nicht», flüsterte sie, «aber wenn du es sehr nötig hast, Cin-Cin, dann los, nur mach schnell.»

«Nicht doch... Solch ein Unsinn», sagte Cincinnatus.

«Na, wie du willst. Ich wollte dir nur etwas Gutes tun, weil es der letzte Besuch ist und so weiter. Ach, übrigens, weißt du, wer mich heiraten will? Rate mal – du rätst es nie. Erinnerst du dich noch an diesen alten Griesgram im Nebenhaus, der mit seiner Pfeife immer über den Zaun stank und heimlich herüberstarrte, wenn ich auf den Apfelbaum kletterte? Kannst du dir das vorstellen? Und er hat es sogar völlig ernst gemeint! Kannst du dir vorstellen, daß ich ihn heirate, die alte Vogelscheuche? Puh! Jedenfalls fühle ich mich reif für eine anständige Erholungspause – weißt du, die Augen zumachen, mich ausstrecken, an nichts denken und ausspannen, ganz allein natürlich oder aber mit einem, dem wirklich etwas an mir liegt und der alles, aber auch alles versteht...»

Wieder glänzten ihre kurzen, groben Wimpern, und Tränen rannen und statteten jeder Mulde auf ihren rosigen Apfelwangen Besuch ab.

Cincinnatus nahm eine dieser Tränen und kostete sie: Sie war weder salzig noch süß – nur ein Tropfen lauwarmen Wassers. Cincinnatus tat es nicht.

Plötzlich quietschte die Tür und ging ein paar Fingerbreit auf: Ein rotbehaarter Finger winkte Marthe. Sie ging schnell zur Tür.

«Was wollen Sie denn, es ist noch nicht soweit, man hat mir eine ganze Stunde zugesagt», flüsterte sie rasch. Etwas wurde geantwortet.

«Um keinen Preis!» sagte sie empört. «Das können Sie ihm ausrichten. Es war abgemacht, daß ich es nur mit dem Direk...»

Sie wurde unterbrochen; hörte sich aufmerksam das eindringliche Gemurmel an; blickte mit gerunzelter Stirn zur Erde und scharrte mit der Pantoffelspitze auf dem Fußboden.

«Also schön», stieß sie hervor und wandte sich mit unschuldiger Lebhaftigkeit zu ihrem Mann um: «Ich bin in fünf Minuten wieder da, Cin-Cin.»

(Während ihrer Abwesenheit dachte er, daß er sein dringendes Gespräch mit ihr nicht nur noch nicht einmal begonnen hatte, sondern daß er jene wichtigen Dinge jetzt gar nicht mehr formulieren konnte... Gleichzeitig tat ihm sein Herz weh, und die nämliche alte Erinnerung winselte in einer Ecke; doch es war

Zeit, es war Zeit, sich von dieser ganzen Qual loszumachen.)

Erst nach einer Dreiviertelstunde kam sie zurück und schnaufte verachtungsvoll. Sie stellte einen Schuh auf den Stuhl, ließ ihren Strumpfhalter schnappen, brachte die Falten unterhalb der Taille ärgerlich in Ordnung und setzte sich genauso an den Tisch, wie sie zuvor gesessen hatte.

«Alles für die Katz», sagte sie höhnisch und begann, die blauen Blumen auf dem Tisch zu befingern. «Nun, warum erzählst du mir nichts, mein kleiner Cin-Cin, mein Hähnchen? . . . Ich habe sie selber gepflückt, mußt du wissen, ich habe nichts übrig für Mohnblumen, aber sie sind allerliebst. Man sollte es nicht erst versuchen, wenn man es doch nicht schafft», fügte sie unerwarteterweise in anderem Ton hinzu und kniff die Augen zusammen. «Nein, Cin-Cin, ich habe nichts zu dir gesagt.» (Seufzer) «Nun erzähl mir doch was, tröste mich.»

«Mein Brief . . . Hast du . . .», hob Cincinnatus an und räusperte sich. «Hast du meinen Brief aufmerksam gelesen?»

«Bitte, bitte», rief Marthe und faßte sich an die Schläfen, «wir wollen über alles reden, nur nicht über diesen Brief!»

«Nein, wir wollen darüber reden», sagte Cincinnatus.

Sie sprang auf, glättete spasmodisch ihr Kleid, sprach unzusammenhängend und lispelte ein wenig wie immer, wenn sie ärgerlich war. «Das war ein gräßlicher Brief, das war eine Art Fiebertraum, ich habe ihn sowieso nicht verstanden; man hätte denken können, daß du hier alleine mit einer Flasche gehockt und geschrieben hast. Ich wollte diesen Brief nicht zur Sprache bringen, aber jetzt, wo du… Hör zu, du weißt, daß die Überbringer ihn gelesen haben – sie haben ihn abgeschrieben und haben sich gesagt: ‹Oho! Die muß mit ihm unter einer Decke stecken, wenn er ihr so schreibt.› Begreifst du das nicht? Ich will nichts wissen von deinen Angelegenheiten, du hast kein Recht, mir solche Briefe zu schreiben, mich hineinzuziehen in deine kriminellen…»

«Ich habe dir nichts Kriminelles geschrieben», sagte Cincinnatus.

«Das bildest du dir ein, aber alle waren sie entsetzt über deinen Brief, einfach entsetzt! Ich, ich bin vielleicht dumm, ich habe keine Ahnung von den Gesetzen, aber trotzdem hat mir mein Instinkt gesagt, daß jedes deiner Worte unmöglich war, unaussprechlich… Ach, Cincinnatus, in was für eine Lage hast du mich gebracht – und die Kinder – denk an die Kinder… Hör zu, bitte höre wenigstens einen Augenblick lang zu», fuhr sie mit solcher Leidenschaft fort, daß ihre Worte fast unverständlich wurden. «Streite alles, alles ab. Sag ihnen, daß du unschuldig seist, daß du bloß angegeben hast, sag's ihnen, bereue, bitte… Auch wenn du deinen Kopf nicht rettest, denk an mich – sie weisen schon mit Fingern auf mich und sagen: ‹Das ist sie, die Witwe, das ist sie!›»

«Entschuldigung, Marthe, ich begreife nicht. Was soll ich bereuen?»

«So ist es richtig! Zieh mich hinein, stell mir Suggestiv-... Wenn ich die Antworten alle wüßte, dann wäre ich deine Komplizier... Komplizin! Das ist doch klar. Nein, das reicht, das reicht. Ich habe vor dem allen schreckliche Angst... Sag mir, zum letzten Mal, bist du sicher, daß du nicht bereuen willst, um meinetwillen, um unserer aller willen?»

«Lebwohl, Marthe», sagte Cincinnatus.

Sie setzte sich, versank, auf ihren rechten Ellbogen gestützt, in Gedanken und zeichnete mit der Linken ihre Welt auf den Tisch.

«Wir schrecklich, wie trist», sagte sie und stieß einen tiefen, tiefen Seufzer aus. Sie runzelte die Stirn und zeichnete mit ihrem Fingernagel einen Fluß. «Ich dachte, unser Wiedersehen würde ganz anders verlaufen. Ich war bereit, dir alles zu geben. Und das kriege ich für meine Mühen! Nun, vorbei ist vorbei.» (Der Fluß strömte in ein Meer – über die Tischkante hinaus.) «Weißt du, ich gehe schweren Herzens. Ja, aber wie komme ich hinaus?» erinnerte sie sich plötzlich, unschuldig und sogar heiter. «Sie werden mich vorläufig noch nicht holen kommen, ich habe sie beschwatzt, mir eine Unmenge Zeit zu geben.»

«Keine Sorge», sagte Cincinnatus, «jedes Wort, das wir sagen... Sie machen sie gleich auf.»

Er hatte sich nicht getäuscht.

«Alles, alles Gute», zirpte Marthe. «Warten Sie, Pfoten weg, lassen Sie mich meinem Mann auf Wiedersehen sagen. Alles Gute. Wenn du was brauchst, Hemden oder so... Ach ja, die Kinder haben mich gebeten, viele Grüße und Küsse auszurichten. Da war noch etwas... Ach so, fast hätte ich es vergessen... Papa hat die Weinbowle genommen, die ich dir geschenkt hatte... Er sagt, du hättest sie ihm versprochen...»

«Schnell, schnell, Frauchen», unterbrach sie Rodion und stieß sie in vertraulicher Weise mit dem Knie zur Tür.

Neunzehntes Kapitel

Am nächsten Morgen brachten sie ihm die Zeitungen, und das erinnerte ihn an die ersten Tage seiner Haft. Sofort bemerkte er die Farbaufnahme: unter einem blauen Himmel der Platz, auf dem eine bunte Menge so dicht an dicht stand, daß nur der Rand des roten Gerüsts zu erkennen war. In der Spalte über die Hinrichtung war die Hälfte der Zeilen mit schwarzer Farbe unleserlich gemacht, und den übrigen konnte Cincinnatus nur entnehmen, was er bereits von Marthe wußte – daß der Maestro sich nicht ganz disponiert gefühlt hatte und die Veranstaltung verschoben war, möglicherweise auf lange Zeit.

«Heute kriegst du aber was Leckeres», sagte Rodion, nicht zu Cincinnatus, sondern zu der Spinne.

In beiden Händen trug er höchst behutsam, aber auch angewidert ein zu einem Knäuel zusammengerafftes Handtuch (Fürsorglichkeit ließ es ihn an die Brust drücken, Ekel es von sich weghalten), in dem etwas Großes sich raschelnd bewegte.

«Habe ihn an einer Fensterscheibe im Turm gefunden. So ein Ungetüm! Sieh an, wie er zappelt und flattert – er ist kaum zu halten...»

Er wollte gerade wie üblich den Stuhl heranziehen,

um hinaufzusteigen und das Opfer der gefräßigen Spinne in ihrem festen Netz auszuliefern (das Tier spürte die Beute und blies sich bereits auf), aber etwas kam dazwischen – seine knorrigen, furchtsamen Finger ließen aus Versehen die Hauptfalte des Handtuchs los, und sogleich kreischte er auf und krümmte sich, wie Leute kreischen und sich krümmen, denen nicht etwa eine Fledermaus, sondern eine gewöhnliche Hausmaus Ekel und Schrecken einjagt. Etwas Großes, Dunkles, mit Fühlern Versehenes löste sich aus dem Handtuch, Rodion stieß einen lauten Schrei aus und stampfte mit den Füßen – aus Angst, das Ding könnte entkommen, ohne jedoch zu wagen, danach zu greifen. Das Handtuch fiel auf den Boden; und die schöne Gefangene klammerte sich mit allen sechs Klauenfüßen an Rodions Manschette.

Es war nur ein Nachtfalter, aber was für ein Nachtfalter! Er war groß wie eine Männerhand; er hatte dicke, dunkelbraune Flügel mit weißgrauer Unterseite und grau bestäubten Rändern; jeder Flügel war in der Mitte mit einem wie Stahl glänzenden Augenfleck geschmückt.

Seine segmentierten Beine in flaumigen Flanschen klammerten sich bald an, bald lösten sie sich, und die aufgerichteten Fächer seiner Flügel, durch deren Unterseite hindurch die gleichen starrenden Flecken und das gleiche wellige Muster zu sehen waren, schwangen leicht, als der Falter sich den Ärmel hinauftastete, während Rodion in panischer Angst mit den Augen rollte, seinen eigenen Arm wegwarf und im Stich ließ und jammerte: «Nehm Sie'n doch weg, nehm Sie'n doch weg!»

Als er seinen Ellbogen erreichte, begann der Falter lautlos mit den schweren Flügeln zu schlagen; sie schienen schwerer als sein Körper, und auf Rodions Ellbogengelenk drehte sich das Tier um, die Flügel hingen nach unten, hartnäckig krallte er sich an den Ärmel – und jetzt konnte man seinen braunen, weißgetupften Hinterleib sehen, sein Eichhörnchengesicht, die schwarzen Kugeln seiner Augen und die federähnlichen, gespitzten Ohren gleichenden Fühler.

«Nehmen Sie ihn weg!» flehte Rodion außer sich, und seine ungestüme Bewegung ließ das prächtige Insekt herabfallen; es schlug auf den Tisch, blieb dort mächtig vibrierend sitzen und flog plötzlich von seiner Kante auf.

Doch für mich ist euer Tag dunkel, warum habt ihr meinen Schlummer gestört? Sein fallender und schwerfälliger Flug dauerte nicht lange. Rodion griff sich das Handtuch, schwang es wild und versuchte, den blinden Flieger damit nach unten zu schlagen; aber plötzlich verschwand er, als hätte die Luft ihn verschluckt.

Rodion suchte eine Weile, fand ihn nicht, blieb in der Mitte der Zelle stehen, stemmte die Arme in die Seiten und wandte sich an Cincinnatus. «Na? Was für ein Biest!» stieß er nach einem ausdrucksvollen Schweigen hervor. Er spuckte; er schüttelte den Kopf und zog eine von Ersatzfliegen wimmelnde Streichholzschachtel hervor, mit denen das enttäuschte Tier vorliebnehmen mußte. Cincinnatus aber hatte sehr wohl gesehen, wo der Falter sich niedergelassen hatte.

Als Rodion endlich ging und ärgerlich seinen Bart zusammen mit der struppigen Perücke entfernte, ging

Cincinnatus von der Pritsche zum Tisch. Es tat ihm leid, daß er alle Bücher zurückgegeben hatte, und er setzte sich, um zu schreiben und so die Zeit totzuschlagen.

«Eins hat sich zum anderen gefügt», schrieb er, «das heißt, alles hat mich getäuscht – all dieser theatralische, armselige Kram – die Versprechungen eines flatterhaften Mädchens, der feuchte Blick einer Mutter, das Klopfen an der Wand, die Freundlichkeit eines Nachbarn und schließlich auch jene Hügel, denen ein tödlicher Ausschlag ausbrach. Alles hat mich getäuscht, als sich eins zum anderen fügte, alles. Dies ist das blinde Ende dieses Lebens, und ich hätte Rettung nicht innerhalb seiner Grenzen suchen sollen. Es ist sonderbar, daß ich Rettung gesucht habe. Genau wie einer, der darüber klagt, daß er in seinen Träumen etwas verloren hat, das er in Wirklichkeit nie besaß, oder hofft, daß er es im Traum morgen wiederfinden würde. So wird Mathematik geschaffen; sie hat ihren verhängnisvollen Sprung. Ich habe ihn entdeckt. Ich habe den kleinen Riß im Leben entdeckt, wo es abbrach, wo es einst an etwas anderes gelötet war, etwas wahrhaft Lebendiges, Bedeutsames, Unermeßliches – wie weiträumig meine Epitheta sein müssen, damit ich sie vollgießen kann mit kristallinem Sinn... Einige Dinge bleiben besser ungesagt, oder ich verirre mich wieder. In diesem irreparablen kleinen Riß hat der Verfall begonnen... Ach, ich glaube, es wird mir doch noch gelingen, es alles auszudrücken – die Träume, das Verschmelzen, den Zerfall... Nein, ich komme wieder vom Wege ab... Alle meine besten Worte sind Deserteure und antworten nicht auf das Trompetensignal, und die übrigen sind Krüppel. Hätte ich doch nur gewußt, daß ich so lange noch hier bleiben würde, ich hätte ganz von vorn begonnen und hätte allmählich auf der Chaussee logisch verbundener Gedanken erreicht... vollendet... Ich hätte mich mit einem Bau von Worten umgeben... Alles, was ich hier bisher niedergeschrieben habe, ist nur der Schaum meiner Erregung, eine sinnlose Ekstase, und das eben darum, weil ich so in Eile war. Doch jetzt, da ich abgehärtet bin, da ich fast keine Angst mehr habe vor dem...»

Hier war die Seite zu Ende, und Cincinnatus stellte fest, daß sein Papier zu Ende war. Jedoch gelang es ihm, noch ein Blatt zu finden.

«... Tod», schrieb er darauf, seinen Satz fortführend; doch sogleich strich er das Wort aus; er mußte es anders sagen, mit größerer Genauigkeit: «Hinrichtung» vielleicht, «Schmerz» oder «Abschied» – so etwa; er drehte den verstümmelten Bleistift in den Fingern, hielt nachdenklich inne, an der Tischkante, dort, wo der Falter noch vor kurzem gezittert hatte, hafteten ein paar braune Fäserchen, und Cincinnatus erinnerte sich seiner, ging vom Tisch weg und ließ darauf nur das leere Blatt mit dem einen einsamen und ausgestrichenen Wort liegen und bückte sich (so, als wolle er etwas an der Ferse seines Hausschuhs in Ordnung bringen) an der Pritsche, auf deren eisernem Bein er dicht über dem Fußboden schlafend saß, die visionären Flügel in feierlicher, unverletzlicher Starre ausgebreitet; nur tat ihm der flaumige Rücken leid, wo sich die Haare abgerieben und einen kahlen Fleck hinterlassen hatten, der wie eine

Kastanie glänzte – doch die großen dunklen Flügel mit ihren aschenen Rändern und den unablässig offenen Augen waren unversehrbar, die leicht gesenkten Vorderflügel lagen über den hinteren, und diese ermattete Haltung hätte schläfrige Zerbrechlichkeit bedeuten können, wäre nicht die monolithische Geradheit der oberen Ränder und die vollkommene Symmetrie aller auseinandergefächerten Linien gewesen – und so bezaubernd war das, daß Cincinnatus nicht an sich halten konnte und mit der Fingerspitze den weißgrauen Grat am rechten und dann den am linken Flügelansatz streichelte (welche sanfte Festigkeit! welche unnachgiebige Sanftheit!); das Insekt jedoch erwachte nicht, und er richtete sich auf, seufzte leise und ging fort; gerade wollte er sich wieder an den Tisch setzen, als plötzlich der Schlüssel im Schloß knirschte und die Tür jaulend, rasselnd und ächzend, in Übereinstimmung mit allen Regeln des Kerkerkontrapunkts aufging. M'sieur Pierre, rosig und in erbsengrüner Jägertracht, steckte erst seinen Kopf herein und trat dann ganz ein, und nach ihm kamen zwei andere, die als Direktor und Anwalt wiederzuerkennen fast unmöglich war: Hager, bleich, beide in groben grauen Hemden und mit schäbigem Schuhwerk – ohne Make-up, ohne Polster und Perücken, mit triefenden Augen und dürren Leibern, die man durch unverhohlene Risse hindurch sehen konnte – ähnelten sie einander, wie sich jetzt erwies, und ihre identischen Köpfe bewegten sich in identischer Weise auf ihren dünnen Hälsen, blasse, kahle, höckrige Köpfe mit bläulichen Tüpfeln an der Seite und abstehenden Ohren.

M'sieur Pierre, attraktiv geschminkt, verneigte sich, schlug die Schäfte seiner Lackstiefel zusammen und sagte mit komischer Fistelstimme:

«Das Fuhrwerk wartet, wenn ich den Herrn bitten darf!»

«Wohin geht es?» fragte Cincinnatus, der zuerst wirklich nicht begriff, so überzeugt war er davon gewesen, daß es in der Morgendämmerung geschehen würde.

«Wohin, wohin...», ahmte ihn M'sieur Pierre nach. «Sie wissen doch wohin. Auf zum Hackfest.»

«Aber wir müssen doch nicht sofort gehen, nicht wahr?» fragte Cincinnatus und war selber überrascht von seinen Worten. «Ich bin nicht ganz vorbereitet...» (Bist du es, der da redet, Cincinnatus?)

«Doch, sofort. Himmel, Sie hatten fast drei Wochen, um sich vorzubereiten, mein Guter. Das sollte reichen. Dies sind meine Gehilfen, Rod und Rom, bitte seien Sie nett zu ihnen. Sie sehen vielleicht nach nichts aus, aber sie sind fleißig.»

«Wir tun unser Bestes», brummten die beiden.

«Fast hätte ich's vergessen», fuhr M'sieur Pierre fort. «Dem Gesetz zufolge sind Sie noch berechtigt... Roman, alter Junge, gibst du mir mal die Liste?»

Mit übertriebener Hast zog Roman unter dem Futter seiner Mütze eine einmal gefaltete, schwarz umrandete Karte hervor; während er sie herausholte, klopfte Rodrig mechanisch seine Flanken ab und schien seine Taschen abzusuchen, ohne die schwachsinnigen Augen von seinem Kameraden zu nehmen.

«Der Einfachheit halber», sagte M'sieur Pierre, «ist

hier ein vorbereitetes Menü mit letzten Wünschen. Sie dürfen sich einen, aber nur einen aussuchen. Ich lese sie laut vor. Also: ein Glas Wein; oder ein kurzer Gang zur Toilette; oder eine flüchtige Besichtigung der Gefängnissammlung französischer Postkarten; oder... Was ist das... Nummer vier – die Abfassung einer... einer Dankadresse an den Direktor für seine rücksichtsvolle... Ich muß schon sagen! Rodrig, du Schurke, das hast du selber dazugesetzt. Ich begreife nicht, wie du so etwas wagen konntest. Es handelt sich um ein amtliches Dokument! Ja, das ist eine persönliche Beleidigung, vor allem, da ich so gewissenhaft mit dem Gesetz umgehe, da ich so sehr bemüht bin...»

In seinem Ärger warf M'sieur Pierre die Karte auf den Boden; sogleich hob Rodrig sie auf, glättete sie und murmelte schuldbewußt: «Nur keine Sorge... Ich war es nicht, Romka war der Witzbold... Ich kenne doch die Vorschriften. Hier ist alles in Ordnung... Alle die Wünsche *du jour*... oder sonst *à la carte*...»

«Unerhört! Unerträglich!» rief M'sieur Pierre, während er in der Zelle auf und ab ging. «Mir geht es nicht gut, und trotzdem erfülle ich meine Pflicht. Sie bieten mir verdorbenen Fisch an, sie offerieren mir eine widerliche Hure, sie behandeln mich mit unerhörter Respektlosigkeit, und dann erwarten sie saubere Arbeit von mir. Nein, Herrschaften! Genug! Der Becher langen Duldens ist geleert! Ich weigere mich einfach – macht es doch selbst, hackt, schlachtet, so gut ihr könnt, ruiniert mein Instrument...»

«Das Publikum verehrt Sie», sagte Roman unterwürfig. «Wir flehen Sie an, beruhigen Sie sich, Maestro.

Wenn etwas nicht in Ordnung war, so war es ein Versehen, ein dummer Fehler, ein übereifriger, dummer Fehler und nicht mehr! Bitte verzeihen Sie uns doch. Wird
der Liebling der Frauen, der Abgott des Volkes nicht
diese zornige Miene ablegen und dafür das Lächeln erscheinen lassen, mit dem er gewohntermaßen die
Frauen zum Wahnsinn treibt...»

«Das langt, das langt, du Schmeichler», sagte
M'sieur Pierre und gab ein wenig nach. «Jedenfalls erfülle ich meine Pflicht gewissenhafter als andere, die ich
beim Namen nennen könnte. Gut, es sei dir verziehen.
Aber wir müssen mit diesem verdammten letzten
Wunsch noch zu Rande kommen. Also was haben Sie
sich ausgesucht?» fragte er Cincinnatus (der sich still
auf die Pritsche gesetzt hatte). «Los, los. Ich will es hinter mich bringen, und wer zimperlich ist, braucht ja
nicht zuzusehen.»

«Etwas zu Ende schreiben», flüsterte Cincinnatus
halb fragend, aber dann furchte er die Stirn, dachte angestrengt nach und begriff plötzlich, daß in Wahrheit
alles bereits geschrieben war.

«Ich verstehe nicht, was er sagt», sagte M'sieur
Pierre. «Vielleicht versteht es jemand, ich jedenfalls
nicht.»

Cincinnatus hob den Kopf. «Hier ist mein Wunsch»,
er sprach klar, «ich bitte um drei Minuten... Gehen Sie
solange raus oder seien Sie wenigstens still... Ja, eine
Drei-Minuten-Pause... Danach mag es geschehen, ich
spiele meine Rolle in Ihrer idiotischen Aufführung zu
Ende.»

«Machen wir einen Kompromiß: zweieinhalb Minu-

236

ten», sagte M'sieur Pierre und zog seine dicke Uhr heraus. «Fordern Sie eine halbe Minute weniger – das werden Sie doch, Freund! Sie werden es nicht? Na, dann sein Sie ein Räuber – ich bin einverstanden.»

In entspannter Pose lehnte er sich gegen die Wand; Roman und Rodrig folgten seinem Beispiel, doch Rodrigs Fuß knickte unter ihm weg, er fiel fast hin und blickte entsetzt zum Maestro hinüber.

«Psch-sch, du Miststück», zischelte M'sieur Pierre. «Und wieso machst du dir es eigentlich so bequem? Hände aus den Taschen! Warte nur!» (Immer noch grantig setze er sich auf den Stuhl.) «Rod, ich habe was zu tun für dich – du kannst langsam anfangen, hier sauberzumachen; mach nur nicht soviel Krach.»

Ein Besen wurde Rodrig durch die Tür gereicht, und er machte sich an die Arbeit.

Zuallererst schlug er mit dem Besenende das ganze Gitterwerk in der Fensternische heraus; ein fernes, schwaches «Hurra!» erscholl wie aus einem Abgrund, und ein Stoß frischer Luft fuhr in die Zelle – die Papierblätter flogen vom Tisch, und Rodrig schob sie mit den Füßen in eine Ecke. Dann zog er mit dem Besen das dicke graue Spinnennetz und mit ihm die Spinne herab, die er einst so fürsorglich gepflegt hatte. Um sich die Zeit zu vertreiben, hob Roman sie auf. Primitiv, doch geschickt gemacht, bestand sie aus einem runden Plüschleib mit zuckenden Federbeinen, und mitten auf ihrem Rücken war ein langes Gummiband befestigt, an dessen Ende Roman sie hielt, die Hand auf und ab bewegend, so daß das Gummiband sich abwechselnd dehnte und zusammenzog und die Spinne stieg und sank. M'sieur Pierre warf einen schrägen kalten Blick auf das Spielzeug, und Roman hob die Augenbrauen und steckte es hastig in die Tasche. Rod wollte inzwischen das Tischschubfach herausziehen, riß mit allen Kräften daran, bewegte es, und der Tisch brach auseinander. Gleichzeitig stieß der Stuhl, auf dem M'sieur Pierre saß, einen Klagelaut aus, etwas gab nach, und M'sieur Pierre ließ fast die Uhr fallen. Gips begann von der Decke zu rieseln. Ein Riß beschrieb auf der Wand einen verschlungenen Lauf. Die Zelle war nicht mehr vonnöten und löste sich augenscheinlich auf.

«... achtundfünfzig, neunundfünfzig, sechzig», zählte M'sieur Pierre. «Das wär's. Bitte aufstehen. Es ist ein schöner Tag, die Fahrt wird ein Vergnügen sein, jeder würde sich an Ihrer Stelle beeilen aufzubrechen.»

«Nur noch einen Augenblick. Ich finde es lächerlich und beschämend, daß meine Hände so zittern – aber ich kann nichts dagegen tun und es nicht verbergen, ja, sie zittern, so ist es. Meine Papiere werdet ihr vernichten, das Gerümpel werdet ihr wegfegen, und der Falter wird in der Nacht durch das kaputte Fenster davonfliegen, so daß nichts von mir in diesen vier Wänden verbleibt, die schon drauf und dran sind zu zerfallen. Doch Staub und Vergessenheit bedeuten mir nun nichts mehr; ich empfinde nur eins – Angst, Angst, jämmerliche, zwecklose Angst...» In Wahrheit sagte Cincinnatus nichts dergleichen; schweigend wechselte er die Schuhe. Die Ader auf seiner Stirn war geschwollen, die blonden Locken fielen darüber, sein Hemd hatte einen weit offenen gestickten Kragen, der seinem Hals und seinem geröteten Gesicht mit dem blonden, zuckenden

Schnurrbart ein ungewöhnlich jugendliches Aussehen verlieh.

«Also los!» kreischte M'sieur Pierre.

Cincinnatus bemühte sich, niemand und nichts anzustoßen, setzte seine Füße, als ginge er auf einer blanken, schrägen Eisfläche, und fand seinen Weg aus der Zelle, die es in Wahrheit nicht mehr gab.

Zwanzigstes Kapitel

Cincinnatus wurde durch steinerne Gänge geführt.
Bald vorne, bald hinten sprang ein wirres Echo hervor –
alle Zellen hier verfielen. Oft gab es dunkle Strecken,
da Glühlampen durchgebrannt waren. M'sieur Pierre
verlangte, daß sie im Gleichschritt gingen.

Jetzt gesellten sich mehrere Soldaten in den vor-
schriftsmäßigen Hundemasken zu ihnen, und dann gingen Rodrig und Roman mit Erlaubnis ihres Herrn vor
ihnen her – machten lange, zufriedene Schritte,
schwangen wichtigtuerisch die Arme und überholten
einander. Unter Rufen verschwanden sie um eine Ecke.

Cincinnatus, dem leider plötzlich das Gehvermögen
abhanden gekommen war, wurde von M'sieur Pierre
und einem Soldaten mit dem Gesicht eines Barsois gestützt. Lange Zeit stiegen sie Treppen auf und nieder –
die Festung mußte einen gelinden Schlaganfall erlitten
haben, da die abwärts führenden Stufen in Wirklichkeit
aufwärts führten und umgekehrt. Wieder gab es lange
Gänge, doch von einer bewohnteren Art; das heißt, sie
zeigten sichtbar an – entweder durch Linoleum oder
durch Tapete oder durch eine Seekiste an der Wand –,
daß sie unmittelbar neben Wohnquartieren lagen. An
einer Biegung roch es sogar nach Kohlsuppe. Später ka-

men sie an einer Glastür mit der Aufschrift «üro» vorbei, und nach einer zweiten dunklen Periode fanden sie sich plötzlich im Hof, der von der Mittagssonne vibrierte.

Während der ganzen Wanderung war Cincinnatus damit beschäftigt, mit seiner würgenden, reißenden, unerbittlichen Angst zu kämpfen. Es war ihm klar, daß diese Angst ihn eben in die falsche Logik der Dinge hineinzog, die sich um ihn her allmählich entwickelt hatte und der er am Morgen noch irgendwie entgangen war. Bereits der Gedanke an diesen rundlichen, rotwangigen Jäger, der auf ihn einhacken würde, war eine unzulässige, Übelkeit erregende Schwäche, die Cincinnatus in ein ihm gefährliches System hineinzog. Er begriff das alles völlig, aber wie jemand, der nicht widerstehen kann, mit einer Halluzination zu disputieren, auch wenn er sehr genau weiß, daß die ganze Maskerade in seinem eigenen Gehirn veranstaltet wird, versuchte Cincinnatus vergeblich, seine Angst niederzuringen, obwohl er verstand, daß er sich in Wahrheit über das Erwachen freuen sollte, dessen Nähe von kaum merklichen Phänomenen angekündigt wurde, von den eigentümlichen Einwirkungen auf alltägliche Gerätschaften, von einer gewissen allgemeinen Instabilität, von einer gewissen Beschädigung aller sichtbaren Materie – doch die Sonne war noch realistisch, die Welt hielt noch zusammen, die Gegenstände beobachteten noch eine äußerliche Schicklichkeit.

Vor dem dritten Tor wartete das Fuhrwerk. Die Soldaten geleiteten sie nicht weiter, sondern setzten sich auf Holzkloben, die an der Wand aufgestapelt waren, und begannen, ihre Tuchmasken abzunehmen. Das Gefängnispersonal und die Familien der Wächter drängten sich scheu und gierig um das Tor – barfüßige Kinder stürzten hervor, versuchten, mit in das Bild zu kommen, rannten sofort zurück, ihre Mütter mit Kopftüchern hießen sie still sein, das heiße Licht vergoldete das verstreute Stroh, und es roch nach warmen Nesseln, während sich weiter seitlich ein Dutzend Gänse drängte und diskret gackerte.

«Auf geht's», sagte M'sieur Pierre forsch und setzte den erbsengrünen Hut mit der Fasanenfeder auf.

Ein altes, verschrammtes Fuhrwerk, das ächzend krängte, als M'sieur Pierre federnd und klein die Stufe betrat, war an einen braunen Klepper mit entblößtem Gebiß und von Fliegen glänzenden Wunden auf den scharf vorspringenden Keulen gehängt, der alles in allem so dürr und gerippt war, daß es aussah, als würde sein Körper von einem Satz Faßreifen zusammengehalten. In der Mähne steckte ein rotes Band. M'sieur Pierre zwängte sich an die Seite, um Platz für Cincinnatus zu machen, und fragte, ob der sperrige Kasten zu ihren Füßen ihm im Weg sei. «Bitte, mein Guter, versuchen Sie, nicht draufzutreten», fügte er hinzu. Rodrig und Roman kletterten auf den Bock. Rodrig, der den Kutscher spielte, knallte mit der langen Peitsche, das Pferd zuckte zusammen, war außerstande, das Fuhrwerk sofort in Bewegung zu setzen, und seine Hinterbeine knickten ein. Unpassenderweise erhob das Personal einen mißtönenden Hochruf. Rodrig stand auf, lehnte sich nach vorne, zielte mit der Peitsche nach den Nüstern des Pferdes, und als sich das Fuhrwerk spasmodisch in Bewegung setzte, fiel er von dem Ruck fast rückwärts auf den Bock, zog die Zügel an und schrie «Hü!».

«Immer mit der Ruhe», sagte M'sieur Pierre lächelnd und tippte Rodrig mit seiner in einem eleganten Handschuh steckenden plumpen Hand auf den Rücken.

Die blasse Straße wand sich bösartig pittoresk mehrmals um die Basis der Festung. Stellenweise war das Gefälle recht steil, und dann drehte Rodrig hastig den knarrenden Bremsengriff fest. M'sieur Pierre ließ die Hände auf dem Bulldoggenkopf seines Stockes ruhen und blickte fröhlich umher, betrachtete die Felsenvorsprünge, die grünen Hänge dazwischen, den Klee und die Reben, den aufgewirbelten weißen Staub, und da er einmal dabei war, liebkoste er mit den Augen auch das Profil von Cincinnatus, der immer noch in seinen inneren Kampf verstrickt war. Die dürren, grauen, gebeugten Rücken der beiden Männer auf dem Bock waren völlig identisch. Die Hufe rappelten und klapperten. Pferdebremsen kreisten wie Satelliten. Hin und wieder überholte das Gefährt hastende Pilger (den Gefängniskoch zum Beispiel mit seiner Frau), die stehen blieben, die Augen gegen die Sonne und den Staub bedeckten und dann ihren Schritt beschleunigten. Eine Kurve noch, und die Straße streckte sich zur Brücke hin, endlich freigekommen von der langsam sich drehenden Festung (die bereits recht ärmlich dastand – die Perspektive war in Unordnung geraten, etwas hatte sich gelöst und schlenkerte).

«Es tut mir leid, daß ich so aufgebraust bin», sagte M'sieur Pierre gütig. «Nehmen Sie es mir nicht übel,

Schätzchen. Sie wissen doch selbst, wie das weh tut, wenn andere schlampig sind, während man selber mit ganzer Seele bei der Arbeit ist.»

Sie klapperten über die Brücke. Die Nachricht von der Hinrichtung hatte gerade erst begonnen, sich in der Stadt zu verbreiten. Rote und blaue Knaben rannten hinter dem Fuhrwerk her. Ein Mann, der den Verrückten spielte, ein alter Mensch jüdischer Herkunft, der viele Jahre lang nach nichtexistenten Fischen in einem wasserlosen Fluß geangelt hatte, suchte seine Habseligkeiten zusammen und beeilte sich, um bei der ersten Gruppe von Bürgern zu sein, die zum Platz der Sensationen strömten.

«...aber es hat keinen Sinn, darauf zu beharren», sagte M'sieur Pierre. «Männer von meinem Temperament sind reizbar, aber sie kommen auch schnell drüber hinweg. Widmen wir unsere Aufmerksamkeit lieber dem Verhalten des schönen Geschlechts.»

Einige Mädchen ohne Hüte kauften drängelnd und kreischend einer fetten Blumenfrau mit gebräunten Brüsten sämtliche Blumen ab, und der kühnsten von ihnen gelang es, einen Strauß in den Wagen zu werfen und Roman damit fast die Mütze vom Kopf zu schlagen. M'sieur Pierre drohte mit dem Finger.

Das Pferd sah mit trübem Auge schräg auf die flachen, fleckigen Hunde herab, die mit gestreckten Körpern um die Wette mit seinen Hufen liefen, schleppte sich die Gartenstraße hinauf, und die Menge holte sie schon ein – ein zweiter Strauß traf das Fuhrwerk. Jetzt bogen sie rechts ein, fuhren an den gewaltigen Ruinen der alten Fabrik vorbei, dann die Telegraphstraße ent-

lang, in der es klimperte, stöhnte und tutete, als würden
Instrumente gestimmt, dann eine ungepflasterte, wis-
pernde Gasse entlang, an einem öffentlichen Park vorbei, wo zwei bärtige Männer in Zivil sich von einer
Bank erhoben, als sie den Wagen erblickten, einander
mit emphatischen Bewegungen darauf aufmerksam
machten – beide furchtbar aufgeregt und breitschult-
rig –, und jetzt hoben sie kräftig und eckig die Beine und
rannten zu demselben Ort wie die anderen. Das korpulente weiße Standbild hinter dem Park war in zwei Teile
gespalten – von einem Donnerkeil, wie die Zeitungen
vermuteten.

«Gleich fahren wir an Ihrem Haus vorbei», sagte
M'sieur Pierre sehr sanft.

Roman begann auf dem Kutschbock zu zappeln,
drehte sich zu Cincinnatus um und schrie: «Gleich fahren wir an Ihrem Haus vorbei», und sofort wandte er
sich wieder um und hüpfte wie ein vergnügter Rüpel
auf und nieder.

Cincinnatus wollte nicht hinsehen, aber er tat es
doch. Marthe saß auf den Zweigen eines unfruchtbaren
Apfelbaums und winkte mit einem Taschentuch, während im Garten nebenan zwischen Sonnenblumen und
Stockrosen eine Vogelscheuche in einem zerknautsch-
ten Zylinderhut mit ihrem Ärmel winkte. Die Haus-
wand war besonders an den Stellen, wo einst Laub-
schatten gespielt hatten, seltsam abgeblättert, und ein
Teil des Daches... Aber sie waren vorbei.

«Wirklich, Sie haben etwas Herzloses an sich», sagte
M'sieur Pierre seufzend und piekte ungeduldig mit seinem Stock in den Rücken des Kutschers, der sich leicht

erhob und mit wilden Peitschenschlägen ein Wunder vollbrachte: Der Gaul schaffte einen Galopp.

Jetzt fuhren sie den Boulevard entlang. Die Erregung in der Stadt wuchs weiter. Die bunten Fassaden der Häuser wankten und schwankten, als sie in aller Eile mit Willkommensspruchbändern geschmückt wurden. Ein kleines Haus war besonders herausgeputzt: Seine Tür tat sich schnell auf, ein Jüngling trat heraus, und seine ganze Familie entbot ihm den Abschiedsgruß – er hatte heute das Alter erreicht, in dem er Hinrichtungen beiwohnen durfte; die Mutter lächelte unter Tränen, die Oma steckte ihm eine Stulle in den Ranzen, das Brüderchen reichte ihm den Wanderstab. Die alten Steinbrücken, die sich über die Straße spannten (einst eine Wohltat für die Fußgänger, aber jetzt nur noch von Gaffern und Straßenwächtern benutzt), strotzten schon von Photographen. Immer wieder zog M'sieur Pierre den Hut. Dandys auf ihren schimmernden Uhrwerkrädern fuhren an dem Wagen vorbei und reckten die Hälse. Ein Mensch in Pluderhosen kam mit einem Eimer voller Konfetti aus einem Café gerannt, verfehlte sein Ziel und kippte seinen bunten Blizzard einem kahlgeschorenen Kerl ins Gesicht, der gerade mit einem Willkommensteller voller «Brot und Salz» von dem gegenüberliegenden Bürgersteig herübergerannt war.

Von der Statue des Hauptmanns Somnus waren nur die Beine bis zu den Hüften erhalten, von Rosen umwachsen – auch sie mußte ein Blitz getroffen haben. Irgendwo strampelte sich eine Blechkapelle eilig mit dem Marsch *Golubtschik* ab. Weiße Wolken bewegten

sich ruckweise über den ganzen Himmel – ich glaube,
es sind immer wieder dieselben, ich glaube, es gibt nur
drei Arten, ich glaube, es ist alles eine Bühnendekora-
tion mit einem verdächtigen Grünstich...

«Nana, los, keine Dummheiten», sagte M'sieur
Pierre. «Daß Sie mir ja nicht in Ohnmacht fallen. Es ist
eines Mannes nicht würdig.»

Und jetzt waren sie am Ziel. Noch waren nur verhältnismäßig wenige Zuschauer da, aber ohne Ende
strömten sie herbei. In der Mitte des Platzes – nein,
nicht genau in der Mitte, das eben war das Schreckliche
– erhob sich das scharlachrote Gerüst des Schafotts.
Der alte elektrisch angetriebene städtische Leichenwa-
gen wartete bescheiden in geringer Entfernung. Eine
kombinierte Telegraphisten- und Feuerwehrbrigade
hielt die Ordnung aufrecht. Die Kapelle spielte offenbar mit aller Macht, da der Dirigent, ein einbeiniger
Krüppel, wild mit den Armen fuchtelte; jedoch war
jetzt kein Ton zu hören.

M'sieur Pierre hob die plumpen Schultern, stieg anmutig vom Fuhrwerk und wandte sich sogleich um, um
Cincinnatus beim Aussteigen zu helfen, aber Cincinnatus stieg auf der anderen Seite aus. Es wurde etwas ge-
zischt.

Rodrig und Roman sprangen vom Bock; alle drei
drängten sie sich um Cincinnatus.

«Allein», sagte Cincinnatus.

Es waren etwa zwanzig Schritte zum Schafott, und
damit ihn niemand berührte, war Cincinnatus zu rennen gezwungen. Irgendwo in der Menge bellte ein
Hund. Als er die scharlachroten Stufen erreichte, blieb

Cincinnatus stehen. M'sieur Pierre faßte ihn am Ellbogen.

«Allein», sagte Cincinnatus.

Er stieg auf das Gerüst, wo sich der Block befand, das heißt eine glatte, schräge Platte aus poliertem Eichenholz, so groß, daß einer mit ausgebreiteten Armen leicht darauf liegen konnte. M'sieur Pierre bestieg das Gerüst ebenfalls. Das Publikum summte.

Während sie sich mit den Eimern zu schaffen machten und die Sägespäne streuten, lehnte sich Cincinnatus, der nicht wußte, was er machen sollte, an die hölzerne Brüstung, doch sie erzitterte leicht, und einige neugierige Zuschauer unten begannen seine Knöchel abzutasten; er trat fort und begann sich umzusehen, ein wenig außer Atem, seine Lippen befeuchtend, die Arme etwas unbeholfen vor der Brust verschränkt und so, als täte er es zum ersten Mal. Der Beleuchtung war etwas zugestoßen, mit der Sonne stimmte etwas nicht, und ein Teil des Himmels bebte. Pappeln waren um den Platz gepflanzt, aber sie waren steif und wacklig – eine von ihnen neigte sich ganz langsam und ...

Aber wieder ging ein Raunen durch die Menge: Stolpernd, einander schubsend, keuchend und grunzend trugen Rodrig und Roman ungeschickt den schweren Kasten auf das Gerüst und setzten ihn auf den Bretterboden. M'sieur Pierre warf seine Jacke ab und war jetzt nur noch im Unterhemd. Auf seinen weißen Bizeps war eine Türkisfrau tätowiert, während in einer der ersten Reihen der Menge, die sich (ungeachtet der Ermahnungen der Feuerwehrleute) dicht um das Schafott drängte, die gleiche Frau leibhaftig stand und ebenfalls ihre beiden Schwestern sowie der kleine Alte mit der Angelrute und die gebräunte Blumenfrau und der Jüngling samt Stab und einer von Cincinnatus' Schwagern und der Bibliothekar, der eine Zeitung las, und jener stämmige Mensch Nikita Lukitsch, der Ingenieur – und Cincinnatus bemerkte auch einen Mann, den er jeden Morgen auf dem Weg zum Kindergarten getroffen hatte, dessen Namen er jedoch nicht wußte. Hinter diesen ersten waren weitere Reihen, wo die Augen und Münder nicht so deutlich gezeichnet waren; und hinter ihnen gab es Schichten sehr verschwommener und in ihrer Verschwommenheit identischer Gesichter, und dann – die hintersten waren wirklich ziemlich schludrig auf den Prospekt geschmiert. Eine weitere Pappel kippte.

Plötzlich hörte die Kapelle auf – oder vielmehr wurde einem jetzt, da sie aufhörte, plötzlich klar, daß sie die ganze Zeit über gespielt hatte. Einer der Musiker, feist und gefaßt, nahm sein Instrument auseinander und schüttelte Speichel aus dessen glänzenden Gelenken. Hinter der Kapelle war ein schlaffer, grüner, allegorischer Prospekt: ein Säulengang, Felsen, eine seifige Kaskade.

Behende und energisch (so daß Cincinnatus unwillkürlich zurückwich) sprang der stellvertretende Stadtverwalter auf das Gerüst, und einen hocherhobenen Fuß lässig auf den Block postiert (er war ein Meister der lockeren Beredsamkeit), verkündete er laut:

«Städter! Eine kurze Bemerkung. Neuerdings ist auf den Straßen der Hang gewisser Individuen der jüngeren Generation beobachtet worden, so schnell zu gehen, daß wir Alten ausweichen müssen und in Pfützen treten. Ich möchte auch bekanntgeben, daß übermorgen auf dem Ersten Boulevard Ecke Brigadierstraße eine Möbelausstellung eröffnet wird, und ich hoffe aufrichtig, Sie alle dort sehen zu können. Ich erinnere Sie auch daran, daß heute abend mit sensationellem Erfolg die neue komische Oper *Mach dich klein*, *Sokratlein* gegeben wird. Ich bin auch gebeten worden, Ihnen mitzuteilen, daß die Verteilungszentrale Keifer eine große Auswahl an Damengürteln erhalten hat, und das Angebot dürfte einmalig sein. Jetzt überlasse ich anderen Darstellern die Bühne und hoffe, Städter, daß ihr euch alle wohlbefindet und daß nichts euch fehlt.»

So behende, wie er gekommen war, schlüpfte er durch die Querbalken der Brüstung und sprang unter beifälligem Murmeln von dem Gerüst herab. M'sieur Pierre, der bereits eine weiße Schürze angelegt hatte (unter der seine Reitstiefel hervorsahen), wischte sich sorgfältig die Hände an einem Handtuch ab und blickte sich ruhig und wohlwollend um. Sobald der stellvertretende Stadtverwalter mit seiner Rede fertig war, warf er das Handtuch seinem Gehilfen zu und trat zu Cincinnatus hinüber.

(Die viereckigen schwarzen Schnauzen der Photographen schwankten und erstarrten.)

«Keine Aufregung, keine Nervosität bitte», sagte M'sieur Pierre. «Zuerst wollen wir unser Hemdchen ausziehen.»

«Allein», sagte Cincinnatus.

«So ist's recht. Nehmt ihm sein Hemd ab, Leute. Jetzt zeige ich Ihnen, wie man sich hinlegt.»

M'sieur Pierre ließ sich auf den Block fallen. Das Publikum summte.

«Ist das klar?» fragte M'sieur Pierre, sprang auf und zog seine Schürze gerade (sie war am Rücken aufgegangen, Rodrig half, sie wieder zuzubinden). «Gut. Fangen wir an. Das Licht ist ein bißchen grell . . . Vielleicht könnten Sie . . . Sehr schön so. Danke. Vielleicht noch ein kleines bißchen weiter . . . Bestens! Jetzt muß ich Sie bitten, sich hinzulegen.»

«Allein, allein», sagte Cincinnatus und legte sich mit dem Gesicht nach unten, wie es ihm gezeigt worden war, bedeckte jedoch sogleich seinen Nacken mit den Händen.

«Wie kindisch», sagte M'sieur Pierre von oben herab. «Wenn Sie das tun, wie kann ich dann . . . (ja, bring's her; gleich hinterher dann den Eimer). Und warum überhaupt die Muskeln so anspannen? Locker, ganz locker. Nehmen Sie bitte die Hände weg . . . (gib's mir jetzt). Ganz locker und laut zählen.»

«Bis zehn», sagte Cincinnatus.

«Was haben Sie da gesagt, mein Freund?» sagte M'sieur Pierre, als bäte er ihn, es zu wiederholen, und schon beim Hochheben fügte er leise hinzu: «Bitte treten Sie etwas zurück, meine Herren.»

«Bis zehn», wiederholte Cincinnatus und breitete die Arme aus.

«Ich tue ja noch gar nichts», sagte M'sieur Pierre mit einem fremden Ton keuchender Anstrengung, und schon lief der Schatten seines Schwungs die Bretter entlang, als Cincinnatus laut und fest zu zählen begann: Ein Cincinnatus zählte, aber der andere hörte bereits nicht mehr auf den Klang des nutzlosen Zählens, der sich in der Ferne verlor; und mit einer Klarheit, die er noch nie empfunden hatte – zunächst fast schmerzlich, so plötzlich überkam sie ihn, dann ihn mit Freude erfüllend –, dachte er: Warum bin ich hier? Warum liege ich so da? Und da er sich diese einfachen Fragen gestellt hatte, beantwortete er sie sich, indem er aufstand und sich umblickte.

Ringsumher gab es ein seltsames Durcheinander. Durch die noch schwingenden Hüften des Scharfrichters zeigte sich die Brüstung. Auf den Stufen saß zusammengekrümmt der blasse Bibliothekar und erbrach sich. Die Zuschauer waren völlig durchsichtig und völlig nutzlos, sie wogten und entfernten sich – lediglich die hinteren Reihen, die ja aufgemalt waren, blieben an Ort und Stelle. Langsam stieg Cincinnatus vom Gerüst hinab und schritt durch die sich verschiebenden Trümmer davon. Er wurde von Roman überholt, der jetzt viele Male kleiner und zugleich Rodrig war: «Was machen Sie!» krächzte er und hüpfte auf und ab. «Das können Sie nicht tun, das können Sie nicht! Das ist unrecht, ihm gegenüber, allen gegenüber... Kommen Sie zurück, legen Sie sich hin – schließlich haben Sie schon gelegen, alles war bereit, alles war erledigt!» Cincinnatus stieß ihn fort, und mit einem rauhen Schrei rannte der andere davon, bereits auf nichts mehr bedacht als auf seine eigene Sicherheit.

Wenig war übrig von dem Platz. Das Gerüst war längst in einer Wolke rötlichen Staubs zusammengefallen. Die letzte, die vorüberstürzte, war eine Frau mit einem schwarzen Tuch, die den winzigen Scharfrichter wie eine Larve in den Armen trug. Die gestürzten Bäume lagen flach und ohne Relief da, während die noch stehenden, auch sie zweidimensional und mit einer seitlichen Schattierung des Stammes, die Rundung vortäuschen sollte, sich mit ihren Zweigen nur noch mühsam an dem reißenden Netzwerk des Himmels hielten. Alles löste sich auf. Alles fiel. Ein Wirbelwind packte und ließ kreiseln: Staub, Lumpen, Splitter aus bemaltem Holz, Stücke vergoldeten Stucks, Pappziegel, Anschläge; eine schale Düsternis griff schnell um sich; und inmitten des Staubes, inmitten der fallenden Dinge, inmitten der schwankenden Kulissen schritt Cincinnatus in jene Richtung, wo, nach den Stimmen zu urteilen, ihm verwandte Wesen standen.

Anmerkungen

Im Sommer 1934 unterbrach Vladimir Nabokov seine Arbeit an dem Roman *Dar (Die Gabe)*, genauer: an der Tschderny-schewskij-Biographie, die zu Kapitel 4 von *Dar* werden sollte, um *Priglashenije na kasn* (Einladung zur Enthauptung) nieder-zuschreiben, in Berlin (Wilmersdorf, Nestorstraße 22, dritte Etage, wo Nabokov und seine Frau Véra zwei Zimmer in einer Vier-Zimmer-Wohnung von Anna Feigin bewohnten, einer Cousine von Véra).

Aus der Erinnerung von über drei Jahrzehnten sagte Nabo-kov über die Entstehung des Romans in einem Interview: «Allgemein gesprochen bin ich ein langsamer Schreiber, eine Schnecke, die ihr Haus mit einer Geschwindigkeit von zwei-hundert Druckseiten pro Jahr dahinträgt (eine bemerkens-werte Ausnahme war das russische Original von *Einladung zur Enthauptung*, dessen ersten Entwurf ich in vierzehn Tagen voll herrlicher Erregung und anhaltender Inspiration nieder-schrieb).» (Interview mit Alfred Appel, Jr., *Wisconsin Studies in Contemporary Literature*, 8(2)/1967, Seite 127–152)

Im gleichen Interview antwortete Nabokov auf die Frage, welcher seiner Romane ihm persönlich am liebsten wäre und welchen er selber mehr schätze als die übrigen: «Die meiste Zuneigung hege ich für *Lolita*; die größte Wertschätzung für *Einladung zur Enthauptung*.»

Als er ein paar Jahre später, 1940, in einem Brief an den

Schriftsteller und Kritiker Edmund Wilson dessen Lenin-Bild zu korrigieren suchte, das ihm entschieden zu positiv schien, kam er unvermutet wieder auf diesen Roman zu sprechen, dessen russische Fassung er Wilson kurz vorher geschickt hatte. Nabokov: «Nein, nicht einmal der Zauber Ihres Stils hat mich dazu gebracht, ihn [Lenin] zu mögen... Diese rauhe Herzlichkeit, dieses Aufwärtsverdrehen der Augen *(s prischtschurinkoj)*, dieses jungenhafte Lachen usw., bei dem die Biographen so liebevoll verweilen, alles dies bildet etwas, das mir besonders widerwärtig ist. Es ist diese Atmosphäre der Jovialität, dieser Eimer mit der Milch menschlicher Güte, an dessen Boden eine tote Ratte liegt, die ich in meiner *Einladung zur Enthauptung* benutzt habe (von der ich immer noch hoffe, daß Sie sie lesen werden). Die ‹Einladung› ist so freundlich gemeint, alles ist so nett und angenehm, wenn man nur ‹keine Scherereien› macht (sagt der Henker zu seinem ‹Patienten›). Ein deutscher Bekannter von mir, dessen Steckenpferd Hinrichtungen waren und der in Regensburg bei einer Hinrichtung mit dem Beil zusah, erzählte mir, daß der Henker geradezu väterlich wirkte.» (Nabokov an Wilson, 15. Dezember 1940)

Wenn *Einladung zur Enthauptung* auch rascher als alle anderen Romane Nabokovs niedergeschrieben wurde, so nahm die Textrevision auch hier längere Zeit in Anspruch – sie beschäftigte ihn von September bis Dezember 1934. Erstmals gedruckt wurde der Roman, in drei Fortsetzungen, in der Literaturzeitschrift *Sowremennyje Sapiski* (58/1935, 59/1935, 60/1936); in Buchform erschien er – bei dem Pariser Emigrantenverlag Dom Knigi – erst Ende 1938. Die englische Fassung («von Dmitri Nabokov in Zusammenarbeit mit dem Autor») erschien 1959 bei dem Verlag G. P. Putnam's Sons, New York. Die «vom Autor autorisierte» deutsche Übersetzung (Rowohlt, Reinbek 1970) wurde vom Übersetzer und Herausgeber hier leicht überarbeitet.

Seite 6–8 – Ein Autor indessen ist in diesem Zusammenhang nie erwähnt worden – der einzige, der zu der Zeit, als ich dieses Buch schrieb, Einfluß auf mich ausübte, wie ich dankbar anerkennen muß; nämlich der melancholische, extravagante, weise, witzige, magierhafte und ganz und gar einnehmende Pierre Delalande, der meine Erfindung ist... Mein Lieblingsautor (1768–1849)... der Autor des *Discours sur les ombres*...: Der im englischen Vorwort mehrfach erwähnte und zitierte Pierre Delalande, aus dessen *Discours sur les ombres* das Motto des Romans stammt (Seite 9), ist tatsächlich Nabokovs Erfindung. Er taucht im 1934 noch nicht geschriebenen, aber im Kopf bereits fertigen fünften Kapitel des Romans *Dar (Die Gabe)* auf. Auch hier werden, knapp eine Seite lang, aus dem *Discours sur les ombres* Gedanken über den Tod «zitiert»: «Als der französische Denker Delalande bei jemandes Begräbnis gefragt wurde, warum er nicht den Hut abnehme *(ne se découvre pas)*, erwiderte er: ‹Ich erwarte, daß er es zuerst tut› *(qu'elle se découvre la première).* Darin liegt ein Mangel an metaphysischer Höflichkeit, aber der Tod verdient nicht mehr...» Patricia Brückmann (*The Vladimir Nabokov Research Newsletter,* 6/1981, Seite 28–30) hat im *Dictionnaire de Biographie Française* einen Pierre-Antoine Delalande (1787–1823) ausgegraben, der als Namenspatron in Frage kommt. Er war Naturkundler und Forschungsreisender, brachte von seinen Reisen viele Knochen und auch menschliche Skelette mit und starb in Paris an einer «exotischen Krankheit», die er aus dem Ausland mitgebracht hatte. Für den Roman *Die Gabe* hatte Nabokov eine Menge alter Reiseberichte durchgesehen.

Seite 7 – *vive le pédant:* (frz.) es lebe der Pedant.

Seite 7 – *Il a tout pour tous. Il fait rire l'enfant et frissonner la femme. Il donne à l'homme du monde un vertige salutaire et fait rêver*

257

ceux qui ne rêvent jamais: (frz.) Er hat alles für alle. Er bringt das Kind zum Lachen und die Frau zum Erschauern. Er verschafft dem Mann von Welt ein heilsames Schwindelgefühl und bringt die zum Träumen, die niemals träumen (siehe auch Anmerkung zu Seite 6–8).

Seite 9 – *Comme un fou se croit Dieu, nous nous croyons mortels.* Delalande: *Discours sur les ombres:* (frz.) Wie ein Wahnsinniger sich für Gott hält, so halten wir uns für sterblich. Delalande, *Diskurs über die Schatten* (siehe auch Anmerkung zu Seite 6–8).

Seite 11 – Cincinnatus C.: Der lateinische Name des zum Tode Verurteilten bedeutet «der mit dem krausen Haar», der Lockenkopf. Es besteht wahrscheinlich *keine* Beziehung zu dem berühmten Cincinnatus der Geschichte, dem Staatsmann Lucius Quinctius Cincinnatus (Mitte des 5. Jahrhunderts v. Chr.), dem Inbegriff altrömischer Tugenden, einem Gegner der Gleichberechtigung der Plebejer, der in Notsituationen zweimal vom Pflug weg zum Diktator bestimmt wurde und das Amt nach vollbrachtem Auftrag niederlegte.

Seite 11 – Alle erhoben sich und lächelten einander zu: Der totalitäre Staat, in dem Cincinnatus lebt, zeichnet sich hier und im folgenden immer wieder durch das aus, was Nabokov *poschlost* nannte – ein für ihn zentraler Begriff. Mit «Kitsch» oder «Abgeschmacktheit» wäre er nur höchst unzureichend übersetzt. In seinem *Gogol*-Buch (1944) sagt Nabokov zu dem Begriff unter anderem dies: «Die russische Sprache vermag mit Hilfe eines einzigen mitleidlosen Wortes die Quintessenz eines weitverbreiteten Defekts zu bezeichnen, für den die anderen drei europäischen Sprachen, deren ich mächtig bin, über keinen speziellen Begriff verfügen. Englische Wörter, die einige, keineswegs aber alle Aspekte von *poschlost* ausdrücken, sind beispielsweise: *cheap* (billig), *sham* (unecht, falsch), *common* (gemein), *smutty* (seimig), *pink-and-blue* (rosarot und himmelblau, kitschig), *high falutin* (hochgestochen), *in bad taste* (geschmacklos). Mein kleiner Helfer, *Roget's Thesaurus* . . . , bietet mir unter dem Eintrag *Cheapness* (Billigkeit, Wohlfeilheit) außerdem *inferior* (minderwertig), *sorry* (schäbig), *trashy* (schrottig), *scurvy* (niedrig), *tawdry* (aufgedonnert), *gimcrack* (flittrig) und anderes an. All dies aber verweist nur auf gewisse falsche Werte, für deren Entdeckung kein besonderer Scharfsinn erforderlich ist. Sie stellen, diese Wörter, allenfalls ein augenfälliges Wertesystem in einer bestimmten Periode der Menschheitsgeschichte dar. Was indessen Russen *poschlost* nennen, ist von herrlicher Zeitlosigkeit und mit einem guten Tarnanstrich versehen, so daß ihr Vorhandensein (in einem Buch, in einer Seele, einer Institution, an Tausenden von anderen Stellen) oft dem Spürsinn entgeht. Seit Rußland zu denken lernte, bis hin zu der Zeit, wo unter dem Einfluß des ungewöhnlichen Regimes, unter dem es seit fünfundzwanzig Jahren leidet, sein Geist verlosch, waren sich gebildete, sensible und freigeistige Russen der schleimig-flüchtigen und klebrigen Berührung der *poschlost* höchst bewußt. Unter den Völkern, mit denen wir in Berührung kamen, schien uns immer Deutschland der Ort zu sein, wo die *poschlost* – anstatt dem Gelächter preisgegeben zu sein – wesentlicher Bestandteil des Nationalgefühls, der Sitten und Gebräuche und der allgemeinen Atmosphäre war. . . zu Kriegs- und Revolutionszeiten [öffnet sich] weltweit ein Abgrund an *poschlost* . . . *Poschlost*, daran sei erinnert, ist besonders wirksam und bösartig, wenn das Falsche *nicht* in die Augen springt und wenn die von ihr nachgeäfften Werte zu Recht oder zu Unrecht dem höchsten Rang der Kunst, des Denkens oder Fühlens zugerechnet werden.» Robert Alter (*TriQuarterly*, 17/1970, Seite 41–59) hat darauf hingewiesen, daß diese *poschlost* notwendig ein inhärenter Bestandteil jedes Totalitarismus ist – und daß Nabokov ihn also in seinem Kern kritisiert, wenn er sie herausstreicht: «*Poschlost* ist dem Totalitarismus unentbehrlich, da sie der natürliche Ausdruck eines abgetöteten Bewußtseins ist, welches davon überzeugt ist, hehren Zwecken zu dienen, und gleichzeitig ist sie das Mittel, falsche Werte aufzunötigen, immer noch menschliche Vorstellungen zu betäuben, bis die Leute keine geistig gesunden Unterscheidungen mehr zu treffen vermögen: Das Häßliche wird zum Schönen, der Tod wird zu Leben, und über die Eingangstore einer von Menschen geschaffenen Hölle hängt man ein demonstrativ edles Sentiment wie ‹Arbeit macht frei›. ‹Sentimentalität›, schrieb Norman Mailer, ‹ist die emotionale Promiskuität jener, die kein Gefühl haben›; aus eben diesem Grund blüht der totalitäre Geist in einer schrecklich kitschigen Sentimentalität erst voll und faulig auf.»

Seite 14 – Marthe: in der russischen Fassung heißt Cincinnatus' treulose Frau Marfinka.

Seite 16 – *pour la digestion:* (frz.) für die Verdauung.

Seite 20 – Hin und wieder kam eine Woge von Duft aus den Tamara-Gärten... das Tam-tam-tam einer fernen Kapelle: Eins der wiederkehrenden Motive im Werk von Nabokov ist das der ersten, glücklichen Liebe. Den biographischen Grundstoff bildete seine Beziehung zu Valentina Schulgin («Ljusja») in den Jahren 1915/16, deren Szenerie vornehmlich die sommerlichen Gärten, Parks und Wälder um den elterlichen Landsitz Wyra waren, etwa siebzig Kilometer südlich des damaligen Petersburg. Erinnerungen an diese jugendliche Liebe finden sich vor allem in Nabokovs erstem Roman *Maschenka* (1925/26), in karikierter Form in der Erzählung *Die*

Nadel der Admiralität (1933) sowie in seiner Autobiographie *Erinnerung, sprich* (1951–1967). Hier gab er dem Mädchen, das für ihn der Inbegriff jugendlichen Glücks war, den Namen «Tamara». In seiner romanhaft gebrochenen Autobiographie *Sieh doch die Harlekine!* (1974) heißt der erste Roman der Hauptfigur nicht *Maschenka*, sondern *Tamara*. Die erste Silbe dieses Namens, das russische *tam*, heißt «dort». Das «Tam-tam-tam» der fernen Kapelle in den «Tamara-Gärten» bedeutet also gleichzeitig «dort, dort, dort». Und die Figur dieses dreifachen «dort» wiederholt sich in Cincinnatus' Aufzeichnungen (Seite 103): *«There, tam, là-bas* leuchtet unnachahmbares Verständnis aus dem Blick der Menschen; *dort* behelligt man die Sonderlinge nicht, die hier gemartert werden; *dort* nimmt die Zeit die Gestalt an, die einem beliebt...» Das Gegenteil dieses «dort» ist das voraufgehende «hier»: «Das gräßliche ‹hier›, das dunkle Verlies, in dem ein unnachgiebig vor Schmerz brüllendes Herz eingekerkert ist...» (Das Gefängnis ist also auch der Körper.) Robert Alter zufolge (*TriQuarterly*, 17/1970, Seite 41–59) nimmt diese Redefigur des sehnsuchtsvollen, lyrischen «Dort...» eine Zeile aus Charles Baudelaires Gedicht *L'Invitation au Voyage* auf. Es beginnt *«Mon enfant, ma sœur, / Songe à la douceur / D'aller là-bas vivre ensemble»* (Mein Kind, meine Schwester, / Träume davon, wie süß es wäre / Dorthin zu gehen und zusammen zu leben), und sein dreimal wiederholter Refrain lautet: *«Là, tout n'est qu'ordre et beauté, / Luxe, calme et volupté»* (Dort ist alles nur Ordnung, Schönheit, Luxus, Ruhe und Wollust). Julian W. Conolly (*The Nabokov Research Newsletter*, 11/1983, Seite 43–47) hat darauf aufmerksam gemacht, daß es (ebenfalls) auf bestimmte russische Vorbilder hinweisen könnte, nämlich auf mehrere Gedichte des Frühromantikers Wassilij Shukowskij (1783–1852). In einem (*Pesnja*, Lied) heißt es etwa: «Irgendwo, verspricht man uns, / Gibt es ein besseres

Land. / Dort *(tam)* ist der Frühling immer jung; / Dort *(tam)* blüht in einem paradiesischen Tal / Für uns wie eine Rose ein anderes Leben.» Wo schließlich Sokrates/Platon im *Phaidon* (siehe auch Anmerkung zu Seite 248) die Gegenden beschreibt, in denen dem Mythos zufolge die Toten weiterleben, heißt es: «Die Toten, bei denen sich erweist, daß sie ihr Leben schlecht und recht durchlaufen haben, die werden nun zum Acheron gebracht, und dort besteigen sie die wohlbekannten Nachen, die ihrer warten, und kommen so zum See. Dort [!] wohnen sie, erfahren Läuterung und werden frei von ihrer Last...» Womit das dreifache «Dort», das «Tam-tam-tam» der Kapelle wohl denn doch erklärt wäre (Platon, Shukowskij, Baudelaire).

Seite 23 – Opazität: Undurchsichtigkeit, das Gegenteil von Transparenz. Sie ist es, worin Cincinnatus' Verbrechen besteht – er wirkt auf seine unwirklichen, unechten Mitmenschen undurchschaubar, opak. (Siehe auch Seite 24/25, 27, 79.)

Seite 29 – Tamara-Gärten: siehe Anmerkung zu Seite 20.

Seite 46 – Tamara-Gärten: siehe Anmerkung zu Seite 20.

Seite 62 – *demain matin:* (frz.) morgen früh.

Seite 67 – *bref:* (frz.) kurz.

Seite 69 – Tamara-Gärten: siehe Anmerkung zu Seite 20.

Seite 79 – gnoseologischen Frevels... Okklusion: in der englischen Fassung heißt Cincinnatus' Verbrechen *«gnostic turpitude»* (gnostische Verworfenheit), in der russischen *«gnoseologitscheskaja gnusnost»* (gnoseologische Abscheulichkeit) – das heißt, C. wirkt störend «unerkennbar», undurchschaubar. Das gn- der beiden Begriffe hat im Russischen einen besonders widerwärtigen Klang; es schwingen darin «näseln», «Ungeziefer» und «verdorben» mit. «Okklusion» heißt hier soviel wie Verschlossenheit. (Siehe auch Anmerkung zu Seite 23.)

Seite 83 – Tamara-Gärten: siehe Anmerkung zu Seite 20.

Seite 87 – *bon:* (frz.) gut.

Seite 93 – *N'y faites pas attention:* (frz.) Kümmern Sie sich nicht darum.

Seite 101 – wie Puschkins gefühlsseliger Duellant: gemeint ist Wladimir Lenskij in Alexander Puschkins Versroman *Eugen Onegin*.

Seite 103 – *There, tam, là-bas:* (engl., russ., frz.) Dort (siehe auch Anmerkung zu Seite 20).

Seite 113 – *Mali é trano t'amesti:* Die Worte, die Marthes Bruder hier und gleich noch einmal lauter singt (Seite 114) und die auch in der russischen Fassung des Romans in lateinischen Buchstaben erscheinen, klingen wie aus einer italienischen Oper, sind aber gar kein Italienisch und überhaupt keine bestimmte Sprache. Gene Barabtarlo hat sie als ein Anagramm entschlüsselt (*The Nabokov Research Newsletter*, 9/1982, Seite 34–35): Stellt man die Buchstaben um, so erhält man den russischen Satz *«smert' mila éto taina»* (oder auch *«éto taina smert' mila»*) – «Der Tod ist süß, das ist das Geheimnis». (Die Transliteration entspricht der englischen Konvention.) In einem längeren russischen Gedicht von 1942 (*Slawa*, Ruhm) spricht Nabokov von *«éta taina ta-ta, ta-ta-ta, ta-ta»* (jenem Geheim-

nis ta-ta, ta-ta-ta, ta-ta) – sicher meint er das Geheimnis von
«*smert' mila éto taina*» und gleichzeitig das Geheimnis des Todes. Ins Englische übersetzte Nabokov jene Gedichtzeile mit
«*That main secret tra-tá-tra tá-ta tra-tá*» und gab damit einen
Wink, wie der angebliche Operntext zu skandieren wäre: *Malí
e tráno t'amést(i)*. Der ganze zweite Teil jenes Gedichts *Ruhm*
lautet in wörtlicher Übersetzung: «Dann lache ich, und sofort
erhebt sich von meiner Federspitze ein Flug meiner Lieblings-
anapäste in die Nacht und hinterläßt mit der Beschleunigung
der goldenen Inschrift Feuerwerksstreifen. / Und ich bin
glücklich. Bin glücklich, daß das Gewissen, der Lude meiner
schläfrigen Gedanken und Vorhaben, das kritische Geheimnis nicht herausbekam. Ich bin wirklich bemerkenswert
glücklich heute. / Jenes Hauptgeheimnis tra-tá-tra tá-ta tra-tá
– und ich darf nicht zu deutlich werden; darum finde ich den
leeren Traum von den Lesern und dem Körper und dem
Ruhm lachhaft. / Ohne Körper habe ich mich ausgebreitet,
ohne Echo gedeihe ich, und mein Geheimnis ist die ganze Zeit
bei mir. Der Tod eines Buches kann mir nichts anhaben, da
selbst der Bruch zwischen mir und meinem Land eine Baga-
telle ist. / Ich gebe zu, daß die Nacht recht gut chiffriert
wurde, doch an die Stelle der Sterne setze ich meine Buchstaben, und in mir selber habe ich gelesen, wie man das Selbst
transzendiert – und ich darf nicht zu deutlich werden. / Den
Verlockungen der Hauptstraße mißtrauend oder den vom Alter geheiligten Träumen, ziehe ich es vor, gottlos zu bleiben,
mit einer fessellosen Seele in einer Welt, in der es von Götzen
wimmelt. / Doch als ich eines Tages die Schichten des Sinnes
aufstörte und tief in meine Urquelle hinabtauchte, sah ich neben meinem Selbst und der Welt etwas anderes gespiegelt,
etwas anderes, etwas anderes.»

Seite 135 – *Quercus:* lateinischer Name für die Eiche. In die-

sem imaginären Roman kritisiert der Autor ein Musterbei-
spiel realistischer Literatur.

Seite 142 – *votre mère, paraît-il:* (frz.) Ihre Mutter, scheint es.

Seite 149 – *nonnon:* In dem (wie «Bonbon») kindersprachlich
reduplizierenden Wort steckt ein zweifaches französisches
non, nein. Eine doppelte Verneinung ist eine Bejahung. Ein
entstelltes Objekt zusammen mit dem passenden entstellten
Spiegel ergibt die sinnvolle Form.

Seite 151 – *Arrière!:* (frz.) Zurück!

Seite 188 – Pjotr Petrowitsch: das einzige Mal, daß M'sieur
Pierres Vor- und Vatersname genannt wird.

Seite 197 – *impayable, ce...:* (frz.) unbezahlbar, dieses...

Seite 199 – *c'est vraiment superflu:* (frz.) das ist wirklich über-
flüssig.

Seite 210 – Tamara-Gärten: siehe Anmerkung zu Seite 20.

Seite 211 – «Luna, Veranda, er und Amanda...»: M'sieur
Pierre zitiert einen alten russischen Scherzreim: *«Luna, balkon
/ Ona i on / Wdrug suprug / Podlez konez»* (Mond, Balkon / Sie
und er / Plötzlich der Gatte / Schuft Schluß).

Seite 214 – «P» und «C»: die beiden russischen Buchstaben
«Z» und «P» sind sehr ähnlich. Das «P» besteht aus zwei
senkrechten Strichen mit einem verbindenden Querstrich
oben, beim «Z» sitzt der Querstrich unten, und rechts unten
ist noch ein kleines Häkchen.

Seite 217 – ‹Die Liebe an der Jahre Neige…›: Robert P. Hughes (*TriQuarterly*, 17/1970, Seite 284–292) hat dieses «alte, alte Gedicht» identifiziert – *Letzte Liebe* von Fjodor Tjuttschew (1803–1873): «Die Liebe am Ende unserer Tage / ist argwöhnisch und sehr zärtlich. / Glüht heller, heller, Abschiedsstrahlen / einer letzten Liebe in ihrer Abendpracht.»

Seite 246 – *Golubtschik:* (russ.) Mein Bester.

Seite 250 – daß heute abend mit sensationellem Erfolg die neue komische Oper *Mach dich klein, Sokratlein* gegeben wird: Offenbar handelt es sich um eine komische Oper über den Tod des Sokrates, wie ihn Platon in seinem Dialog *Phaidon* geschildert hat (der in *Einladung zur Enthauptung* auch sonst anklingt). Im russischen Original des Romans heißt sie *Sokratis, Sokratik* – etwa «Werd kürzer, kleiner Sokrates». Wahrscheinlich hat Marthes Bruder, der Sänger, in Cincinnatus' Zelle eine Arie aus dieser Oper angestimmt (siehe Anmerkung zu Seite 113); jedenfalls würden die Worte «Der Tod ist süß, das ist das Geheimnis» sehr gut in eine Operettenfassung des *Phaidon* passen. Der sonderbar klingende Titel dieser fiktiven Oper erklärte sich ebenfalls aus dem *Phaidon*: Platon läßt Sokrates darin kurz vor seinem Tod Argumente für die Unsterblichkeit der Seele häufen, und die Beweiskette beginnt er damit, daß er behauptet: «… jedes Ding, zu dem ein Gegensatz vorhanden ist, entsteht aus keinem anderen Seinsgrund als dem Gegensatz.» So wie aus Stärkerem das Schwächere und aus Größerem das Kleinere werde, so werde aus dem Lebendigen das Tote und aus dem Toten das Lebendige. «Aus Totem also wird Lebendiges, entstehen Wesen, die lebendig sind… So haben unsere Seelen ein Sein im Hades.» «Kleiner werden» wäre also eine Umschreibung für «sterben». An einer anderen Stelle des *Phaidon* reden sie noch einmal über das Wesen des Größeren und des Kleineren, und Sokrates meint, «es sei der Kopf, durch den ein Mensch den anderen überrage, und durch dasselbe sei der Kleinere eben kleiner». Das «Kleinerwerden» bedeutet also nicht nur das Sterben, es schwingt darin auch das Um-einen-Kopf-kürzer-Machen mit. Genau darum wirft Marthes Bruder seinem Zwillingsbruder, dem Sänger, einen so «fürchterlichen Blick» zu, als der sein verschlüsseltes «Der Tod ist süß, das ist das Geheimnis» anstimmt: Die Arie ist eine Anspielung auf Cincinnatus' bevorstehende Enthauptung. – Als eine ironische Antwort auf den *Phaidon*-Dialog läßt sich das Verhältnis zwischen Cincinnatus und M'sieur Pierre verstehen; in ihm spiegelt sich seitenverkehrt Sokrates' Verhältnis zu seinem Henker, dem Mann, der ihm im Auftrag der Obrigkeit schließlich den Schierlingsbecher reicht. Sokrates: «Wie fein empfindet dieser Mensch! Die ganze Zeit schon hat er mich besucht und manchesmal mit mir geplaudert. Ein braver Kerl! Und eben jetzt: wie echt sein Weinen!» Cincinnatus' Tragödie natürlich besteht eben darin, daß er in einer attrappenhaften Welt unter lauter unechten Menschen lebt.

Vladimir Nabokov

«Lolita ist berühmt, nicht ich», sagte **Vladimir Nabokov** in einem Interview. Geboren wurde er als Sohn begüterter Eltern 1899 in St. Petersburg. Vor der Revolution flüchtete die Familie nach England, Vladimir folgte seinem Vater nach Berlin, wo er vierzehn Jahre lang, von 1923 bis 1937, lebte, ohne sich je mit Deutschland anfreunden zu können. Er verdiente Geld als Englisch- und Tennislehrer oder mit Übersetzungen – und schrieb, auf russisch, Erzählungen, Romane, Gedichte. Vor dem Nationalsozialismus floh Nabokov mit seiner jüdischen Frau 1937 erst nach Frankreich, dann in die USA. Von nun an schrieb er in Englisch. Sein Roman *Lolita* löste 1958 bei Erscheinen in den USA einen Skandal aus und machte Nabokov weltberühmt. Er starb 1977 in Montreux.

Eine Auswahl der lieferbaren Titel im Rowohlt Taschenbuch Verlag:

Ada oder Das Verlangen *Aus den Annalen einer Familie*
(rororo 4032)

Durchsichtige Dinge *Roman*
(rororo 5756)

Maschenka *Roman*
(rororo 13309 / und als Großdruck 33130)

Lolita *Roman*
(rororo 635)

König Dame Bube *Roman*
(rororo 13409)

Der Zauberer *Erzählung*
(rororo 12696)

Die Gabe *Roman*
(rororo 13902)

Erinnerung, sprich *Wiedersehen mit einer Autobiographie*
(rororo 13639)

Seit 1989 hat der Rowohlt Verlag mit einer umfassenden **Neu-Edition der «Gesammelten Werke» Vladimir Nabokovs** begonnen, herausgegeben von Dieter E. Zimmer. Alle bisherigen Übersetzungen sind überarbeitet, die Werke mit einem ausführlichen Anmerkungsteil kommentiert. Sämtliche Bände erscheinen in einer neuen, schönen Ausstattung: in Leinen gebunden, Fadenheftung, Büttenumschlag mit Silberprägung, Büttenvorsatz und Lesebändchen.
Alle bisher erschienenen Bände finden Sie in der *Rowohlt Revue*. Vierteljährlich neu. Kostenlos in Ihrer Buchhandlung.

rororo Literatur

Henry Miller

Henry Miller wuchs in Brooklyn, New York, auf. Mit dem wenigen Geld, das er durch illegalen Alkoholverkauf verdient hatte, reiste er 1928 zum erstenmal nach Paris, arbeitete als Englischlehrer und führte ein freizügiges Leben, ausgefüllt mit Diskussionen, Literatur, nächtlichen Parties – und Sex. In Clichy, wo Miller damals wohnte, schrieb er sein erstes großes Buch «Wendekreis des Krebses». Als er 1939 Frankreich verließ und in die USA zurückkehrte, kannten nur ein paar Freunde seine Bücher. Wenig später war Henry Miller der neue große Name der amerikanischen Literatur. Immer aber bewahrte er sich etwas von dem jugendlichen Anarchismus der Pariser Zeit. Henry Miller starb fast neunzigjährig 1980 in Kalifornien.

Eine Auswahl:

Insomnia oder Die schönen Torheiten des Alters
(rororo 4087)

Frühling in Paris *Briefe an einen Freund*
Hg. von George Wickes
(rororo 12954)

Joey *Ein Porträt von Alfred Perlès sowie einige Episoden im Zusammenhang mit dem anderen Geschlecht*
(rororo 13296)

Jugendfreunde *Eine Huldigung an Freunde aus lang vergangenen Zeiten*
(rororo 12587)

Liebesbriefe an Hoki Tokuda Miller
Hg. von Joyce Howard
(rororo 13780)
Die japanische Jazz-Sängerin Hoki Tokuda war Henry Millers letzte große Liebe. Seine leidenschaftlichen Briefe bezeugen die poetische Kraft und Sensibilität eines der großen Schriftsteller des 20. Jahrhunderts.

Wendekreis des Krebses
Roman
(rororo 4361)

Wendekreise des Steinbocks
Roman
(rororo 4510)

Tief im Blut die Lockung des Paradieses *Henry Miller-Lesebuch*
Hg. von Heinrich Maria Ledig-Rowohlt
256 Seiten. Gebunden.

Der Engel ist mein Wasserzeichen *Sämtliche Erzählungen*
Deutsch von Kurt Wagenseil und Herbert Zand
352 Seiten. Gebunden.

rororo Literatur

3254/2

Ernest Hemingway

Ernest Hemingway, 1899 in Oak Park, Illinois, geboren, setzte sich früh in den Kopf, Journalist und Schriftsteller zu werden. Als Korrespondent für den «Toronto Star» arbeitete er in Paris, wurde des «verdammten Zeitungszeugs» überdrüssig und begann, Kurzgeschichten zu schreiben. 1929 erschien «In einem andern Land» und wurde ein durchschlagender Erfolg. Hemingway reiste durch Spanien, unternahm Jagdexpeditionen nach Afrika, wurde Kriegsberichterstatter im Spanischen Bürgerkrieg. 1954 erhielt er den Nobelpreis für Literatur. Sein selbstgeschaffener Mythos vom «Papa», seine Krankheiten und Depressionen machten ihn schließlich unfähig zu schreiben. Am 2. Juli 1961 nahm er sich das Leben.

Von Ernest Hemingway sind u. a. lieferbar:

Gesammelte Werke *10 Bände in einer Kassette*
(rororo 31012)

Der Abend vor der Schlacht
Stories aus dem Spanischen Bürgerkrieg
(rororo 5173)

Der alte Mann und das Meer
(rororo 328)

Fiesta *Roman*
(rororo 5)

Der Garten Eden *Roman*
(rororo 12801)

Die grünen Hügel Afrikas
(rororo 647)

In einem andern Land *Roman*
(rororo 216)

Reportagen 1920 – 1924
(rororo 12700)

Schnee auf dem Kilimandscharo
6 stories
(rororo 413)

Im Rowohlt Verlag sind u. a. erschienen:

Lesebuch *Noch einmal glückliche Tage*
256 Seiten. Gebunden

Die Stories
500 Seiten. Gebunden

Sämtliche lieferbaren Titel von *Ernest Hemingway* finden Sie in der *Rowohlt Revue*. Jedes Vierteljahr neu. Kostenlos in Ihrer Buchhandlung.

rororo Literatur